日本文学コレクション

芥川龍之介

庄司　達也
篠崎美生子　編

翰林書房

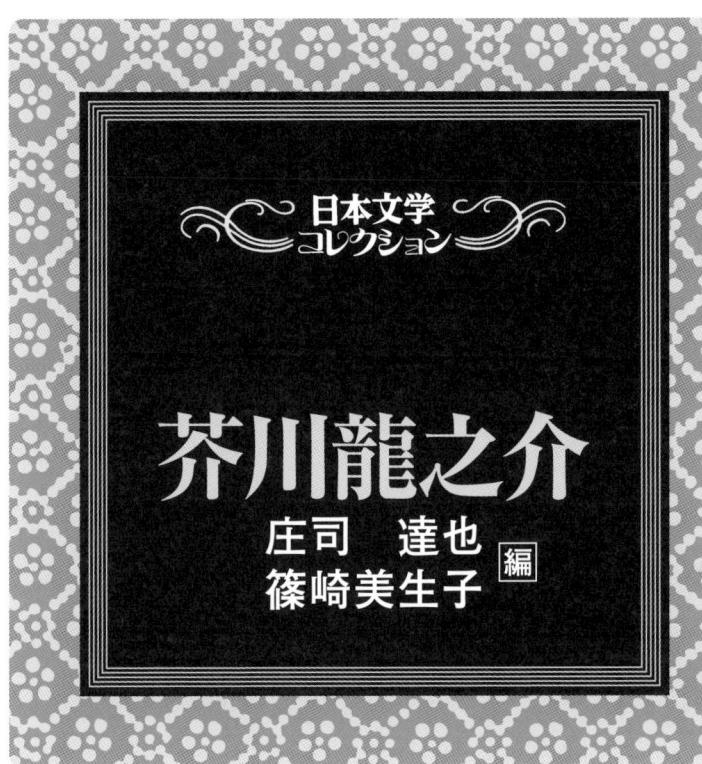

はじめに

本書は、「日本文学コレクション」シリーズの一冊として、刊行されました。読者には、多く短期大学や大学の講義などで本書に出あう方々を想定してはいますが、芥川龍之介という作家に関心をお持ちの方はもちろんのこと、読書を趣味としている方々にも広く手にとっていただくことを願いながら、編集作業にあたりました。

作品に向き合う姿勢は、人それぞれの形があって良いものと思いますが、本書では、その作品が発表された「場」に出来得る限り立ち合うことができるよう心掛けました。「資料室」に掲げた資料たちが示す道は、作品や作家の何ものかにたどり着こうとする一つの経路に過ぎませんが、それらによって、時代の空気や作家の息づかいを感じていただければと思います。そして、作品に正面から向き合ってください。

最後になりましたが、貴重な資料やお仕事の本書への掲載、転載をご許可くださった方々、ならびに構成、頁数、装丁などについての我が儘をお聞き入れくださり、この数年間なかなか進まなかった編者らの作業を温かく見守ってくださった翰林書房の今井肇、静江ご夫妻に、心よりのお礼を申し上げます。

二〇〇四年四月

庄司　達也
篠崎美生子

目次

凡　例

一、本文の底本は、原則として初出誌とした。ただし、「或旧友へ送る手記」のみは、芥川龍之介の死の直後の新聞各紙、及び雑誌などに掲載されたもののうち、『文芸春秋』（一九二七・九）掲載の本文に拠った。

一、原文の漢字は旧字体を新字にあらため、ルビと仮名は底本に従った。なお、読者の便宜をはかるために一字分の空白を設けていると思われる箇所については、底本に従った。

一、原文のあきらかな校正ミスと思われる誤字等は、適宜あらためた。

一、各作品の扉には、当該作品の初出誌表紙、初出誌目次を掲げて作品発表時の状況を示した。また、原稿、或いはノート、草稿類の所在が確認されたものについては、その一部を掲げた。

一、「資料室」には、作品の読解を助ける資料類を掲げ、編者らによる作品解説を付した。資料の本文は、原則として底本に従ったが、一部にルビなどを省いたものもある。なお、巻末に「『資料室』掲載資料一覧」を付して、読者の便宜をはかった。

一、本文中に今日から見れば差別的表現が含まれる箇所があるが、作品の歴史性と独自性を考慮し、原文を尊重した。

追記　掲載した資料等の著作権につきましては極力調査をしましたが、お気づきの点がございましたらご連絡ください。

1 羅生門

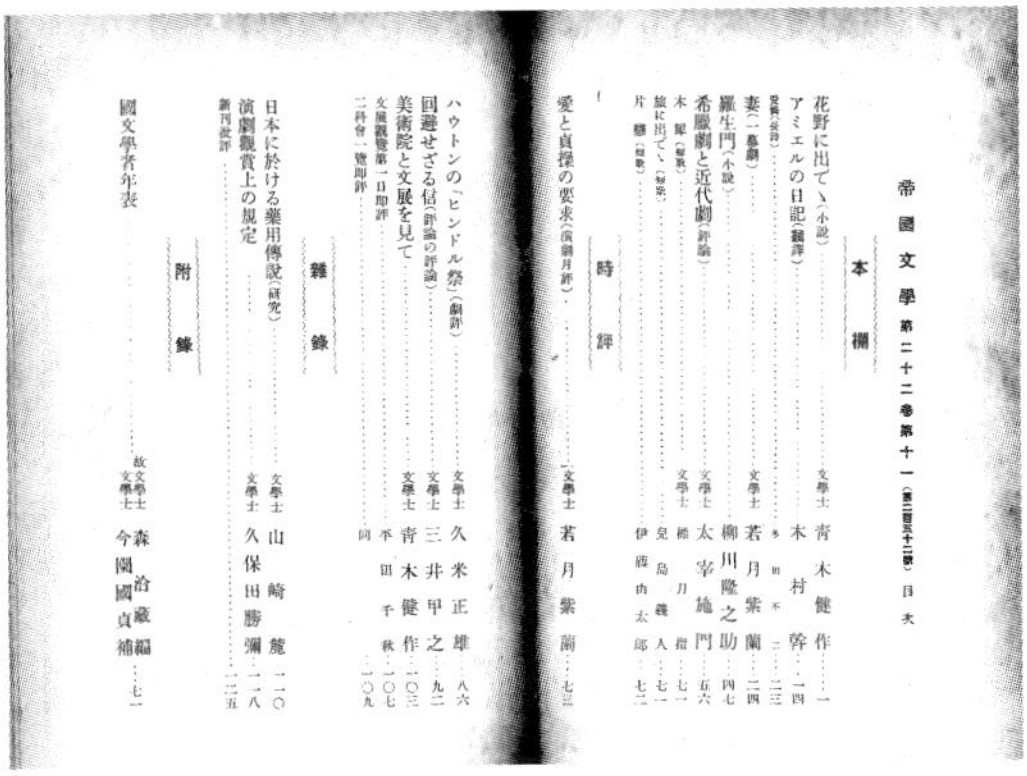

帝國文學 第二十一巻第十一（第二百五十二號）目次

本欄

時評

雜錄

附錄

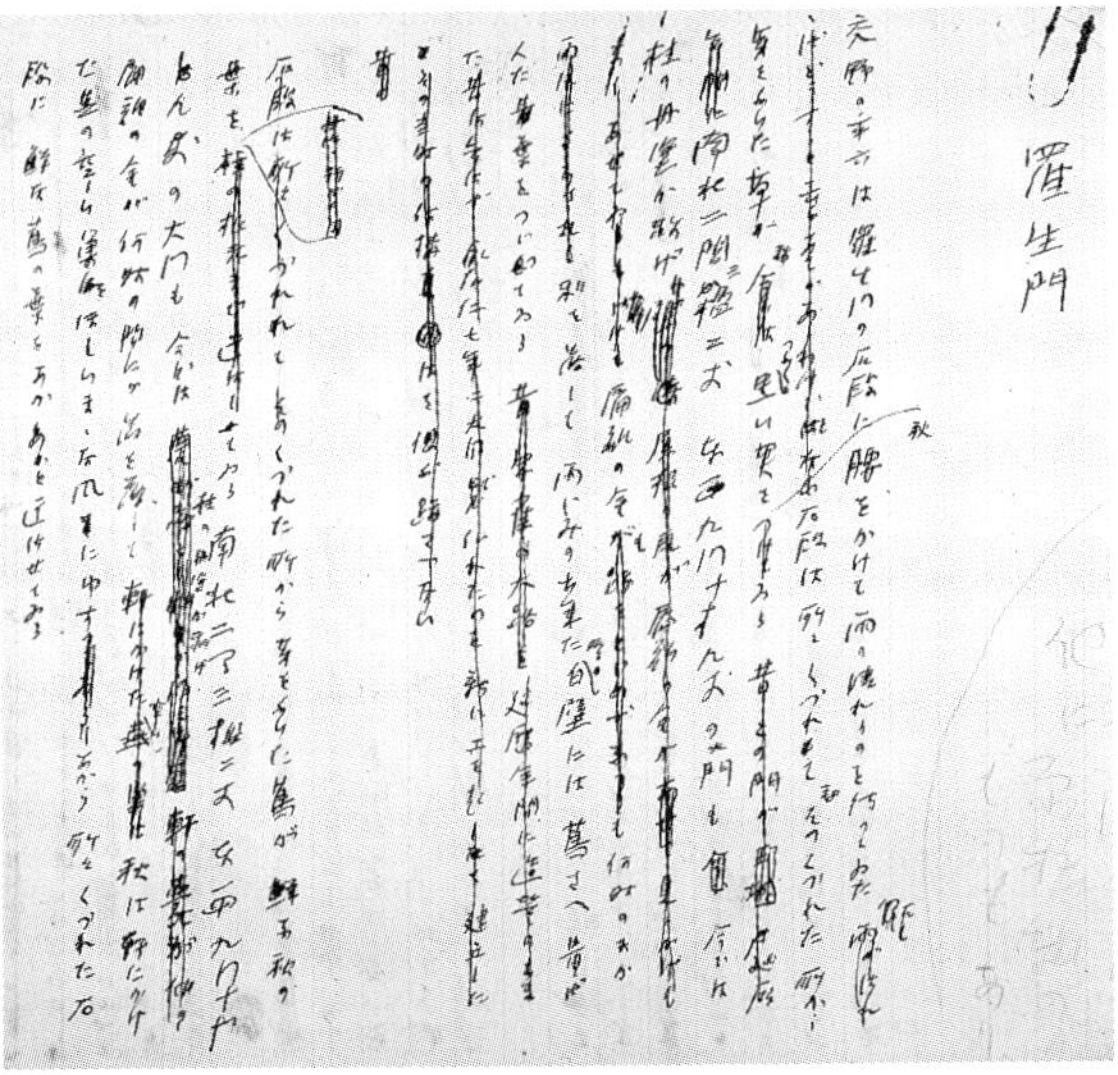

初出『帝国文学』1915.11
初刊『羅生門』1917.5　阿蘭陀書房

或日の暮方の事である。一人の下人《げにん》が羅生門の下で、雨やみを待つてゐた。

広い門の下には、この男の外に誰もゐない。唯、所々丹塗《にぬり》の剥げた、大きな円柱《まるばしら》に、蟋蟀《きり〴〵す》が一匹とまつてゐる。羅生門が、朱雀大路にある以上は、この男の外にも、雨やみをする市女笠や揉烏帽子が、もう二三人はありさうなものである。それが、この男の外には誰もゐない。

何故かと云ふと、この二三年、京都には、地震とか辻風とか火事とか饑饉とか云ふ災がつゞいて起つた。そこで洛中のさびれ方は一通りでない。旧記によると、仏像や仏具を打砕いて、その丹《に》がついたり、金銀の箔がついたりした木を、路ばたにつみ重ねて、薪の料《しろ》に売つてゐたと云ふ事である。洛中がその始末であるから、羅生門の修理などは、元より誰も捨てゝ顧る者がなかつた。するとその荒れ果てたのをよい事にして、狐狸が棲む。盗人が棲む。とうとうしまひには、引取り手のない死人を、この門の上へ持つて来て、棄てゝ行くと云ふ習慣さへ出来た。そこで、日の目が見えなくなると、誰でも気味を悪るがつて、この門の近所へは、足ぶみをしない事になつてしまつたのである。

その代り又鴉が何処からかたくさん、集つて来た。昼間見ると、その鴉が、何羽となく輪を描いて高い鴟尾のまはりを啼きながら、飛びまはつてゐる。殊に門の上の空が、夕焼けであかくなる時には、それが胡麻をまいたやうに、はつきり見えた。鴉は、勿論、門の上にある死人の肉を、啄みに来るのである。——尤も今日は、刻限が遅いせいか、一羽も見えない。唯、所々、崩れかゝつた、さうしてその崩れ目に長い草のはへた石段の上に、鴉の糞が、点々と白くこびりついてゐるのが見える。下人は七段ある石段の一番上の段に、洗ひざらした紺の襖の尻を据ゑて、右の頬に出来た、大きな面皰を気にしながら、ぼんやり、雨のふるのを眺めてゐるのである。

作者はさつき、「下人が雨やみを待つてゐた」と書いた。しかし、下人は、雨がやんでも格別どうしやうと云ふ当てはない。ふだんなら、勿論、主人の家へ帰る可き筈である。所がその主人からは、四五日前に暇を出された。前にも書いたやうに、当時京都の町は一通りならず衰微してゐた。今この下人が、永年、使はれてゐた主人から、暇を出されたのも、この衰微の小さな余波に外ならない。だから「下人が雨やみを待つてゐた」と云ふよりも、「雨にふりこめられた下人が、行き所がなくて、途方にくれてゐた」と云ふ方が、適当である。その上、今日の空模様も少からずこの平安朝の下人の Sentimentalism に影響した。申の刻下りからふり出した雨は、未に上《あが》るけしきがない。そこで、下人は、何を措いても差当り明日の暮しをどうにかしやうとして——云はゞどうにもならない事をどうにかしやうとして、とりとめもない考へをたどりながら、さつきから朱雀大路にふる雨の音を、聞くともなく聞いてゐた。

雨は、羅生門をつゝんで、遠くから、ざあつと云ふ音をあつめて来る。夕闇は次第に空を低くして、見上げると、門の屋根が、斜につき出した甍の先に、重たくうす暗い雲を支へてゐる。

どうにもならない事を、どうにかする為には、手段を選んでゐる遑はない。選んでゐれば、築土の下か、道ばたの土の上で、饑死《うゑじに》をするばかりである。さうして、この門の上へ持つて来て、犬のやうに棄てられてしまふばかりである。選ばないとすれば——下人の考へは、何度も同じ道を低徊した揚句に、やつとこの局所へ逢着した。しかしこの「すれば」は、何時までたつても、結局「すれば」であつた。下人は、手段を選ばないといふ事を肯定しながらも、この「すれば」のかたをつける為に、当然、その後に来る可き「盗人になるより外に仕方がない」と云ふ事を、積極的に肯定する丈の、勇気が出ずにゐたのである。

下人は、大きな嚔をして、それから、大儀さうに立上つた。夕冷えのする京都は、もう火桶が欲しい程の寒さである。風は門の柱と柱との間を、夕闇と共に遠慮なく、吹きぬける。丹塗の柱にとまつてゐた蟋蟀も、もうどこかへ行つてしまつた。

下人は、頸をちゞめながら、山吹の汗衫《かざみ》に重ねた、紺の襖の肩を高くして、門のまはりを見まはした。雨風の患のない、人目にかゝる惧のない、一晩楽にねられさうな所があれば、そこでともかくも、夜を明さうと思つたからである。すると、幸門の上の楼へ上る、幅の広い、之も丹を塗つた梯子《はしご》が眼についた。上なら、人がゐたにしても、どうせ死人ばかりである。下人は、そこで腰にさげた聖柄《ひじりづか》の太刀が鞘走らないやうに気をつけながら、藁草履をはいた足を、その梯子の一番下の段へふみかけた。

それから、何分かの後である。羅生門の楼の上へ出る、幅の広い梯子の中段に、一人の男が、猫のやうに身をちゞめて、息を殺しながら、上の容子を窺つてゐた。楼の上からさす火の光が、かすかに、その男の右の頰をぬらしてゐる。短い鬚の中に、赤く膿を持つた面皰のある頰である。下人は、始から、この上にゐる者は、死人ばかりだと高を括つてゐた。それが、梯子を二三段上つて見ると、上では誰か火をとぼして、しかもその火を其処此処と、動かしてゐるらしい。これは、その濁つた、黄いろい光が、隅々に蜘蛛の巣をかけた天井裏に、ゆれながら映《うつ》つたので、すぐにそれと知れたのである。この雨の夜に、この羅生門の上で、火をともしてゐるからは、どうせ唯の者ではない。

下人は、守宮のやうに足音をぬすんで、やつと急な梯子を一番上の段まで這ふやうにして上りつめた。さうして体を出来る丈、平にしながら、頸を出来る丈、前へ出して、恐る恐る、楼の内を覗いて見た。

見ると、楼の内には、噂に聞いた通り、幾つかの屍骸が、無造作に棄てゝあるが、火の光の及ぶ範囲が、思つたより狭いので、数は幾つともわからない。唯、おぼろげながら、知れるのは、その中に裸の屍体と、着物を着た屍体とがあると云ふ事である。勿論、中には女も男もまじつてゐるらしい。さうして、その屍体は皆、それが、嘗、生きてゐた人間だと云ふ事実さへ疑はれる程、土を捏ねて造つた人形のやうに、口を開《あ》いたり手を延ばしたりして、ごろごろ床の上にころがつてゐた。しかも、肩とか胸とかの高くなつてゐる部分に、ぼんやりした火の光をうけて、低くなつてゐる部分の影を、一層暗くしながら、永久に唖の如く黙《だま》つていた。

下人は、それらの屍体の腐爛した臭気に思はず、鼻を掩つた。しかし、その手は、次の瞬間には、もう鼻を掩ふ事を忘れてゐた。或つよい感情が、殆悉この男の嗅覚を奪つてしまつたのである。

下人の眼は、その時、はじめて、其屍骸の中に蹲つてゐる人間を見た。檜肌《ひはだ》色の着物を着た、背の低い、痩せた、白髪頭の、猿のやうな老婆である。その老婆は、右の手に火をともした松の木片を持つて、その屍骸の一つの顔を覗きこむやうに眺めてゐた。髪の毛の長い所を見ると多分女の屍骸であらう。

下人は、六分の恐怖と四分の好奇心とに動かされて、暫は呼吸をするさへ、忘れてゐた。旧記の記者の語を借りれば、「頭身の毛も太る」やうに感じたのである。すると、老婆は、松の木片を、床板の間に挿して、それから、今まで眺めてゐた屍骸の首に両手をかけると、丁度　猿の親が猿の子の虱をとるやうに、その長い髪の毛を一本づゝ抜きはじめた。髪は手に従つて抜けるらしい。

その髪の毛が、一本づゝ抜けるのに従つて下人の心からは、恐怖が少しづゝ消えて行つた。さうして、それと同時に、この老婆に対するはげしい憎悪が、少しづゝ動いて来た。――いや　この老婆に対すると云つては、語弊があるかも知れない。寧、あらゆる悪に対する反感が、一分毎に強さを増して来たのである。この時、誰かがこの下人に、さつき門の下でこの男が考へてゐた、饑死をするか盗人になるかと云ふ問題を、改めて持出したら、恐らく下人は、何の未練もなく、饑死を選んだ事であらう。それほど、この男の悪を憎む心は、老婆の床に挿した松の木片のやうに、勢よく燃え上り出したのである。

下人には、勿論、何故老婆が死人の髪の毛を抜くかわからなかつた。従つて、合理的には、それを善悪の何れに片づけてよいか知らなかつた。しかし、下人にとつては、この雨の夜に、この羅生門の上で、死人の髪の毛を抜くと云ふ事が、それ丈で既に許す可らざる悪であつた。勿論　下人は　さつき迄　自分が、盗人になる気でゐた事なぞは　とうに忘れてゐるのである。

そこで、下人は、両足に力を入れて、いきなり、梯子から上へ飛び上つた。さうして聖柄の太刀に手をかけながら、大股に老婆の前へ歩みよつた。老婆が驚いたのは　云ふ迄もない。

老婆は、一目下人を見ると、まるで弩《いしゆみ》にでも弾かれたやうに　飛び上つた。

「おのれ、どこへ行く。」

下人は、老婆が屍骸につまづきながら、慌てふためいて逃げやうとする行手を塞いで、かう罵つた。老婆は、それでも下人をつきのけて行かうとする。下人は又、それを行かすまひとして、押しもどす。二人は、屍骸の中で、暫、無言のまゝ、つかみ合つた。しかし勝敗は、はじめから、わかつてゐる。下人はとうとう、老婆の腕をつかんで、無理にそこへ扭ぢ倒した。丁度、鶏の脚のやうな、骨と皮ばかりの腕である。

「何をしてゐた。さあ何をしてゐた。云へ。云はぬと　これだぞよ。」

　下人は、老婆をつき放すと、いきなり、太刀の鞘を払つて、白い鋼《はがね》の色を、その眼の前へつきつけた。けれども、老婆は黙つてゐる。両手をわなわなふるはせて、肩で息を切りながら、眼を、眼球が眶の外へ出さうになる程、見開いて、唖のやうに執拗《しうね》く黙つてゐる。これを見ると、下人は始めて明白に、この老婆の生死が、全然、自分の意志に支配されてゐると云ふ事を意識した。さうして、この意識は、今まではげしく燃えてゐた憎悪の心を何時の間にか冷《さ》ましてしまつた。後に残つたのは、唯、或仕事を為して、それが円満に成就した時の、安らかな得意と満足とがあるばかりである。そこで、下人は、老婆を、見下しながら、少し声を柔げてかう云つた。

「己は検非違使の庁の役人などではない。今し方この門の下を通りかゝつた旅の者だ。だからお前に縄をかけて、どうしやうと云ふやうな事はない。唯、今時分、この門の上で、何をして居たのだか、それを己に話しさへすればいゝのだ。」

　すると、老婆は、見開いてゐた眼を、一層大きくして、ぢつとその下人の顔を見守つた。眶の赤くなつた、肉食鳥のやうな、鋭い眼で見たのである。それから、皺で、殆、鼻と一つになつた唇を、何か物でも噛んでゐるやうに、動かした。細い喉で、尖つた喉仏の動いてゐるのが見える。その時、その喉から、鴉の啼くやうな声が、喘ぎ喘ぎ、下人の耳へ伝はつて来た。

「この髪を抜いてな、この女の髪を抜いてな鬘《かつら》にせうと思うたのぢや。」

　下人は、老婆の答が存外、平凡なのに失望した。さうして失望すると同時に、又　前の憎悪が、冷な侮蔑と一しよに、心の中へはいつて来た。すると　その気色が、先方へも通じたのであらう。老婆は、片手に、まだ屍骸の頭から奪つた長い抜け毛を持つたなり、蟇のつぶやくやうな声で、口ごもりながら、こんな事を云つた。

　成程、死人の髪の毛を抜くと云ふ事は、悪い事かも知れぬ。しかし、かういふ死人の多くは、皆　その位な事を、されてもいゝ人間ばかりである。現に、自分が今、髪を抜いた女などは、蛇を四寸ばかりづゝに切つて干したのを、干魚だと云つて、太刀帯《たてはき》の陣へ売りに行つた。疫病にかゝつて死ななかつたなら、今でも売りに行つてゐたかもしれない。しかも、この女の売る干魚は、味がよいと云ふので、太刀帯たちが、欠かさず菜料に買つてゐたのである。自分は、この女のした事が悪いとは思はない。しなければ、饑死をするので仕方がなくした事だからである。だから、又今、自分のしてゐた事も、悪い事とは思はない。これもやはりしなければ、饑死をするので、仕方がなくする事だからである。さうして、その仕方がない事をよく知つてゐたこの女は、自分のする事を許してくれるのにちがひないと思ふからである。――老婆は大体こんな意味の事を云つた。

下人は、太刀を鞘におさめて、その太刀の柄を左の手でおさへながら、冷然として、この話を聞いてゐた。勿論　右の手で、赤く頬に膿を持た大きな面皰を気にしながら、聞いてゐるのである。しかし、之を聞いてゐる中に、下人の心には、或勇気が生まれて来た。それは　さつき、門の下でこの男に欠けてゐた勇気である。さうして、又さつき、この門の上へ上つて、この老婆を捕へた時の勇気とは、全然　反対な方向に動かうとする勇気である。下人は、饑死をするか盗人になるかに迷はなかつたばかりではない。その時の、この男の心もちから云へば、饑死などと云ふ事は、殆、考へる事さへ出来ない程、意識の外に追ひ出されてゐた。

「きつと、さうか。」

老婆の話が完ると、下人は嘲るやうな声で念を押した。さうして、一足前へ出ると、不意に、右の手を面皰から離して、老婆の襟上をつかみながら　かう云つた。

「では、己が引剥《ひはぎ》をしやうと恨むまいな。己もさうしなければ、饑死をする体なのだ。」

下人は、すばやく、老婆の着物を剥ぎとつた。それから、足にしがみつかうとする老婆を、手荒く屍骸の上へ蹴倒した。梯子の口までは、僅に五歩を数へるばかりである。下人は、剥ぎとつた檜皮色の着物をわきにかゝへて、またゝく間に急な梯子を夜の底へかけ下りた。

暫、死んだやうに倒れてゐた老婆が屍骸の中から、その裸の体を起したのは、それから間もなくの事である。老婆は、つぶやくやうな、うめくやうな声を立てながら、まだ燃えてゐる火の光をたよりに、梯子の口まで、這つて行つた。さうして、そこから、短い白髪を倒にして、門の下を覗きこんだ。外には、唯、黒洞々たる夜があるばかりである。

下人は、既に、雨を冐して、京都の町へ強盗を働きに急ぎつゝあつた。（をはり）

資料室

◉自信作の「羅生門」

「羅生門」は、作者芥川龍之介にとっては相当に自信があった作品のようだ。それは、初めての単行本にその名を付け、『羅生門』（一九一七・五、阿蘭陀書房）としたことが示している。しかしながら、『帝国文学』（一九一五・一一）に作品を発表した当時は、周りの友人等にも不評だった。芥川が級友で『新思潮』同人でもあった成瀬正一に宛てた手紙の下書きが残されているが、その中には「This story is the best work I have ever written. This I can say heartily. But I must also admit that I could not fully express myself in this short story ; some parts are very weak and desparately dull-to-read.」（「Defendense for “Rasho-mon”」日本語訳：この物語は私がこれまで書いた内で最も良い作品です。心からそう言うことができます。しかし、この短編小説の中で充分な自己表現ができなかったことも言わざるをえません。ある部分はきわめて弱く、読んでも退屈です。）と記されている。

多くの習作を経て執筆された、少なからぬ自信のあった作品であった。

◉「交野平六」「一人の男」「一人の侍」……そして「下人」へ

ところで、「羅生門」には、「関連ノート」や「草稿」など実に多くの資料が残されている。それらは、『芥川龍之介資料集』（一九九三・一一、山梨県立文学館）→『芥川龍之介全集』に紹介されており、芥川自身が作品を完成させるためにはらった努力と苦心の跡を、容易に確認できる。

「ノート」や「草稿」を検討することで一体何がわかるのか。「羅生門」の場合、先ずは主人公の設定や呼称に、作者が大いに苦慮している様子だろう。作品では「下人」と呼ばれている主人公が、「関連ノート」では「交野の平六」（［扉：ノート］［資料2］）であったり、「一人の侍」（［資料1］）、或いは「一人の男」（［資料2］）と呼ばれている。また、ここには示していないが、他のノートには「交野六郎」「交野の八郎」という名も見られる。そして、原稿用紙に書かれた「草稿」にも、「交野五郎」、「交野平六」（［資料3］）という名がある。これらから、「下人」という設定が選ばれるまでに、作者が随分と逡巡していたことがわかるのだ。

◉「下人」という設定

「下人」という設定は、他の設定、呼称とどのように違うのか。そもそも「下人」とは何者か。このような問いは当然に起こってくるものだろう。

例えば、「交野五郎」や「交野平六」などは、固有の呼称を持つ一つの人格を所有する者として認められるが、普通名詞の「一人の侍」「一人の男」、そして「下人」などの呼称には、とくに固有性が意識されることはないだろう。また、「下人」という身分は時代によって変化するが、貴族や社寺などに隷属し、相続や譲渡、売買などの対象ともされてきた存在である。その点に注目すれば、構想段階にあった「一人の侍」とは、決定的に異なる位相に在る者である。作中での設定に、結論を明日延ばしにして逡巡する者、との特徴が認められるのも、常に何かに隷属してきた立場から初めて解放された存在として不慣れな状況に置かれたということが、大きく関わっていると考えられる。

ともかくも、作者がその設定に苦心し、「交野平六」や「交野五郎」、或いは「一人の侍」では表現できない何らかの設定を「下人」という呼称に託したと見るのが妥当だろう。さらに記せば、芥川が成瀬に宛てた書簡のメモとして既に紹介したものの他に、「Defence for “Rasho-mon”」（［資料4］）と題されたものがあるが、そこからもまた、主人公の設定にこめられた作者の意図を窺うことができるだろう。

ちなみに、作品「羅生門」の典拠の一つである『今昔物語集』の「羅城門登上層見死人盗人語第十八」（［資料5］）では、〈摂津の国辺より盗せむが為に京に上ける男〉とあることを指摘しておきたい。

●境界としての「羅生門」

「羅生門」は、「京都略地図」（[資料6]）にあるように、都にとって最も重要な大路である朱雀大路の南端に位置していた門のことであり、「羅城門」と記すのが一般である。北端の朱雀門と相対しており、洛中と洛外を分ける境界の意味を持つ。そこから、下人がこの門の下にたどり着いたという作品の設定が、解釈の上で意味を持つことになる。

　例えば、下人に、その住する日常世界（京都の町）の端にたどり着いた者としての意味を認めることも、洛中と洛外との境界であるということが大きく関わっての解釈である。また、洛中と洛外との境界であることを象徴として見、その境界を跨ぎ新たな世界を押し開いた下人像として見るか、或いは境界を越えることが出来なかった者と見るか、などの読みも出されている。もっともこの場合には、下人自身が京都の市内である洛中から外側に向かう者なのか、或いは洛外から京の都を指して向かってきた者であるのか、作品内にははっきりと示されていない下人の設定をどのように想

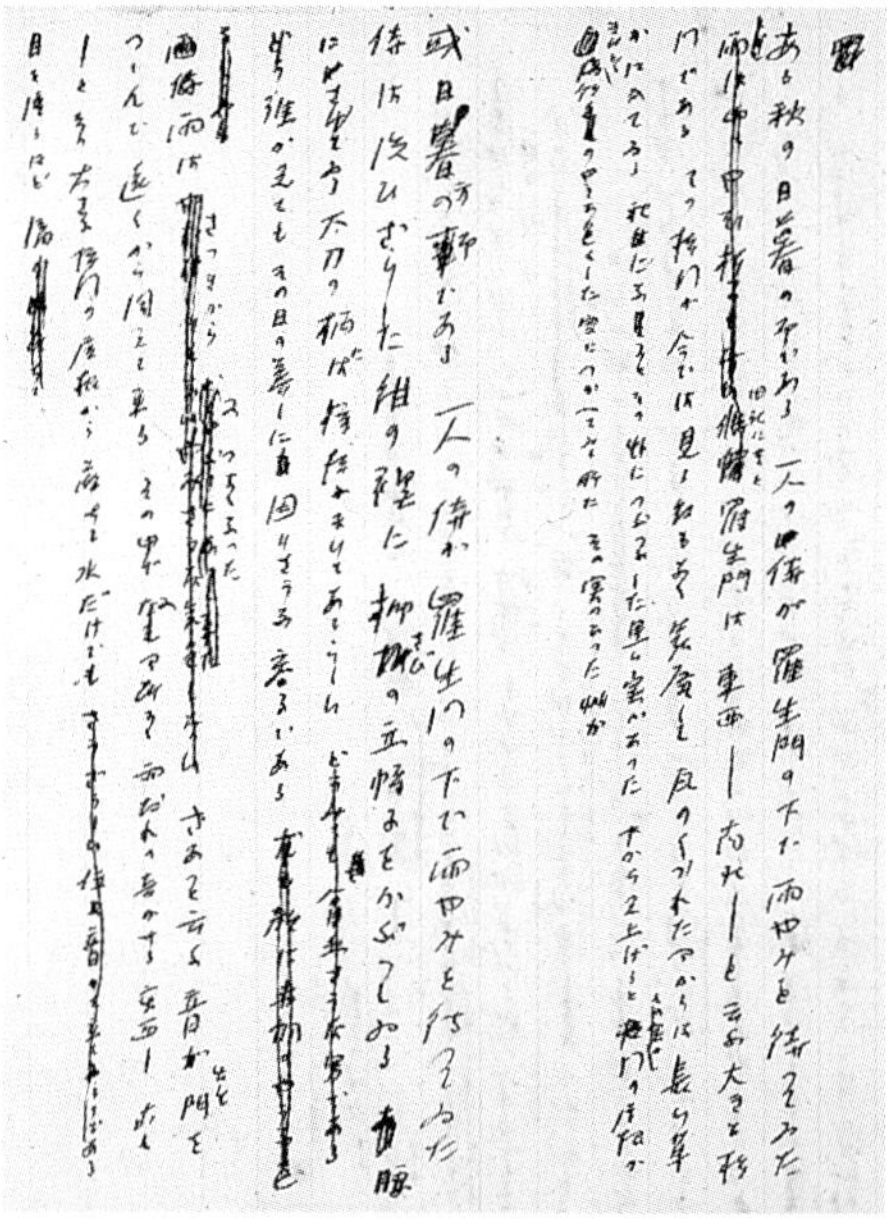

❶「羅生門」関連ノート
主人公の呼称が、「一人の侍」となっている。

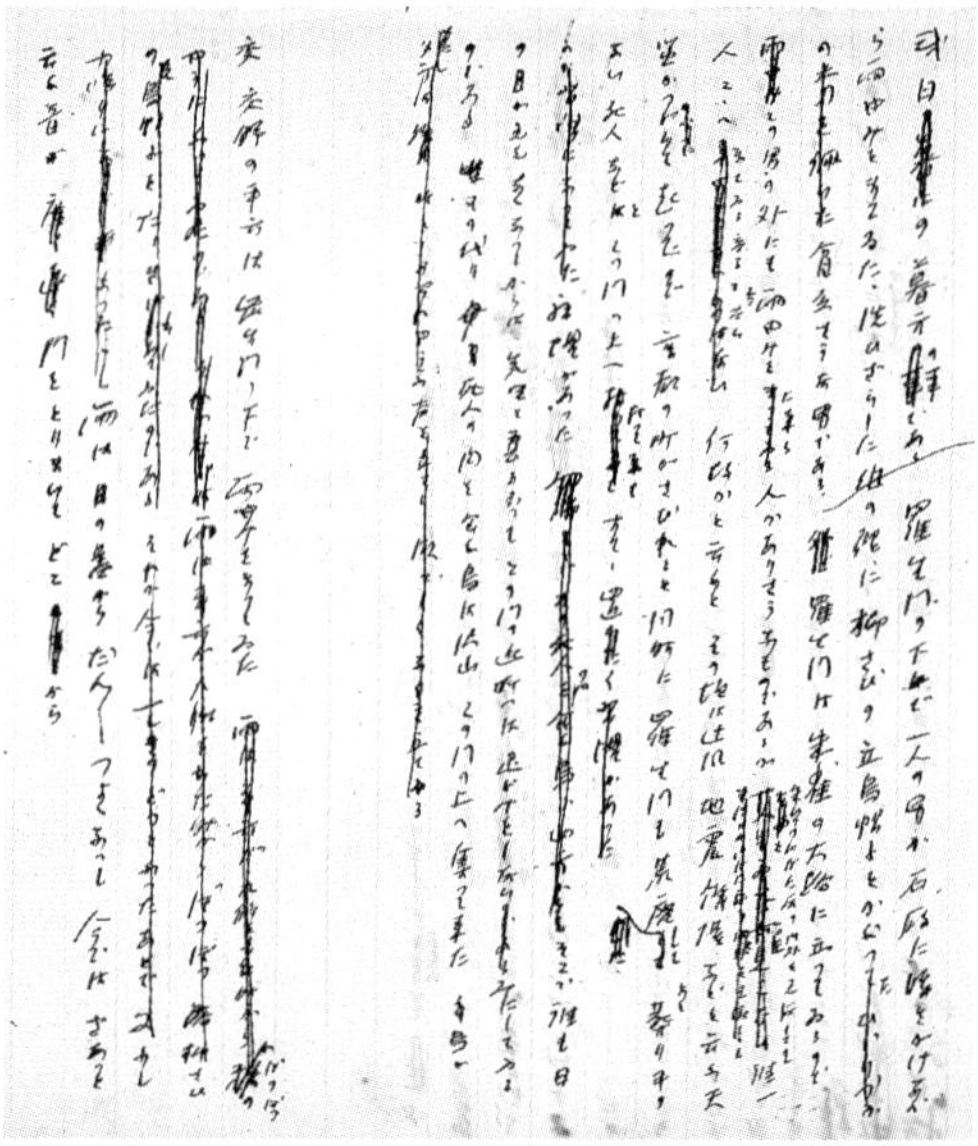

❷「羅生門」関連ノート
右の文章には「一人の男」とあり、左には「交野の平六」とある。逡巡している様子がここからも伝わってくる。

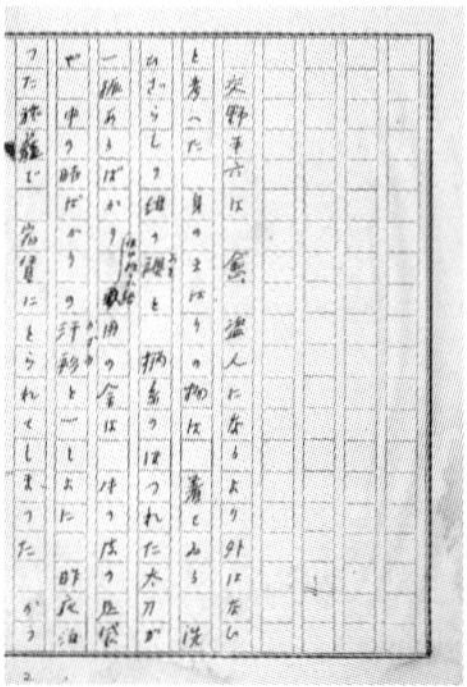

❸「羅生門」草稿（部分）
「交野平六」と呼ばれる主人公は、都の外の世界から来たという設定になっている。

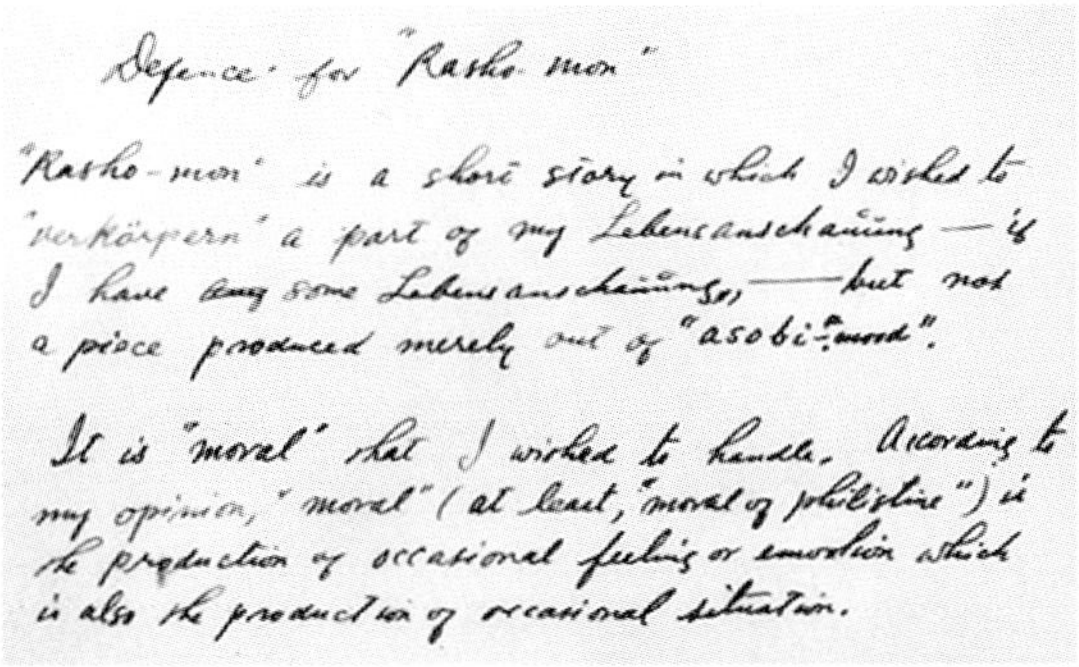
Defence for "Rasho-mon"

"Rasho-mon" is a short story in which I wished to "verkörpern" a part of my Lebensanschauung — if I have any some Lebensanschauungs, — but not a piece produced merely out of "asobi-mood".

It is "moral" that I wished to handle. According to my opinion, "moral" (at least, "moral of philistine") is the production of occasional feeling or emotion which is also the production of occasional situation.

羅生門への弁明

『羅生門』は、人間の生き方について私のあるひとつの見方を具体的に表現しようとした短編小説です。もちろん、私にしっかりした人生観があるとは言えないかもしれませんが、かといって単なる遊び心から作り上げた断片でもありません。

私は道徳の問題を扱ったのです。私の考えでは、少なくとも教養のひとかけらも持っていないような人々の道徳というものは、感傷から生み出されるものでありますし、その感傷も状況によって左右されるものであるということです。

4「Defence for "Rasho-mon"」(羅生門への弁明)
友人の成瀬正一に宛てた手紙の下書きに記されていた「羅生門」に関する言及。右は、その日本語訳。

定するのかという点も、読解のための重要なポイントになってくる。ちなみに、「草稿」の一つは、摂津から来た鋳物師という設定を持っているが、この設定を「下人」とした作品の完成稿まで引きつけて読むことについては、異論も出されている。

●悪くこだはつた恋愛問題の影響

〈自分は半年前から悪くこだはつた恋愛問題の影響で、独りになると気が沈んだから、その反対になる可く現状と懸け離れた、なる可く愉快な小説が書きたかつた〉(「あの頃の自分の事」『中央公論』一九一九・一)とは、「羅生門」と「鼻」の二作品の執筆動機を芥川自身が綴った言葉だ。ここから「初恋事件」と呼ばれる吉田弥生との破恋に関わってこの二作品を読み解こうとすることが求められてきた。すなわち、「エゴイズム」をキーワードに作品の読解を進めるというものである。破恋の当時、友人である井川恭(恒藤恭)に宛てた書簡には、例えば〈僕はありのまゝに大きくなりたい　ありのまゝに強くなりたい　僕を苦しませるヴアニチーと性欲とイゴイズムとを僕のヂヤスチフアイし得べきものに向上させたい　そして愛する事によつて愛せらるゝ事なくとも生存苦をなぐさめたい〉(一九一五・三・一二付)とある。

作品が初めに構想された時期をこの事件よりも前とする見解もあり、今後の更なる研究の成果がまたれるが、「羅生門」読解にあたって、看過できないポイントだと言えるだろう。

●末尾の書き換え

[初出『帝国文学』一九一五・一一]
下人は、既に、雨を冒して、京都の町へ強盗を働きに急ぎつゝあつた。

[作品集『羅生門』一九一七・五]
下人は、既に、雨を冒して、京都の町へ強盗を働きに急いでゐた。

[作品集『鼻』一九一八・七]
下人の行方は、誰も知らない。

作品「羅生門」は、末尾の一文の改稿に関わって、多様な解釈を産んできた作品でもある。

下人が、老婆の言葉から「生」の論理を獲得したという解釈からは、エゴイズムに関わる解釈上の問題として、師の夏目漱石の死(一九一六年一二月)などを契機とした作者の意図の変化を読むものもある。また、この書き換えを作者による表現の獲得と見て、下人の没主体的な人物像に相応しい作品の結びの一文に作者が三年をかけて至った、と見るものもある。

●典拠作品

芥川文学の特徴の一つに、古今東西の先行する文学作品を典拠としながらも、独自の作品世界を展開していることが挙げられる。

「羅生門」もその一つで、[資料5]に示した「羅城門登上層見死人盗人語第十八」の他にも、同じ「今昔物語集」からは「太刀帯陣売魚嫗語第三一」

がある。芥川作品の中でも、「今昔物語集」を典拠とする作品群を総称して「今昔もの」と呼んでいるが、本書で取り上げた「藪の中」の他にも、夏目漱石に絶賛された「鼻」（『新思潮』一九一六・二）や「芋粥」（『新小説』同・九）などがある（五〇頁「主な『王朝物』」を参照）。

　また、「羅生門」における外国文学の影響については、芥川が先生と仰いだ森鷗外の翻訳でフレデリック・ブウテェ「橋の下」とカール・ハンス・シュトロープル「刺絡」、昇曙夢の訳でアンドレーエフ「地下室」などがあり、他にもニーチェ「ツァラトストラかく語りき」、M・G・ルイスの“The Monk”などが指摘されている。芥川文学に対する世界文学的な視点でのアプローチや、比較文学の分野からの言及が多くなされる一因として、このことが大きく関わっているのだろう。日本近代文学館や山梨県立文学館に所蔵されている芥川の旧蔵書などの調査結果を参考にしたい。

（庄司達也）

5 「羅城門登上層見死人盗人語」（「今昔物語集」）

　今は昔、摂津の国辺より盗せむが為に京に上《のぼり》ける男の、日の未だ暮ざりければ、羅城門《らしやうもん》の下に立隠れて立てりけるに、朱雀《すざく》の方に人重り行ければ、人の静まるまでと思て門の下に待立てけるに、山城の方より人共の数来《あまた》たる音のしければ、其れに不レ見えじと思て、門の上層に和《やは》ら掻《かき》つき登たりけるに、見れば火髴《ほのか》に燃《もや》したり、盗人恠と思て連子《れんじ》より臨《のぞき》ければ、若き女の死て臥たる有り、其の枕上に火を燃して、年極く老たる嫗《おうな》の白髪《しらが》白きが、其の死人の枕上に居て、死人の髪をかなぐり抜き取る也けり、盗人此れを見るに心も不レ得ねば、此れは若し鬼にや有らむと思て、怖けれども若し死人にてもぞ有る、恐《おど》して試むと思て、和ら戸を開て刀を抜て、己はと云て走寄ければ、嫗手迷《まど》ひをして手を摺て迷へば、盗人此は何ぞの嫗の此《かく》はし居たるぞと問ければ、嫗「己が主《ぬし》にて御ましつる人の、失給へるを繚《あつか》ふ人の無ければ、此て置奉たる也、其の御髪の長《たけ》に余て長ければ、其を抜取て鬘《かづら》にせむとて抜く也、助け給へ」と云ければ、盗人死人の著たる衣と嫗の著たる衣と抜《ぬき》取てある髪とを奪取て、下走《おりはしり》て迯て去にけり、然て其の上の層には死人の骸《から》ぞ多かりける、死たる人の葬など否《え》不《ざる》レ為《せ》をば此の門の上にぞ置ける、此の事は其の盗人の人に語けるを聞継《つぎ》て、此く語り伝へたるとや。

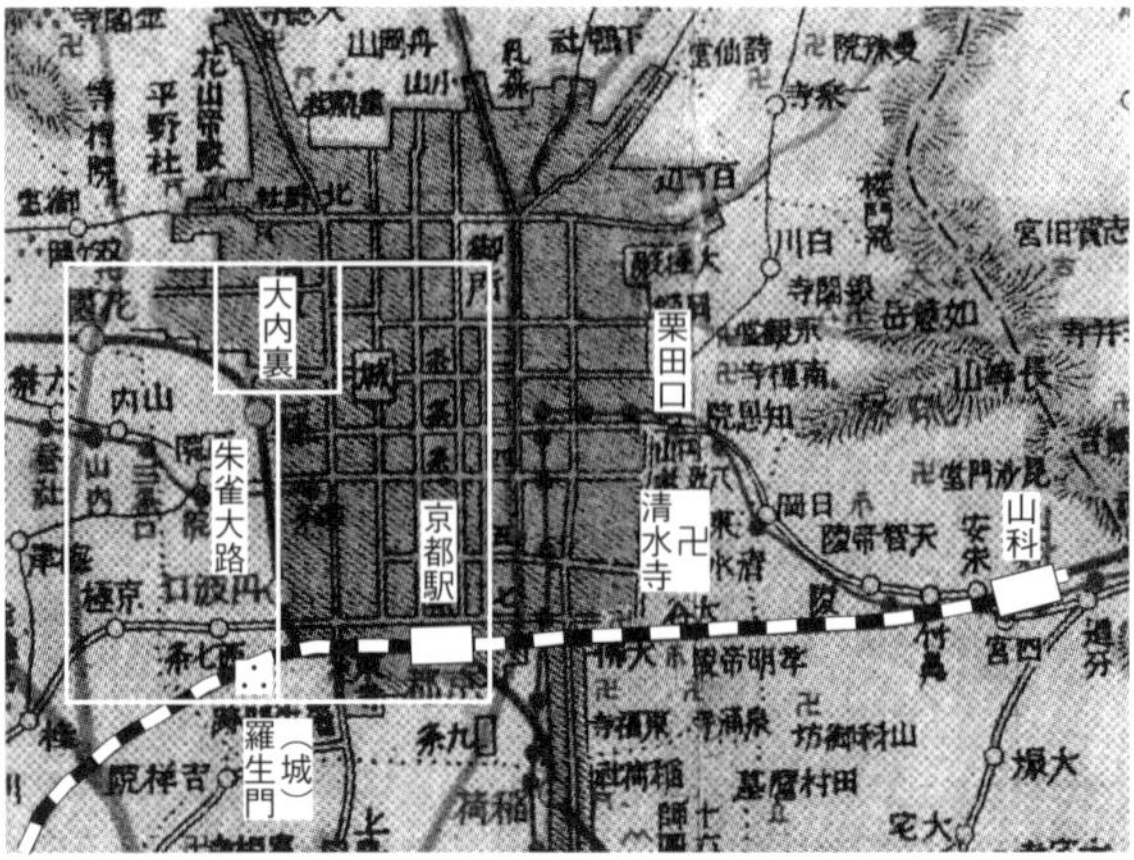

6 京都略地図

平安時代の都の位置を、大正期の地図に重ねて示したもの。四角く囲ってある部分が「内裏」。羅城門は、都の中心を貫く朱雀大路の南端に位置していた。

2 奉教人の死

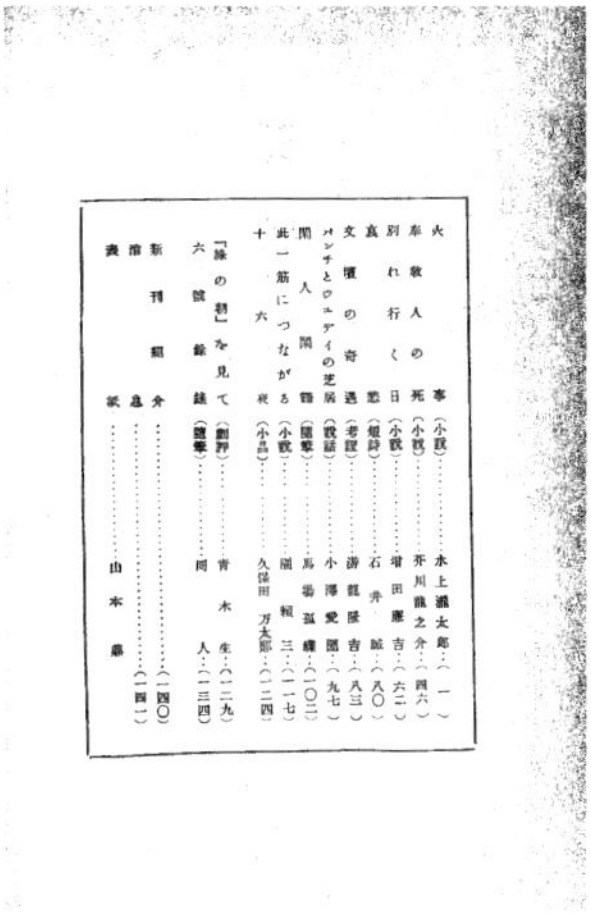

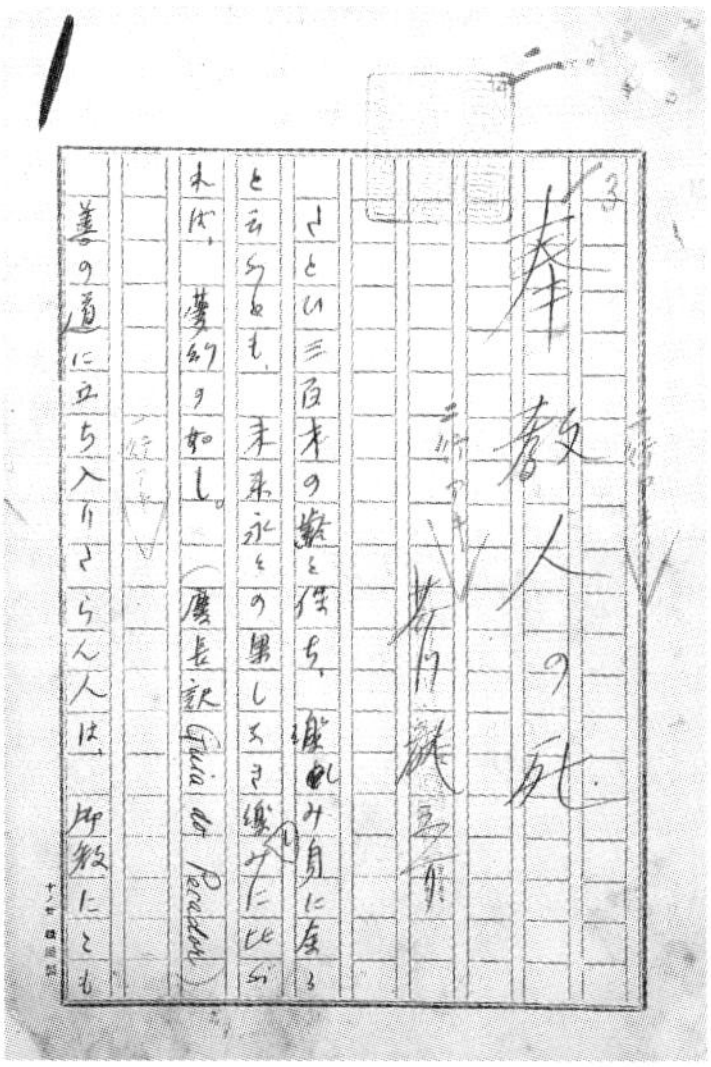

初出『三田文学』1918.9
初刊『傀儡師』1919.1　新潮社

たとひ三百歳の齢を保ち、楽しみ身に余ると云ふとも、未来永々の果しなき楽しみに比ぶれば、夢幻の如し。（慶長訳　Guia do Pecador）

善の道に立ち入りたらん人は、御教にこもる不可思議の甘味を覚ゆべし。（慶長訳　Imitatione Christi）

一

去んぬる頃、日本長崎の或「えけれしや」（寺院）に、「ろおらん」と申すこの国の少年がござつた。これは或年御降誕の祭の夜、その「えけれしや」の戸口に、餓え疲れてうち伏して居つたを、参詣の奉教人衆が介抱し、それより伴天連の憐みにて、寺中に養はれる事となつたげでござるが、何故かその身の素性を問へば、故郷は「はらいそ」（天国）父の名は「でうす」（天主）などと、何時《いつ》も事もなげな笑に紛らいて、とんとまことは明した事もござない。なれど親の代から「ぜんちよ」（異教徒）の輩であらなんだ事だけは、手くびにかけた青玉《あをだま》の「こんたつ」（念珠）を見ても、知れたと申す。されば伴天連はじめ、多くの「いるまん」衆（法兄弟）も、よも怪しいものではござるまいと、おぼされて、ねんごろに扶持して置かれたが、その信心の堅固なは、幼いにも似ず「すぺりおれす」（長老衆）が舌を捲くばかりであつたれば、一同も「ろおらん」は天童の生れがはりであらうづなど申し、いづくの生れ、たれの子とも知れぬものを、無下にめでいつくしんで居つたげでござる。

して又この「ろおらん」は顔かたちが玉のやうに清らかであつたに、声ざまも女のやうに優しかつたれば、一しほ人々のあはれみを惹いたのでござらう。中でもこの国の「いるまん」に「しめおん」と申したは、「ろおらん」を弟のやうにもてなし、「えけれしや」の出入りにも、必仲よう手を組み合せて居つた。この「しめおん」は、元さる大名に仕へた、槍一すぢの家がらなものぢや。されば身のたけも抜群なに、性得の剛力であつたに由つて、伴天連が「ぜんちよ」ばらの石瓦にうたるゝを、防いで進ぜた事も、一度二度の沙汰ではござない。それが「ろおらん」と睦じうするさまは、とんと鳩になづむ荒鷲のやうであつたとも申さうか。或は「ればのん」の檜に、葡萄《えび》かづらが纏ひついて、花咲いたやうであつたとも申さうづ。

さる程に三年あまりの年月は、流るゝやうにすぎたに由つて、「ろおらん」はやがて元服もすべき時節になつた。したがその頃怪しげな噂が伝はつたと申すは、「えけれしや」から遠からぬ町方の傘張の娘が、「ろおらん」と親しうすると云ふ事ぢや。この傘張の翁も天主の御教を奉ずる人故、娘ともども「えけれしや」へは参る慣であつたに、御祈《おんいのり》の暇《いとま》にも、娘は香炉をさげた「ろおらん」の姿から、眼を離したと申す事がござない。まして「えけれしや」への出入りには、必髪かたちを美しうして、「ろおらん」のゐる方へ眼づかひをするが定《ぢやう》であつた。さればおのづと奉教人衆の人目にも止り、娘が行きずりに「ろおらん」の足を踏んだと云ひ出すものもあれば、二人が艶書をとりかはすをしかと見とゞけたと申すものも、出て来たげでござる。

由つて伴天連にも、すて置かれず思《おぼ》されたのでござらう。或日「ろおらん」を召されて、白ひげを噛みながら、「その方、傘張の娘と兎角の噂ある由を聞いたが、よもやまことではあるまい。どうぢや」ともの優しう尋ねられた。したが「ろおらん」は、唯憂はしげに頭《かしら》を振つて、「そのやうな事は一向に存じやう筈もござらぬ」と、涙声に繰返すばかり故、伴天連もさすがに我を折られて、年配と云ひ、日頃の信心と云ひ、かうまで申すものに偽はあるまいと思《おぼ》されたげでござる。

さて一応伴天連の疑は晴れてぢやが、「えけれしや」へ参る人々の間では、容易に、とかうの沙汰が絶えさうもござない。されば兄弟同様にして居つた「しめおん」の気がかりは、又人一倍ぢや。始はかやうな淫な事を、ものものしう詮議立てするが、おのれにも恥しうて、うちつけに尋ねようは元より、「ろおらん」の顔さへまさかとは見られぬ程であつたが、或時「えけれしや」の後の庭で、「ろおらん」へ宛てた娘の艶書を拾うたに由つて、人気ない部屋にゐたを幸、「ろおらん」の前にその文をつきつけて、嚇しつ賺しつ、さまざまに問ひたゞいた。なれど「ろおらん」は唯、美しい顔を赤らめて、「娘は私に心を寄せましたげでござれど、私は文を貰うたばかり、とんと口を利いた事もござらぬ」と申す。なれど世間のそしりもある事でござれば、「しめおん」は猶も押して問ひ詰つたに、「ろおらん」はわびしげな眼で、ぢつと相手を見つめたと思へば、「私はお主《ぬし》にさへ、嘘をつきさうな人間に見えるさうな」と、咎めるやうに云ひ放つて、とんと燕《つばくろ》か何ぞのやうに、その儘つと部屋を出て行つてしまうた。かう云はれて見れば、「しめおん」も己の疑深かつたのが恥しうもなつたに由つて、悄々《すごすご》その場を去らうとしたに、いきなり駈けこんで来たは、少年の「ろおらん」ぢや。それが飛びつくやうに「しめおん」の頭を抱くと、喘ぐやうに「私が悪かつた。許して下されい」と、囁いて、こなたが一言も答へぬ間《ま》に、涙に濡れた顔を隠さう為か、相手をつきのけるやうに身を開いて、一散に又元来た方へ、走つて往《い》んでしまうたと申す。さればその「私が悪かつた」と囁いたのも、娘と密通したのが、悪かつたと云ふのやら、或は「しめおん」につれなうしたのが悪かつたと云ふのやら、一円合点の致さうやうがなかつたとの事でござる。

するとその後間もなう起つたのは、その傘張の娘が孕《みごも》つたと云ふ騒ぎぢや。しかも腹の子の父親は、「えけれしや」の「ろおらん」ぢやと、正しう父の前で申したとござる。されば傘張の翁は火のやうに憤つて、即刻伴天連のもとへ委細を訴へに参つた。かうなる上は「ろおらん」も、かつふつ云ひ訳の致しやうがござない。その日の中に伴天連を始め、「いるまん」衆一同の談合に由つて、破門を申し渡される事になつた。元より破門の沙汰がある上は、伴天連の手もとをも追ひ払はれる事でござれば、糊口のよすがに困るのも目前ぢや。したがかやうな罪人を、この儘「えけれしや」に止めて置いては、御主《おんあるじ》の「ぐろおりや」（栄光）にも関る事ゆゑ、日頃親しう致いた人々も、涙をのんで「ろおらん」を追ひ払つたと申す事でござる。

その中でも哀れをとゞめたは、兄弟のやうにして居つた「しめおん」の身の上ぢや。これは「ろおらん」が追ひ出されると云ふ悲しさよりも、「ろおらん」に欺かれたと云ふ腹立たしさが一倍故、あのいたいけな少年が、折からの凩が吹く中へ、しほしほと戸口を出かゝつたに、傍から拳をふるうて、したゝかその美しい顔を打つた。「ろおらん」は剛力に打たれたに由つて、思はずそこへ倒れたが、やがて起きあがると、涙ぐんだ眼で、空を仰ぎながら、『御主も許させ給へ。「しめおん」は、己が仕業もわきまへぬものでござる』と、わなゝく声で祈つたと申す事ぢや。「しめおん」もこれには気が挫けたのでござらう。暫くは唯戸口に立つて、拳を空にふるうて居つたが、その外の「いるまん」衆も、いろいろとゝりないたれば、それを機会《しほ》に手を束ねて、嵐も吹き出でようづ空の如く、凄じく顔を曇らせながら、悄々《すごぐ》「えけれしや」の門《かど》を出る「ろおらん」の後姿を、貪るやうにきつと見送つて居つた。その時居合はせた奉教人衆の話を伝へ聞けば、時しも凩に、ゆらぐ日輪が、うなだれて歩む「ろおらん」の頭のかなた、長崎の西の空に沈まうづ景色であつたに由つて、あの少年のやさしい姿は、とんと一天の火焔の中に、立ちきはまつたやうに見えたと申す。

その後の「ろおらん」は、「えけれしや」の内陣に香炉をかざした昔とは打つて変つて、町はづれの非人小屋に起き伏しする、世にも哀れな乞食《こじき》であつた。ましてその前身は、「ぜんちよ」の輩《ともがら》には穢多《えとり》のやうにさげしまるゝ、天主の御教を奉ずるものぢや。されば町を行けば、心ない童部に嘲らるゝは元より、刀杖瓦石の難に遭うた事も、度々《どゞ》ござるげに聞き及んだ。いや、嘗ては、長崎の町にはびこつた、恐しい熱病にとりつかれて、七日七夜の間、道ばたに伏しまろんでは、苦み悶えたとも申す事でござる。したが、「でうす」無量無辺の御愛憐は、その都度「ろおらん」が一命を救はせ給うたのみか、施物の米銭のない折々には、山の木の実、海の魚貝など、その日の糧を恵ませ給ふのが常であつた。由つて「ろおらん」も、朝夕の祈は「えけれしや」に在つた昔を忘れず、手くびにかけた「こんたつ」も、青玉の色を変へなかつたと申す事ぢや。なんのそれのみか、夜毎に更闌けて人音も静まる頃となれば、この少年はひそかに町はづれの非人小屋を脱け出《いだ》いて、月を踏んでは住み馴れた「えけれしや」へ、御主「ぜす・きりしと」の御加護を祈りまゐらせに詣でゝ居つた。

なれど同じ「えけれしや」に詣づる奉教人衆も、その頃はとんと、「ろおらん」を疎んじはてゝ、伴天連はじめ、誰一人憐みをかくるものもござらなんだ。ことはりかな、破門の折から所行無慚の少年と思ひこんで居つたに由つて、何として夜毎に、独り「えけれしや」へ参る程の、信心ものぢやとは知られうぞ。これも「でうす」千万無量の御計らひの一つ故、よしない儀とは申しながら、「ろおらん」が身にとつては、いみじくも亦哀れな事でござつた。

さる程に、こなたはあの傘張の娘ぢや。「ろおらん」が破門されると間もなく、月も満たず女の子を産み落いたが、さすがにかたくなしい父の翁も、初孫の顔は憎からず思うたのでござらう、娘ともども大切に介抱して、自ら抱きもしか〻へもし、時にはもてあそびの人形などをとらせたと申す事でござる。翁は元よりさもあらうづなれど、ことに稀有なは「いるまん」の「しめおん」ぢや。あの「ぢやぼ」（悪魔）をも挫がうづ大男が、娘に子が産まれるや否や、暇ある毎に傘張の翁を訪れて、無骨な腕《かひな》に幼子を抱き上げては、にがにがしげな顔に涙を浮べて、弟と愛《いつく》しんだ、あえかな「ろおらん」の優姿《やさすがた》を、思ひ慕つて居つたと申す。唯、娘のみは、「えけれしや」を出でてこの方、絶えて「ろおらん」が姿を見せぬのを、怨めしう歎きわびた気色であつたれば、「しめおん」の訪れるのさへ、何かと快からず思ふげに見えた。

この国の諺にも、光陰に関守なしと申す通り、とかうする程に、一年あまりの年月は、瞬くひまに過ぎたと思召されい。こ〻に思ひもよらぬ大変が起つたと申すは、一夜の中に長崎の町の半ばを焼き払つた、あの大火事のあつた事ぢや。まことにその折の景色の凄じさは、末期の御裁判《おんさばき》の喇叭の音が、一天の火の光をつんざいて、鳴り渡つたかと思はれるばかり、世にも身の毛のよだつものでござつた。その時、あの傘張の翁の家は、運悪う風下にあつたに由つて、見る見る焔に包れたが、さて親子眷族、慌てふためいて、逃げ出《いだ》いて見れば、娘が産んだ女の子の姿が見えぬと云ふ始末ぢや。一定、一間《ひとま》どころに寝かいて置いたを、忘れてこ〻まで逃げのびたのであらうづ。されば翁は足ずりをして罵りわめく。娘も亦、人に遮られずば、火の中へも馳せ入つて、助け出さう気色に見えた。なれど風は益加はつて、焔の舌は天上の星をも焦さうづ吼《たけ》りやうぢや。それ故火を救ひに集つた町方の人々も、唯、あれよあれよと立ち騒いで、狂気のやうな娘をとり鎮めるより外に、せん方も亦あるまじい。所へひとり、多くの人を押しわけて、駈けつけて参つたは、あの「いるまん」の「しめおん」でござる。これは矢玉の下もくぐつたげな、逞しい大丈夫でござれば、ありやうを見るより早く、勇んで焔の中へ向うたが、あまりの火勢に辟易致いたのでござらう。二三度煙をくぐつたと見る間に、背《そびら》をめぐらして、一散に逃げ出いた。して翁と娘とが佇んだ前へ来て、『これも「でうす」万事にかなはせたまふ御計らひの一つぢや。詮ない事とあきらめられい』と申す。その時翁の傍から、誰とも知らず、高らかに「御主、助け給へ」と叫ぶものがござつた。声ざまに聞き覚えもござれば、「しめおん」が頭《かうべ》をめぐらして、その声の主をきつと見れば、いかな事、これは紛ひもなき「ろおらん」ぢや。清らかに痩せ細つた顔は、火の光に赤うかがやいて、風に乱れる黒髪も、肩に余るげに思はれたが、哀れにも美しい眉目のかたちは、一目見てそれと知られた。その「ろおらん」が、乞食の姿のまゝ、群る人々の前に立つて、目もはなたず燃えさかる家を眺めて居《を》る。と思うたのは、まことに瞬く間もない程ぢや。一しきり焰を煽つて、恐しい風が吹き渡つたと見れば、「ろおらん」の姿はまつしぐらに、早くも火の柱、火の壁、火の梁《うつばり》の中にはひつて居つた。「しめおん」は思はず遍身に汗を流いて、空高く「くるす」(十字)を描きながら、己も「御主、助け給へ」と叫んだが、何故かその時心の眼には、凩に落ちた日輪の光を浴びて、「えけれしや」の門に立ちきはまつた、美しく悲しげな、「ろおらん」の姿が浮んだと申す。

なれどあたりに居つた奉教人衆は、「ろおらん」が健気な振舞に驚きながらも、破戒の昔を忘れかねたのでもござらう。忽兎角の批判は風に乗つて、人どよめきの上を渡つて参つた。と申すは、『さすが親子の情あひは争はれぬものと見えた。己が身の罪を恥ぢて、このあたりへは影も見せなんだ「ろおらん」が、今こそ一人子の命を救はうとて、火の中へはひつたぞよ』と、誰ともなく罵りかはしたのでござる。これには翁さへ同心と覚えて、「ろおらん」の姿を眺めてからは、怪しい心の騒ぎを隠さうづ為か、立ちつ居つ身を悶えて、何やら愚しい事のみを、声高にひとりわめいて居つた。なれど当の娘ばかりは、狂ほしく大地に跪いて、両の手で顔をうづめながら、一心不乱に祈誓を凝らして、身動きをする気色さへもござない。その空には火の粉が雨のやうに降りかゝる。煙も地を掃つて、面《おもて》を打つた。したが、娘は黙然と頭《かうべ》を垂れて、身も世も忘れた祈り三昧ぢや。

とかうする程に、再火の前に群つた人々が、一度にどつとどよめくかと見れば、髪をふり乱いた「ろおらん」が、もろ手に幼子をかい抱いて、乱れとぶ焰の中から、天くだるやうに姿を現いた。なれどその時、燃え尽きた梁《うつばり》の一つが、俄に半ばから折れたのでござらう。凄じい音と共に、一なだれの煙焰が半空《なかぞら》に迸つたと思ふ間もなく、「ろおらん」の姿ははたと見えずなつて、跡には唯火の柱が、珊瑚の如くそば立つたばかりでござる。

あまりの凶事に心も消えて、「しめおん」をはじめ翁まで、居あはせた程の奉教人衆は、皆目の眩む思ひがござつた。中にも娘はけたゝましう泣き叫んで、一度は脛もあらはに躍り立つたが、やがて雷《いかづち》に打たれた人のやうに、そのまゝ大地にひれふしたと申す。さもあらばあれ、ひれふした娘の手には、何時かあの幼い女の子が、生死不定の姿ながら、ひしと抱かれて居つたをいかにしようぞ。ああ、広大無辺なる「でうす」の御知慧、御力は、何とたとへ奉る詞《ことば》だにござない。燃え崩れる梁《うつばり》に打たれながら、「ろおらん」が必死の力をしぼつて、こなたへ投げた幼子は、折よく娘の足もとへ、怪我もなくまろび落ちたのでござる。

されば娘が大地にひれ伏して、嬉し涙に咽んだ声と共に、もろ手をさしあげて立つた翁の口からは、「でうす」の御慈悲をほめ奉る声が、自らおごそかに溢れて参つた。いや、まさに溢れようづけはひであつたとも申さうか。それより先に

「しめおん」は、さかまく火嵐の中へ、「ろおらん」を救はうづ一念から、真一文字に躍りこんだに由つて、翁の声は再気づかはしげな、いたましい祈りの詞《ことば》となつて、夜空に高くあがつたのでござる、これは元より翁のみではござない。親子を囲んだ奉教人衆は、皆一同に声を揃へて、「御主、助け給へ」と、泣く泣く祈りを捧げたのぢや。して「びるぜん・まりや」の御子、なべての人の苦しみと悲しみとを己《おの》がもの、如くに見そなはす、われらが御主「ぜす・きりしと」は、遂にこの祈りを聞き入れ給うた。見られい。むごたらしう焼けたゞれた「ろおらん」は、「しめおん」が腕に抱かれて、早くも火と煙とのたゞ中から、救ひ出されて参つたではないか。

なれどその夜の大変は、これのみではござなんだ。息も絶え絶えな「ろおらん」が、とりあへず奉教人衆の手に舁がれて、風上にあつたあの「えけれしや」の門へ横へられた時の事ぢや。それまで幼子を胸に抱きしめて、涙にくれてゐた傘張の娘は、折から門へ出《い》でられた伴天連の足もとに跪くと、並み居る人々の目前で、『この女子《をなご》は「ろおらん」様の種ではおじやらぬ。まことは妾《わらは》が家隣《いへどなり》の「ぜんちよ」の子と密通して、まうけた娘でおじやるわいの』と、思ひもよらぬ「こひさん」(懺悔)を仕つた。その思ひつめた声ざまの震へと申し、その泣きぬれた双の眼のかがやきと申し、この「こひさん」には、露ばかりの偽さへ、あらうとは思はれ申さぬ。道理かな、肩を並べた奉教人衆は、天を焦がす猛火も忘れて、息さへつかぬやうに声を呑んだ。

娘が涙ををさめて申し次いだは、『妾は日頃「ろおらん」様を恋ひ慕うて居つたなれど、御信心の堅固さからあまりにつれなくもてなされる故、つい怨む心も出て、腹の子を「ろおらん」様の種と申し偽り、妾につらかつた口惜しさを思ひ知らさうと致いたのでおじやる。なれど「ろおらん」様の御心の気高さは、妾が大罪をも憎ませ給はいで、今宵は御身の危さをもうち忘れ、「いんへる」(地獄)にもました火焔の中から、妾娘の一命を辱くも救はせ給うた。その御憐み、御計らひ、まことに御主「ぜす・きりしと」の再来かともをがまれ申す。さるにても妾が重々の極悪を思へば、この五体は忽「ぢやぼ」の爪にかゝつて、寸々に裂かれようとも、中々怨む所はおじやるまい』娘は「こひさん」を致いも果てず、大地に身を投げて泣き伏した。

二重《へ》三重《へ》に群つた奉教人衆の間から、「まるちり」(殉教)ぢや、「まるちり」ぢやと云ふ声が、波のやうに起つたのは、丁度この時の事でござる。殊勝にも「ろおらん」は、罪人を憐む心から、御主「ぜす・きりしと」の御行跡を踏んで、乞食にまで身を落いた。して父と仰ぐ伴天連も、兄とたのむ「しめおん」も、皆その心を知らなんだ。これが「まるちり」でなうて、何でござらう。

したが、当の「ろおらん」は、娘の「こひさん」を聞きながらも、僅に二三度頷いて見せたばかり、髪は焼け肌は焦げて、手も足も動かぬ上に、口をきかう気色さへも今は全く尽きたげでござる。娘の「こひさん」に胸を破つた翁と「しめおん」とは、その枕がみに蹲つて、何かと介抱を致いて居つたが、「ろおらん」の息は、刻々に短うなつて、最期ももはや遠くはあるまじい。唯、日頃と変らぬのは、遙に天上を仰いで居る、星のやうな瞳の色ばかりぢや。

やがて娘の「こひさん」に耳をすまされた伴天連は、吹き荒ぶ夜風に白ひげをなびかせながら、「えけれしや」の門を後にして、おごそかに申されたは、『悔い改むるものは、幸ぢや。何しにその幸なものを、人間の手に罰しようぞ。これより益、「でうす」の御戒を身にしめて、心静に末期の御裁判の日を待つたがよい。又「ろおらん」がわが身の行儀を、御主「ぜす・きりしと」とひとしく奉らうづ志は、この国の奉教人衆の中にあつても、類《たぐひ》稀なる徳行でござる。別して少年の身とは云ひ――』あゝ、これは又何とした事でござらうぞ。こゝまで申された伴天連は、俄にはたと口を噤んで、あたかも「はらいそ」の光を望んだやうに、ぢつと足もとの「ろおらん」の姿を見守られた。その恭しげな容子は、どうぢや。その両の手のふるへざまも、尋常の事ではござるまい。おう、伴天連のからびた頬の上には、とめどなく涙が溢れ流れるぞよ。

見られい。「しめおん」。見られい。傘張の翁。御主「ぜす・きりしと」の御血潮よりも赤い、火の光を一身に浴びて、声もなく「えけれしや」の門に横はつた、いみじくも美しい少年の胸には、焦げ破れた衣のひまから、清らかな二つの乳房が、玉のやうに露れて居るではないか。今は焼けたゞれた面輪《おもわ》にも、自らなやさしさは、隠れようすべもあるまじい。おう、「ろおらん」は女ぢや。「ろおらん」は女ぢや。見られい。猛火を後にして、垣のやうに佇んでゐる奉教人衆、邪淫の戒を破つたに由つて「えけれしや」を逐はれた「ろおらん」は傘張の娘と同じ、眼なざしのあでやかなこの国の女ぢや。

まことにその刹那の尊い恐しさは、あたかも「でうす」の御声が、星の光も見えぬ遠い空から、伝はつて来るやうであつたと申す。されば「えけれしや」の前に居並んだ奉教人衆は、風に吹かれる穂麦のやうに、誰からともなく頭を垂れて、悉「ろおらん」のまはりに跪いた。その中で聞えるものは、唯、空をどよもして燃えしきる、万丈の焔の響ばかりでござる。いや、誰やらの啜り泣く声も聞えたが、それは傘張の娘でござらうか。或は又自ら兄とも思つた、あの「いるまん」の「しめおん」でござらうか。やがてその寂寞《じやくまく》たるあたりをふるはせて、「ろおらん」の上に高く手をかざしながら、伴天連の御《おん》経《きやう》を誦せられる声が、おごそかに悲しく耳にはひつた。して御経の声がやんだ時、「ろおらん」と呼ばれた、この国のうら若い女は、まだ暗い夜のあなたに、「はらいそ」の「ぐろおりや」を仰ぎ見て、安らかなほゝ笑みを唇に止めたまゝ、静に息が絶えたのでござる。

その女の一生は、この外に何一つ、知られなんだげに聞き及んだ。なれどそれが、何事でござらうぞ。なべて人の世の尊さは、何ものにも換へ難い、刹那の感動に極るものぢや。暗夜《やみよ》の海にも譬へようづ煩悩心の空に一波をあげて、未出ぬ月の光を、水沫《みなは》の中に捕へてこそ、生きて甲斐ある命とも申さうづ、されば「ろおらん」が最期を知るものは、「ろおらん」の一生を知るものではござるまいか。

二

予が所蔵に関る、長崎耶蘇会出版の一書、題して「れげんだ・おれあ」と云ふ。蓋し、LEGENDA AUREA の意なり。されど内容は少しも、西欧の所謂「黄金伝説」ならず。彼土の使徒聖人が言行を録すると共に、併せて本邦西教徒が勇猛精進の事蹟をも採録し、以て福音伝導の一たらしめんとせしもの、如し。

体裁は上下二巻美濃紙摺草体交り平仮名文にして、印刷甚しく鮮明を欠き、活字なりや否やを明にせず。上巻の扉には、羅甸字にて書名を横書し、その下に漢字にて「御出世以来千五百九十六年、慶長元年三月上旬鏤刻也」の二行を縦書す。年代の左右には喇叭を吹ける天使の画像あり。技巧頗幼稚なれども、亦掬す可き趣致なしとせず。下巻も扉に「五月中旬鏤刻也」の句あるを除いては、全く上巻と異同なし。

両巻とも紙数は約六十頁にして、載する所の黄金伝説は、上巻八章、下巻十章を数ふ。その他各巻の巻首に著者不明の序文及羅甸字を加へたる目次あり。序文は文章雅馴ならずして、間々欧文を直訳せる如き語法を交へ、一見その伴天連たる西人の手になりしやは疑はしむ。

以上採録したる「奉教人の死」は、該「れげんだ・おれあ」下巻第二章に依るものにして、恐らくは当時長崎の一西教寺院に起りし、事実の忠実なる記録ならんか。但、記事の大火なるものは、「長崎港草」以下諸書に徴するも、その有無をすら明にせざるを以て、事実の正確なる年代に至つては、全くこれを決定するを得ず。

予は「奉教人の死」に於て、発表の必要上、多少の文飾を敢てしたり。もし原文の平易雅馴なる筆致にして、甚しく毀損せらる、事なからんか、予の幸甚とする所なりと云爾。

（七・八・十二）

芥川龍之介

資料室

❶「聖マリナ」（『聖人伝』）

後世聖人　尊号を受けて楽土にたのしき眠りをとるもの数百の多きに至ると雖も皆苦を好み難を楽む人々のみなるがゆゑに未信者は勿論信徒と雖も時としては是行を見て狂人のしはざとなし指し笑ふ者少からず。然れども是聖人の深き心意を吾らざるの愚人の致す処のみ何ぞ談ずるに足るべきや。古来聖人たる者一人として名誉心の為めに神を信ぜしにはあらず一つには自らの罪罰を償ひ、二つには他人の為潜に神に其身上を祈るにあり今此に説き出す伝記はかゝる内に於て最も面白く最も愉快に快活なる聖人の物語なり。

❷ 狩野内膳画「南蛮屏風」（右隻部分）
1600年頃の作。十字架のある建物は教会。

昔し阿弗利加の国に、ウゼノと称する人ありけり、妻との中に一女子ありて不足なく此世を暮らしつゝありしが、盈つれば欠くる世の習ひ夜半に嵐の吹かぬものかは、一年其妻は夫に先ちて葉末にをく露よりもろく此世を去りしかばウゼノの慨き一方ならず朝夕妻のことのみ思ひなやみて哀みの淵に沈みつゝ、世をあじきなく暮しければ、そが朋友等大に心をいためさま〴〵に慰め諫むれども、かへりて是をうるさしとていつかな用ふる気色なく、唯部屋にのみたれこめて、鬱々として日を消しぬ。其頃阿弗利加の最と淋しき片山里に一の行者会と云ふものありけり。ウゼノは兼ねて耳にせしかば、我も是に入りて濁りたる浮世のきづなを絶ち切らんと思ひ立ちしが一人の娘を捨て置きて往かるべきにあらねば兎にやせん角やと思ひ煩ひけるが此行者会は女子の入会を厳禁せしかば共に拉へ往くこと能はず是非なく娘は其わたりの親戚が許に托し居きて自らは直ちに行者会へと一身を投じぬ。かくて亡妻の慨も漸く薄らぎしだけに安心の域に立ち行きけれど、冬の雪、秋の月、親戚の許に托し居きたる最愛の一人娘、妻が片身の面影を思ひ出でゝは涙ハラ〳〵と膝に落ちて安堵の胸も亦更に曇りがちになりていとゞ堪へがたく覚へしかばいつしかに顔に現れたり、院長は此様子をはやくも見てとり、ウゼノに向つて胸の内のうやむや逐一我に話し玉へと懇に問ひかけしかばウゼノは是に答ふる様、己れ一人の子あり、さりながら今は親戚のかゝり人となり某の里にあり。恥しながらそがことを思ひ出でゝかくは物思ふ身となりぬと云ふ。院長も深く其心を憐みて根問ひもせずに其引取を許したり。かゝりしかばウゼノの悦一方ならず、直ちに自ら出向きて伴ひ来れり、されども女子にては伴ひ来られず故に男の装をなしてつれ来り名をマリンと改めさせたり。

ウゼノはかくして一先心を安んじけるが、さるにても小供の身にて行者の如き厳格なる規則を守り得べきかと又々一つの心がゝり出来りしが此マリンすこしも嫌ふ気色なくいとまめ〳〵しく働きて朝は早朝に起き出て、夜は更るをも知らず、マリン此処に来りしより男の形に装ほひしかば女子のたしなみとて重んぜらるゝ顔のつくり衣服の飾なんどなすは思ひもよらねどこを少しもいたふことなく常に男のものごしに扮するを難しとせず勤めて人にさとられざるやうになしける。故多くの行者一人として是を女なりと思ふものなく皆男として交りぬ。かくて春秋流水のごとくマリン十七歳となりける年父ウゼノは風の心地とて打臥せしま、終に得起ず、臨終に及びてマリンを枕辺に呼近づけ後々の事ども懇に言置やがて眠るが如く死につけり。マリンは父に別れし身の心かなしく其当座はなきかなしみてのみありけるが、父が臨終のきはに祈を神に捧げて受得玉ひしと言ふなる我身の行末。此行者の集にありて身を終れよとの玉ひたる父の御言葉かく心よはくては男の集にありて未はかり知られぬ歳を終へんこと出来得べきかと、自ら自らの心を励まし憤然として志を起し、かよわき女子の身にて男子の集合したる行者会に難行苦行を甘んじ受けんと決心せしぞ勇ましけれ。多くの行者等はウゼノの死去せし後は定めてマリンは行者会を脱するならんと心組なし居けるにさはなくて却りて父のありし頃よりも信心一層の度を増したらん如く謙遜辞譲倍々厚く温和柔順なること諸行者中にも其比なき迄なりければ院長は更にも云はず諸の行者等一度に驚き感じつゝ、賞せざるものなかりき此行者会の建てられたる所よりして三里ばかり隔りたる辺に一市街あり行者会の食糧及び諸雑品は皆此処にて買ひ調ふるを常とせりさりながら此使ひとしては非常に道徳堅く温柔なるものならでは能はざることなれば是迄は一高弟とも云ふべき行者の任なりしが院長はマリンが至つて温和なるを愛し且つ其道徳のたしかなるを信ぜしかばやがて諸行者と評議の末終にマリンを此重役に選抜せり。マリンは此重任に当りしを大に悦び我信仰の程を試んは此時なりとて其后は此ことにいそしみけり。さる程にマリンは彼市街に度々往くことゝて市内の人々に名を知らるゝ様になりかつ温和謙遜なるを愛せられて評判市中に高くなれり然るに悪魔はマリンの信仰厚きをいたく嫉み、神に乞ふて是に害を与へんことを望めり、神も其信仰の度を試んが為めにこを赦せり此に於て悪魔はいたく悦喜し己が技量を尽してマリンに害を与へ初めたり。此町の魚店に一人の娘あり性甚だ放逸にて所謂スレカラシと云ふなればいつしかマリンの男ぶり（マリンは女なれ共男装し居れば誰しも男と思ひり）のよきに思ひをかけ、いかにもして我心に従はせんと自らの家に来る毎に言ひよりけるが、マリンは心におかしく柳に受けて居たりける。娘はしば〳〵口説きけれども少しもマリンの従はざるを大に恨みいつか此恨を晴らすべしと考へ居ける。かゝる女なれば間もなく或男と姦通し遂に妊娠したりしかば両親いたく憤り其相手を白状せよと責めたり。娘は此時こそマリンに恨を晴らす時なりと思ひ相手は行者マリンなりといつはり告げぬ。両親はいたく憤怒し直ちに行者会に至りて其事を院長に話しかゝる譌善者は一日もはやく此所を立去らるゝ様取はからはれたし我娘は彼人の為に疵者となれりと談じかけしかば院長大に驚嘆し直ちにマリンを膝下へ呼びよせ厳しく其罪を責めたり、され共マリンは少しも返答なく只心に神に祈り猶一層の苦みを我身に与へ給へぞと願ひける。院長はマリンの答へなきを見て益是を事実なりと誤解し此行者会の創立以来はや十数年の久しき間一人のかゝる汚行をなせし者なきに此マリンのみかゝる大罪を侵したること以の外の所行なりとて直ちにマリンを行者会より放逐せり。マリンは素より決心せしことながら流石に女子の身なれば、長の歳月此会に住みなれてあらぬ罪を身にかふむり出て、行身のいとかなしく、幾度となく顧て父の墳墓に遠かる心の内ぞいたましき。かくて此を去りし后は淋しき野辺に家とは名のみ雨露を凌ぐにも足らざるあばらやを女子の手一つにて漸くしつらひ此所に入りて夜となく昼となく神に祈を捧げ道行く人の為にも祈りつゝ、三度の食事も思ふまゝには食せず只命を保つばかりなるぞ哀れなる。

かゝる可憐なる乙女にかゝる苦難を与へても悪魔は尚飽き足れりとなさず、又々一つの苦をぞ与へ

3 斯定筌著『聖人伝』扉
「奉教人の死」の本当の原典。
芥川旧蔵書の１冊でもある。

ける。そは其頃の法律にて若し姦通にて小児出生する時は男児、女児の別なくすべて是を男子の手にて養ふことなりければ彼の魚店の娘は心太くも妊娠して出生したる小児の乳ばなれすると其まゝマリンの移住地に持ち行きて渡したり、マリンは是を少しもいなまず心よく受取りて貧苦の内に養ひたり。是を見聞くもの誰ありて憐れなりと言ふ者なく皆行者の身として姦通し其児を養ふて耻る色なくあまつさへ食を人に乞ふとは見るも汚らはしき者なりとて是迄のこと知るものは恵を与へることといと尠なし、かゝる辛苦に少しも屈せず片時も神の御名を口に絶すことなく足手まとひの他人の児を我身の食を減じても小児には餓を感ぜしめず我身の衣を薄ふしても小児には寒さを覚へしめざる様此淋しき山野を厭はず此信用地に落ちたる地を嫌はず苦みの上に尚益苦を与へられんことを切望しつゝ五ヶ年の星霜を艱難の内に送りけるは、いともあはれに勇しき忍耐の程ぞありがたき。

行者会の人々はマリンの忍耐を見、ひたすら罪を償はんとする様を見聞して、いたく哀れを催ふし一同に院長の前に出で、マリンの忍耐のたしかなるをのべ、赦免あらんことを乞ひけるが院長はたやすく是を受引かずかぶりをのみふりけるが行者等の度々乞ふて止まざるにぞさらば心まかせにせらるべしと許したり、諸行者等は大に悦び直ちにマリンの許に人を走らせ赦免の由言ひつかはしければ、マリンも甚悦びて其使者と共に来れり。され共もとの如く諸行者と同じく住み、諸行者と同じく食するにはあらず、恰も諸行者の奴僕の如く使役すべしと院長は命を下したり。

マリンが行者会に皈り来りたりし時の有様は実に哀れむべきものあり。其豊かなりし頬の肉は落ちて骨を露はし、其濃く引かれたる眉、其白く玉の如かりし肌、紅をさしたらん如くなる唇、ふさ〳〵として柔かなりし髪、皆昔の姿は消へて異人とのみぞ見ゆめり。かく長の歳月苦みに苦みを重ねて漸く会に皈り来りしかば心の梁り、しだひにゆるびて其后二月ばかり経て終に此世を遠逝せり。

マリン死去せしと聞へしかば諸行者等人を頼て其死体を洗はせたりしに其折始めて彼の男にあらずして女なりしこと顕れたり。諸行者等は云ふも更なり院長の駭き大方ならず、直ちに死躰の前に往きて地に伏し吾知らずして此歳月聖人を苦しめしことまことに罪万死に当たれりとて大に謝したり。かくて其事あたりに隠れなく伝はりしかば先に罵りたる人々皆明なきを耻ぢかつ悔みける。此に聖人を苦めたる魚屋の娘は此ことを聞やいな恐れ戦き忽ち魔の為に魅せられていたくなやみ苦みたり。行者会の院長ははやくも此ことをきゝつけいそぎ其娘を伴ひ来りて、マリンの衣服に触れしめしかばやがて魔は退きて娘はもとの身となりたり、此に於て彼は其前非を悔ひ、マリンの死躰の前にて是迄の己がなせしあしきことを、遺す所なく白状せりとぞ、マリンが死後の奇蹟はこれのみならず色々種々の大なる不思議ありしかば時人大にマリンの謙遜にして其熱信の度の非常に高かりしを賞しあひけるとぞ。

此マリンの不撓なる大忍耐をもて吾々が日々の行に比せば其差幾何ぞや、まことに雲泥月鼈の嘆なき能はず。然れ共吾々亦是をなし能はざるにあらず、麤より細に入り、俗より雅に入るの予を守つて、然してことをとらば、遂に此マリンの如き大忍耐を成就して聖人の尊号を握ることを得べきなり。

茶話

芥川氏の悪戯

◆小説家芥川龍之助氏は三田文學の先月號に「奉教人の死」といふ短篇小説を書いた。そしてこの小説は自分が秘藏してゐる長崎耶蘇教會出版の「れげんだ・おれあ」といふ西教徒が勇猛精進の事蹟を書きとめた稀覯書から材料を取つたものだ。この書物は上下二巻美濃紙摺六十頁、草書體交りの平仮名文で、上巻の扉には羅甸字で書名を横に書きその下に漢字で

「御出世以來千五百九十六年慶長元年三月上旬鏤

の二行が縦書にしてある。序文は間々欧文を直譯したかのやうな語法を交へ、一見して伴天連たる西人の手になつたものだらうと思はれるやうな所があると斷り書まで添へたものだ。

◆これを讀んで一番に物好きの眼を光らせたのは、丸善の内田魯庵氏だつた。魯庵氏は人に知られた珍書通だけに、自分が今日までこの書物の存在を知らなかつたのを何よりも耻しい事に思つて、掌面でそつと禿げ上つた額を撫でた。

「れげんだ・おれあ――名前からして珍らしい書物だ是非一つ借りて見なくつちや。」

魯庵氏は直ぐ芥川氏あてに手紙を書いて、その珍本の

4「茶話　芥川氏の悪戯」(『大阪毎日新聞』1918.10.4)
芥川は当時この新聞社の社員として、しばしば小説を連載していた。「茶話」は『大毎』学芸部長で詩人の薄田泣菫が担当した文芸コーナー。

◉異界への誘い

一六世紀終わりごろの長崎。教会で養育された〈ろおらん〉（初刊本以降は〈ろおれんぞ〉に改められた）は信仰厚い少年であったが、町娘と密通したかどで追放される。一年後の大火事の日に現れた〈ろおらん〉は、自分の身を犠牲にして、その娘が生んだ赤ん坊を救い出すのだが、瀕死の彼の焼けこげた着物からは、なんと乳房が露れていた――「奉教人の死」は、独特の語り口調によってこのような話が物語られる「一」と、それが〈予〉（「芥川龍之介」）の所蔵するキリシタン文献中の説話であることが明かされる「二」からなる。

読者の多くは、「二」まで読み進めることで現実世界に引き戻され、「一」が数百年前の異界の物語であることを改めて実感するだろう。南蛮文化が栄えたのは、キリスト教伝来から禁制までのほんの数十年。「一」の世界は［資料2］の南蛮屏風同様、一般にはなじみの薄いエキゾチックな空間となり、そこでは、どんな不思議な出来事もあり得るような気分にさせられてしまうのではないか。

◉偽書騒動

だが、「二」の記述は嘘だった。［資料4］［資料5］からは、批評家の内田魯庵らが「れげんだ・おれあ」の購入を芥川に申し込み、偽書であると知らされたことがわかる。本当の原典は、『聖人伝』中の「聖マリナ」（［資料1］［資料3］）で、文体は別のキリシタン文献を模して作られていたのだった（［資料5］）。

単行本『傀儡師』（一九一九・一、新潮社）収録の際には末尾の署名も削除され、偽書騒動はすぐに収まったが、この事件は、芥川が技巧を楽しむ〈悪戯〉な作家であることを、人々に強く印象づけたようだ。

◉背負投げ

志賀直哉などは、「一」の展開自体にも〈悪戯〉を感じていたようで、〈「奉教人の死」の主人公が死んで見たら実は女だつたといふ事を何故最初から読者に知らして置かなかつたか〉、それは読者に〈脊負投げを食はすやり方〉である、と批判している。（「沓掛にて――芥川君の事――」『中央公論』一九二七・九）

確かに、〈ろおらん〉が女であることを初めから知っているはずの「一」の語り手は、そのことを最後まで明かさないばかりか、ついには一登場人物に焦点化したかのように、〈おう、「ろおらん」は女ぢや。〉〈見られい。〉と驚いて見せたりする。そしてその上で、〈その女の一生は、この外に何一つ知られなんだげに聞き及んだ。なれどそれが、何事でござらうぞ。〉と語るのだ。多くの読者はその語りに誘導されて、〈ろおらん〉の前半生からは視線をそらしてしまうだろう。

◉前半生の謎

志賀の指摘を、読者への警鐘と考える方法もある。読者は、語り手を通じてしか小説についての情報を受けることはできないが、その語り手の言葉を疑い、指図に抗って読むことはある程度可能だからだ。繰り返し読むうちには、この不思議な物語の一切を〈刹那の感動〉という言葉で片づけてしまおうとする「一」の語り手に抗して、こんな疑問を浮かび上がらせることもできるだろう。

――なぜ〈ろおらん〉は男装していたのか、なぜ人々はそのことを見抜けず、女人禁制（［資料1］

5 「風変りな作品二点に就て」（『文章往来』一九二六・一）より

自分の小説は大部分、現代普通に用ひられてゐる言葉で書いたものである。例外として、『奉教人の死』と『きりしとほろ上人伝』とがその中に這入る。両方とも、文禄慶長の頃、天草や長崎で出た日本耶蘇会出版の諸書の文体に倣つて創作したものである。

『奉教人の死』の方は、其宗徒の手になつた当時の口語訳平家物語にならつたものであり、（中略）『奉教人の死』を発表した時には面白い話があつた。あれを発表したところ、随分いろ〱な批評をかいた手紙が舞ひ込んで来た。中には、その種本にした、切支丹宗徒の手になつた、ほんもの、原本を蔵してゐると感違ひをした人が、五百円の手附金を送つて、買入れ方を申込んだ人があつた。気毒でもあつたが可笑しくもあつた。

の「聖マリナ」ではそうなっている。また当時のキリスト教は女性の男装を禁じていたとも言う。）の教会に入れてしまったのか、〈しめおん〉と〈ろおらん〉の間に同性愛（〈ろおらん〉から見れば異性愛）的感情はなかったのか――。容易に答えはでないだろうが、これらの問いを通じて、「一」と「聖マリナ」のような本当の〈福音伝導〉の書との違いを確認することはできそうだ。

◉刹那の感動

一九一八（大正七）年前後に書かれた芥川の小説には、一瞬の充実感と、平凡で安らかな生涯を引き替えにしてしまうような人物がしばしば登場する。「戯作三昧」（『大阪毎日新聞』一九一七・一〇・二〇〜一一・四）・「地獄変」（『大阪毎日新聞』一九一八・五・一〜二二）といったそれらの小説を、「奉教人の死」と共に、〈刹那の感動〉系の小説と呼ぶこともある。だが、「奉教人の死」の場合、〈刹那の感動〉を味わっているのは誰なのか、よく見極める必要があるだろう。死に瀕した〈ろおらん〉自身に感動はあるのか、それとも感動は、〈伴天連〉や奉教人衆のものなのか。だとすれば、それは何に対する感動なのだろうか。ここにも、語り手が曖昧にした問題が残っていそうである。

◉切支丹物と語り

芥川には、一六世紀以降のキリスト教信者や風俗を扱った、「切支丹物」といわれる一連の小説がある（［資料6］）。これらの多くは、「王朝物」（五〇頁参照）同様、現実離れした物語に依っている。「奉教人の死」の他にも、強者にあこがれる心優しい大男〈れぷろぼす〉が、紆余曲折を経てキリストの下部《しもべ》となり、ついには殉教して天に召される話「きりしとほろ上人伝」（『新小説』一九一九・三、五）や、信心深い娼婦〈金花〉が、キリスト（と思われる外国人）を客に迎えた翌朝、悪性の梅毒が完治していた喜びを語る「南京の基督」（『中央公論』一九二〇・七）など、波乱に満ちた小説が多い。そしてそれらの小説では、まず例外なく、ユニークな語りの方法が採られている。

それらの語りは、波乱の物語内容を違和感なく読者に伝えるほかにも、大切な役割を果たしている。「奉教人の死」でも、「一」の語り手が〈ろおらん〉が女であることを最後まで隠しているからこそ、読者は、先に述べたような疑惑を引き出し、楽しむことができるのだ。

（篠崎美生子）

6 主な「切支丹物」

作品名	初出	初刊
煙草と悪魔	『新思潮』1916.11（原題「煙草」）	『煙草と悪魔』新潮社 1917.11
尾形了斎覚え書	『新潮』1917.1	『羅生門』阿蘭陀書房 1917.5
さまよへる猶太人	『新潮』1917.6	『煙草と悪魔』新潮社 1917.11
悪魔――小品	『青年文壇』1918.6	『点心』金星堂 1922.5
奉教人の死	『三田文学』1918.11	『傀儡師』新潮社 1919.1
るしへる	『雄弁』1918.9	『傀儡師』新潮社 1919.1
邪宗門	『大阪毎日新聞』1918.10.23〜12.13	『邪宗門』春陽堂 1922.11
きりしとほろ上人伝	『新小説』1919.3，5	『影燈籠』春陽堂 1920.1
じゅりあの・吉助	『新小説』1919.9	『影燈籠』春陽堂 1920.1
黒衣聖母	『文章倶楽部』1920.5	『夜来の花』新潮社 1921.3
南京の基督	『中央公論』1920.7	『夜来の花』新潮社 1921.3
神々の微笑	『新小説』1922.1	『春服』春陽堂 1923.5
報恩記	『中央公論』1922.4	『春服』春陽堂 1923.5
長崎小品	『サンデー毎日』1922.6	『百艸』新潮社 1922.9
おぎん	『中央公論』1922.9	『春服』春陽堂 1923.5
おしの	『中央公論』1923.4	『黄雀風』新潮社 1924.7
糸女覚え書	『中央公論』1924.1	『黄雀風』新潮社 1924.7
誘惑――或るシナリオ	『改造』1927.4	『湖南の扇』文芸春秋社 1927.6
西方の人	『改造』1927.8	生前未刊行
続西方の人	『改造』1927.9	生前未刊行

（注）『大阪毎日新聞』掲載作品は、姉妹紙『東京日日新聞』にも掲載されている。

3 蜜柑

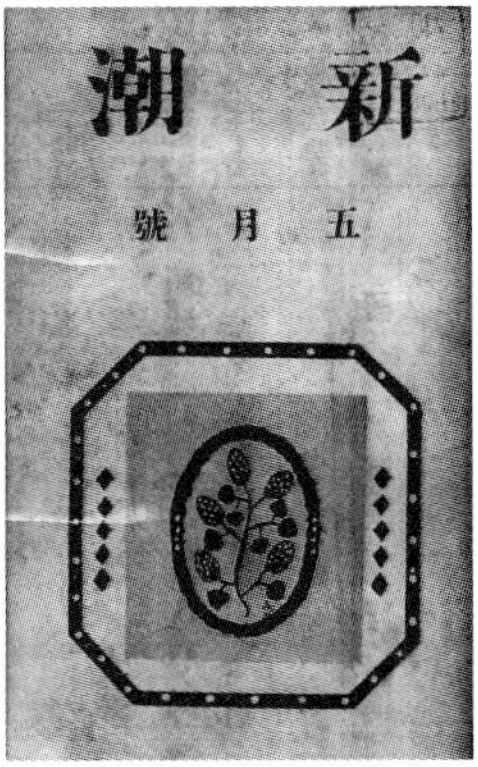

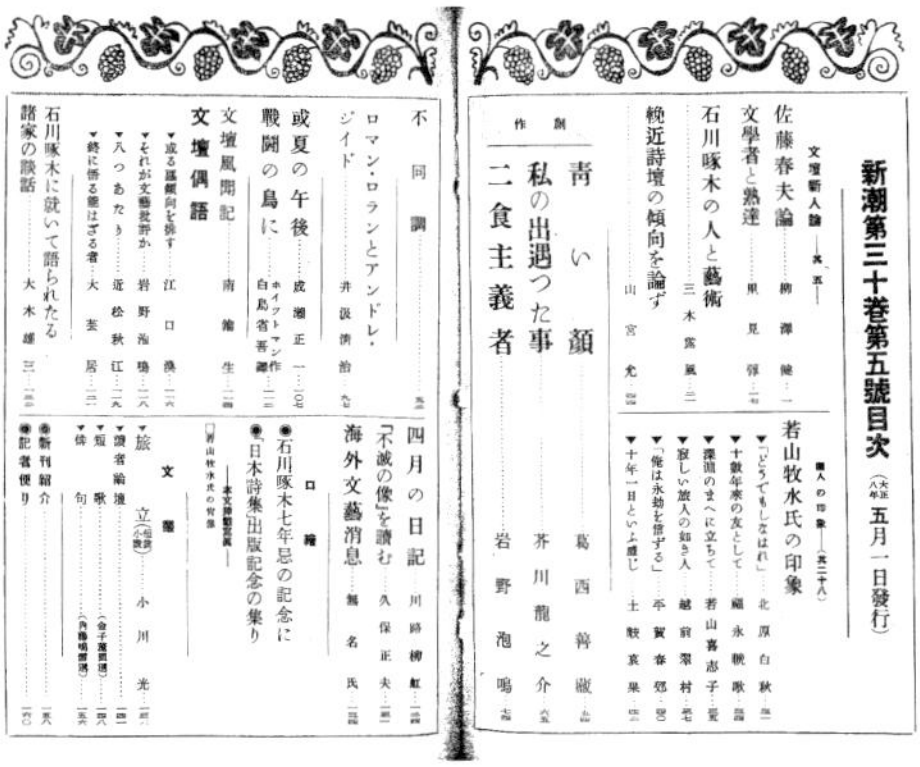
新潮第三十巻第五號目次 （大正八年）五月一日發行

初出『新潮』1919.5
初刊『影燈籠』1920.1　春陽堂

或曇つた冬の日暮である。私《わたくし》は横須賀発上り二等客車の隅に腰を下して、ぼんやり発車の笛を待つてゐた。とうに電燈のついた客車の中には、珍らしく私の外に一人も乗客はゐなかつた。外を覗くとうす暗いプラツトフォオムにも、今日は珍らしく見送りの人影さへ跡を絶つて、唯、檻に入れられた小犬が一匹、時々悲しさうに、吠え立ててゐた。これらはその時の私の心もちと不思議な位似つかはしい景色だつた。私の頭の中には云ひやうのない疲労と倦怠とが、まるで雪曇りの空のやうなどんよりした影を落してゐた。私は外套のポッケットへぢつと両手をつつこんだ儘、そこにはいつてゐる夕刊を出して見ようと云ふ元気さへ起らなかつた。

が、やがて発車の笛が鳴つた。私はかすかな心の寛《くつろ》ぎを感じながら、後《うしろ》の窓枠へ頭をもたせて、眼の前の停車場がずるずると後ずさりを始めるのを待つともなく待ちかまへてゐた。所がそれよりも先にけたたましい日和下駄の音が、改札口の方から聞え出したと思ふと、間もなく車掌の何か云ひ罵る声と共に、私の乗つてゐる二等室の戸ががらりと開《あ》いて、十三四の小娘が一人、慌しく中へはいつて来た。と同時に一つづしりと揺れて、徐に汽車は動き出した。一本づつ眼《め》をくぎつて行くプラットフォオムの柱、置き忘れたやうな運水車《うんすゐしや》、それから車内の誰かに祝儀の礼を云つてゐる赤帽――さう云ふすべては、窓へ吹きつける煤煙の中に、未練がましく後《うしろ》へ倒れて行つた。私は漸くほつとした心もちになつて、巻煙草に火をつけながら、始めて懶《ものう》い睚《まぶた》をあげて、前の席に腰を下してゐる小娘の顔を一瞥した。

それは油気のない髪をひつつめの銀杏返しに結つて、横《よこ》なでの痕のある皸《ひゞ》だらけの両頬を気持の悪い程赤く火照《ほて》らせた、如何にも田舎者らしい娘だつた。しかも垢じみた萌黄色《もえぎいろ》の毛糸の襟巻がだらりと垂れ下つた膝《ひざ》の上には、大きな風呂敷包みがあつて、その又包みを抱いた霜焼けの手の中には、三等の赤切符が大事さうにしつかり握られてゐた。私はこの小娘の下品な顔だちを好まなかつた。それから彼女の服装が不潔なのもやはり不快だつた。最後にその二等と三等との区別さへも弁へない愚鈍な心が腹立たしかつた。だから巻煙草に火をつけた私は、一つにはこの小娘の存在を忘れたいと云ふ心もちもあつて、今度はポッケットの夕刊を漫然と膝の上へひろげて見た。すると其時夕刊の紙面に落ちてゐた外光《ぐわいくわう》が、突然電燈の光に変つて、刷の悪い何欄かの活字が意外な位鮮に私の眼の前へ浮んで来た。云ふまでもなく汽車は今、横須賀線に多い隧道《トンネル》の最初のそれへはいつたのである。

しかしその電燈の光に照らされた夕刊の紙面を見渡しても、やはり私の憂欝を慰むべく、世間は余りに平凡な出来事ばかりで持ち切つてゐた。講和問題、新婦新郎、涜職事件、死亡広告《ぎやく》――私は隧道へはいつた一瞬間、汽車の走つてゐる方向が逆になつたやうな錯覚を感じながら、それらの索漠とした記事から記事へ殆機械的に眼を通《とほ》した。が、その間も勿論あの小娘が、恰も卑俗な現実を人間にしたやうな面持ちで、私の前に坐つてゐる事を絶えず意識せずにはゐられなかつた。

この隧道の中の汽車と、この田舎者の小娘と、さうして又この平凡な記事に埋つてゐる夕刊と、——これが象徴でなくて何であらう。不可解な、下等な、退屈な人生の象徴でなくて何であらう。私は一切がくだらなくなつて、読みかけた夕刊を抛り出すと、又窓枠に頭を靠《もた》せながら、死んだやうに眼をつぶつて、うつらうつらし始めた。

　それから幾分か過《す》ぎた後であつた。ふと何かに脅されたやうな心もちがして、思はずあたりを見まはすと、何時の間にか例の小娘が、向《むか》う側《がは》から席を私の隣へ移して、頻に窓を開けようとしてゐる。が、重い硝子戸は中々思ふやうにあがらないらしい。あの皹《ひゞ》だらけの頬は愈赤くなつて、時々鼻洟《はな》をすすりこむ音が、小さな息の切れる声と一しよに、せはしなく耳へはいつて来る。これは勿論私にも、幾分ながら同情を惹くに足るものには相違なかつた。しかし汽車が今将《まさ》に隧道《トンネル》の口へさしかからうとしてゐる事は、暮色《ぼしよく》の中《なか》に枯草《かれくさ》ばかり明い両側の山腹が、間近く窓側《まどがは》に迫つて来たのでも、すぐに合点《がてん》の行く事であつた。にも関らずこの小娘は、わざわざしめてある、窓の戸を下さうとする、——その理由が私には呑みこめなかつた。いや、それが私には、単にこの小娘の気まぐれだとしか考へられなかつた。だから私は腹《はら》の底《そこ》に依然《いぜん》として険しい感情を蓄《たくは》へながら、あの霜焼けの手が硝子戸を擡げようとして悪戦苦闘する容子を、まるでそれが永久に成功しない事でも祈るやうな冷酷な眼で眺めてゐた。すると間《ま》もなく凄《すさま》じい音をはためかせて、汽車が隧道《トンネル》へなだれこむと同時に、小娘の開《あ》けようとした硝子戸は、とうとうばたりと下《した》へ落《お》ちた。さうしてその四角《かく》な穴《あな》の中《なか》から、煤《すゝ》を溶《とか》したやうな黒い空気が、俄に息苦《いきぐる》しい煙になつて、濛々と車内へ漲り出した。元来咽喉を害してゐた私は、手巾《ハンケチ》を顔に当てる暇《ひま》さへなく、この煙を満面に浴びせられたおかげで、殆息もつけない程咳《せ》きこまなければならなかつた。が、小娘は私に頓着する気色《けしき》も見えず、窓から外へ首《くび》をのばして、闇を吹く風に銀杏返しの鬢《びん》の毛を戦《そよ》がせながら、ぢつと汽車の進む方向を見やつてゐる。その姿を煤煙と電燈の光との中に眺めた時、もう窓の外が見る見る明くなつて、そこから土の匂や枯草の匂や水の匂が冷《ひや》かに流れこんで来なかつたなら、漸咳きやんだ私は、この見知らない小娘を頭《あたま》ごなしに叱りつけてでも、又元の通り窓の戸をしめさせたのに相違なかつたのである。

　しかし汽車はその時分には、もう安々《やすく》と隧道《トンネル》を辷りぬけて、枯草の山と山との間に挾まれた、或新しい町はづれの踏切りに通りかかつてゐた。踏切りの近くには、いづれも見すぼらしい藁屋根や瓦屋根がごみごみと狭苦しく建てこんで、踏切り番が振るのであらう、唯一旒のうす白い旗が懶《ものう》げに薄暮《はくぼ》を揺つてゐた。やつと隧道を出たと思ふ——その時その蕭索《しやうさく》とした踏切りの柵の向ふに、私は頬の赤い三人の男の子が、目《め》白押《じろお》しに並んで立つてゐるのを見た。彼等は皆、この曇天に押しすくめられたかと思ふ程揃つて背《せい》が低かつた。さうして又この町はづれの陰惨《いんさん》たる風物と同じやうな色の着物を着てゐた。それが汽車の通るのを仰ぎ見ながら、一斉《せい》に手を挙げるが早いか、いたいけな喉《のど》を高く反《そ》らせて、何とも意味の分らない喊声《かんせい》を一生懸命に迸らせた。するとその瞬間である。窓から半身《はんしん》を乗り出してゐた例の娘が、あの霜焼けの手をつとのばして、勢よく左右に振つたと思ふと、忽ち心を躍らすばかり暖な日の色に染まつてゐる蜜柑が凡そ五つ六つ、汽車を見送つた子供たちの上へばらばらと空から降つて来た。私は思はず息を呑んだ。さうして刹那に一切を了解した。小娘は、恐らくはこれから奉公先へ赴かうとしてゐる小娘は、その懐《ふところ》に蔵《ざう》してゐた幾顆の蜜柑を窓から投げて、わざわざ踏切りまで見送りに来た弟たちの労に報《むく》いたのである。

暮色を帯びた町はづれの踏切りと、小鳥のやうに声を挙げた三人の小供たちと、さうしてその上に乱落《らんらく》する鮮な蜜柑《みかん》の色と――すべては汽車の窓の外に、瞬く暇もなく通り過ぎた。が、私の心の上には、切《せつ》ない程はつきりと、この光景が焼きつけられた。さうしてそこから、或得体《えたい》の知れない朗《ほがらか》な心もちが湧き上つて来るのを意識した。私は昂然と頭を挙げて、まるで別人を見るやうにあの小娘を注視した。小娘は何時かもう私の前の席に返つて、相不変皸《ひゞ》だらけの頬を萌黄色の毛糸の襟巻に埋めながら、大きな風呂敷包みを抱《かゝ》へた手にしつかりと三等切符を握つてゐる。…………

私はこの時始めて、云ひやうのない疲労と倦怠とを、さうして又不可解な、下等な、退屈な人生を僅に忘れる事が出来たのである。（八・四・三）

資料室

❶ 沼　地

或雨の降る日の午後であつた。私《わたくし》は或絵画展覧会場の一室で、小さな油絵を一枚発見した。発見――と云ふと大袈裟だが、実際さう云つても差支へない程、この画だけは思ひ切つて採光の悪い片隅に、それも恐しく貧弱な縁へはいつて、忘れられたやうに懸かつてゐたのである。画は確、「沼地《ぬまち》」とか云ふので、画家は知名の人でも何でもなかつた。又画そのものも、唯濁つた水と湿つた土とさうしてその土に繁茂する草木とを描いただけだから、恐らく尋常の見物からは、文字通り一顧さへも受けなかつた事であらう。

その上不思議な事にこの画家は、蓊鬱《おううつ》たる草木を描きながら、一刷毛も緑の色を使つてゐない。蘆や白楊《ポプラア》や無花果《いちぢく》を彩《いろど》るものは、どこを見ても濁つた黄色である。まるで濡れた壁土のやうな、重苦しい黄色である。この画家には草木の色が実際さう見えたのであらうか。それとも別に好む所があつて、故意《ことさら》こんな誇張を加へたのであらうか。——私はこの画の前に立つて、それから受ける感じを味ふと共に、かう云ふ疑問も亦挟《さしはさ》まずにはゐられなかつたのである。

しかしその画の中に恐しい力が潜《ひそ》んでゐる事は、見てゐるに従つて分つて来た。殊に前景の土の如きは、そこを踏む時の足の心もちまでもまざまざと感じさせる程、それ程的確に描いてあつた。踏むとぶすりと音をさせて踝《くるぶし》が隠れるやうな、滑な淤泥《をでい》の心もちである。私はこの小さな油画の中に、鋭く自然を掴もうとしてゐる、傷《いたま》しい芸術家の姿を見出した。さうしてあらゆる優れた芸術品から受ける様に、この黄いろい沼地の草からも恍惚たる悲壮の感激を受けた。実際同じ会場に懸かつてゐる大小さまざまな画の中で、この一枚に拮抗し得る程力強い画は、どこにも見出す事が出来なかつたのである。

「大へんに感心してゐますね。」

かう云ふ言と共に肩を叩かれた私は、恰も何かが心から振ひ落されたやうな気もちがして、卒然と後《うしろ》をふり返つた。

「どうです、これは。」

相手は無頓着にかう云ひながら、剃刀を当てたばかりの顋で、沼地の画をさし示した。流行の茶の背広を着た、恰幅《かつぷく》の好い、消息通を以て自ら任じてゐる、——新聞の美術記者である。私はこの記者から前にも一二度不快な印象を受けた覚えがあるので、不承々々に返事をした。

「傑作です。」

「傑作——ですか。これは面白い。」

記者は腹を揺つて笑つた。その声に驚かされたのであらう。近くで画を見てゐた二三人の見物が皆云ひ合せたやうにこちらを見た。私は愈不快になつた。

「これは面白い。元来この画はね、会員の画ぢやないのです。が、何しろ当人が口癖のやうにここへ出す出すと云つてゐたものですから、遺族が審査員へ頼んで、やつとこの隅へ懸ける事になつたのです。」

「遺族？　ぢやこの画を描いた人は死んでゐるのですか。」

「死んでゐるのです。尤も生きてゐる中から、死んだやうなものでしたが。」

私の好奇心は何時《いつ》か私の不快な感情より強くなつてゐた。

「どうして？」

「この画描きは余程前から気が違つてゐたのです。」

「この画を描いた時もですか。」

「勿論です。気違ひででもなければ、誰がこんな色の画を描くものですか。それをあなたは傑作だと云つて感心してお出でなさる。そこが大に面白いですね。」

記者は又得意さうに、声を挙げて笑つた。彼は私が私の不明を恥ぢるだらうと予測してゐたのであらう。或は一歩進めて、鑑賞上に於ける彼自身の優越を私に印象させようと思つてゐたのかも知れない。しかし彼の期待は二つとも無駄になつた。彼の話を聞くと共に、殆厳粛にも近い感情が私の全精神に云ひやうのない波動を与へたからである。私は懍然として再びこの沼地の画を凝視した。さうして再びこの小さなカンヴァスの中に、恐しい焦燥と不安とに虐《さいな》まれてゐる傷《いたま》しい芸術家の姿を見出した。

「尤も画が思ふやうに描けないと云ふので、気が違つたらしいのですがね。その点だけはまあ買へば買つてやれるのです。」

記者は晴々した顔をして、殆嬉しさうに微笑した。これが無名の美術家が——我々の一人が、その生命を犠牲にして僅に世間から購《あがな》ひ得た唯一の報酬だつたのである。私は全身に異様な戦慄を感じて、三度この憂鬱な油画を覗いて見た。そこにはうす暗い空と水との間に、濡れた黄土《わうど》の色をした蘆が、白楊《ポプラア》が、無花果《いちぢく》が、自然それ自身を見るやうな凄《すさま》じい勢で生きてゐる。……………

「傑作です。」

私は記者の顔をまともに見つめながら、昂然としてかう繰返した。　（六・九・三）

◉執筆時期の改変

「蜜柑」は、当初「私の出遇つた事」との題のもと、「資料1」の「沼地」とともに雑誌『新潮』（一九一九・五）に発表された。単行本に収められた初めは『影燈籠』（一九二〇・一、春陽堂）だが、「蜜柑」、「沼地」はそれぞれ独立した作品として、巻頭とその次に据えられている。この本の翌秋に出された『地獄変他六篇』（一九二一・九、春陽堂）では、「蜜柑と沼地」として二作が共に収載されたが、さらにその翌年の一九二二年八月刊の『沙羅の花』（一九二二・八、改造社）では、「蜜柑」だけが初めて単独で収載され、「沼地」は省かれた。

ちなみに、『影燈籠』では、両作品の扉にそれぞれ〈八年四月作〉と執筆時期が記されているが、雑誌『新潮』に掲載された初出の本文末尾には、「蜜柑」は〈（八・四・三）〉、「沼地」は〈（六・九・三）〉とそれぞれ記されている。これ以降の諸本には執筆時期を示す記述はなく、『影燈籠』を底本とする現行の『芥川龍之介全集』では、当然のことながら〈八年四月作〉の記述が採用されている。この改変については、作者の何らかの意図を認めた上での検討が、加えられねばならないだろう。

◉「横須賀」という記号

〈或曇つた冬の日暮である。私は横須賀発上り二等客車の隅に腰を下して、ぼんやり発車の笛を待つてゐた。〉……作品の冒頭には、作者の芥川龍之介を想起させる記号である「横須賀」（「資料2」）という地名が記されている。今の読者の中には、このように連想することに違和感を覚える向きもあるだろうが、このことは、それほど無理な

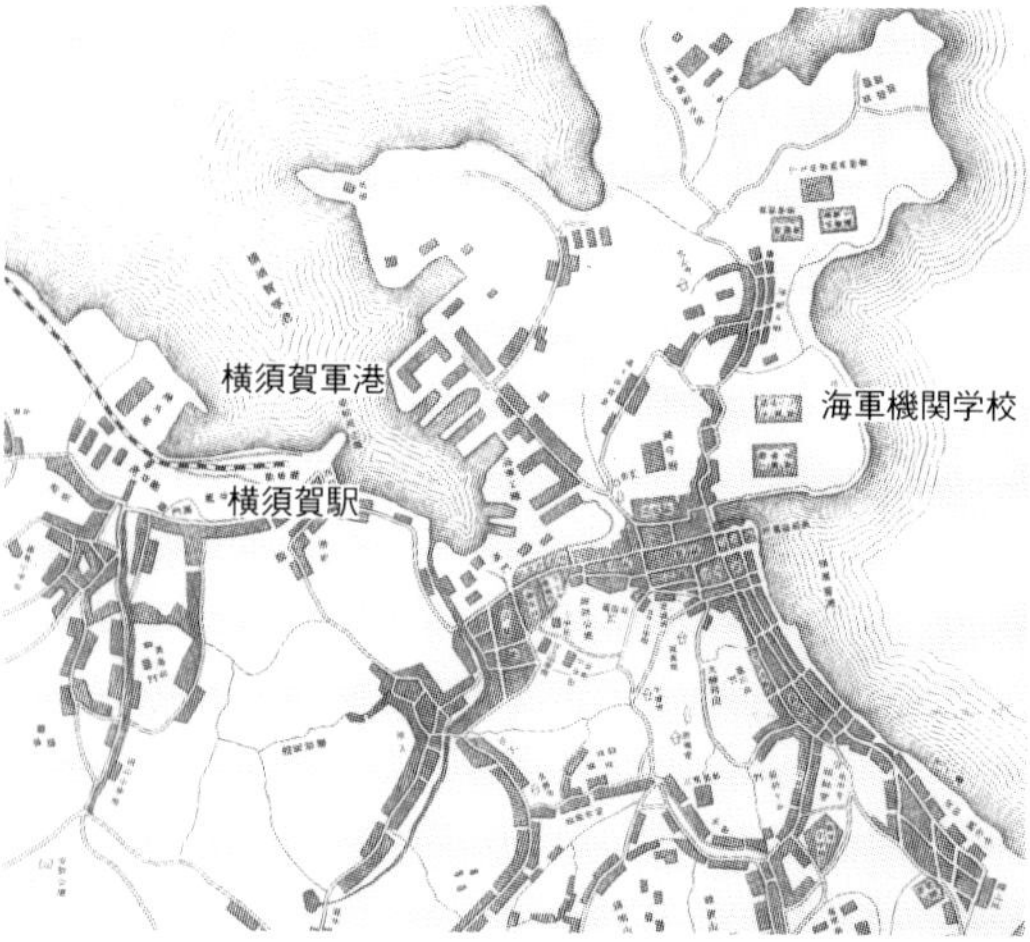

2「横須賀市街全図」（部分）

芥川が勤めていたのが「海軍機関学校」。横須賀駅は、横須賀軍港に面していて、目隠しのための壁が築かれていたという。

3「三浦半島地図」（部分）

当時の横須賀線は、横須賀駅を始発駅としており、田浦、逗子、鎌倉に停車した。芥川は、機関学校勤務の最初と最後の二つの時期を、鎌倉から通った。

指摘ではない。本書の「メディアの中の『芥川』」（一〇九頁）で示したように、当時の雑誌や新聞は、芥川が横須賀の海軍機関学校（[資料4]）で英語を教える教員であるということを、かなり早い時期から何度も紹介している。例えば、機関学校に就任して直ぐの一九一六（大正五）年十二月六日の『読売新聞』には、〈芥川龍之介氏は鎌倉海岸通り野間方へ転居せり、尚ほ氏は海軍機関学校教官となりし由〉とある。これは、機関学校に着任した翌週の新聞に掲載された記事ということになる。また、翌月の『朝日新聞』（一九一七・一・五）には、〈彼は横須賀海軍機関学校の嘱託講師になつた、然し六十円の月給は随分とかれをひどい目に逢せた、好きな東京にも住なくなつて／今は鎌倉の洗濯屋の二階に／寂しい独身生活を続けてゐる〉とあるのだ。さらに記せば、自然主義文学の作家である中村弧月による芥川批判の一文、〈海軍機関学校教官の余技は文壇に要はない〉は、同じ月の『読売新聞』（一九一七・一・一三）に載った「一月の文壇」の一節であった。このようなことから、「芥川龍之介」の署名を持つ「蜜柑」においては、「横須賀」という記号が作家芥川龍之介に直結するものとして当時の読者に意識されるということは、自然な有り様と考えられる。それと同様の意味で、同時に掲載された「二、沼地」に「語り手」として登場し、画家を〈我々の一人〉と呼ぶ〈私〉に、恐らく読者は、芥川龍之介その人の姿をそこに重ねて見るのだろう。

◉憂鬱と倦怠

そのように、この作品を「私小説」的な枠組みの中に位置付けて読み進めるならば、当然のことながら、作中の「私」が抱えている〈憂鬱〉や〈倦怠〉は、作者自身のそれと重なって読まれていくことになるのだろう。作者に、メディアの中に

4「新生徒入校式」
明治時代末頃の海軍機関学校の入学式風景。

5 大正期頃の横須賀駅

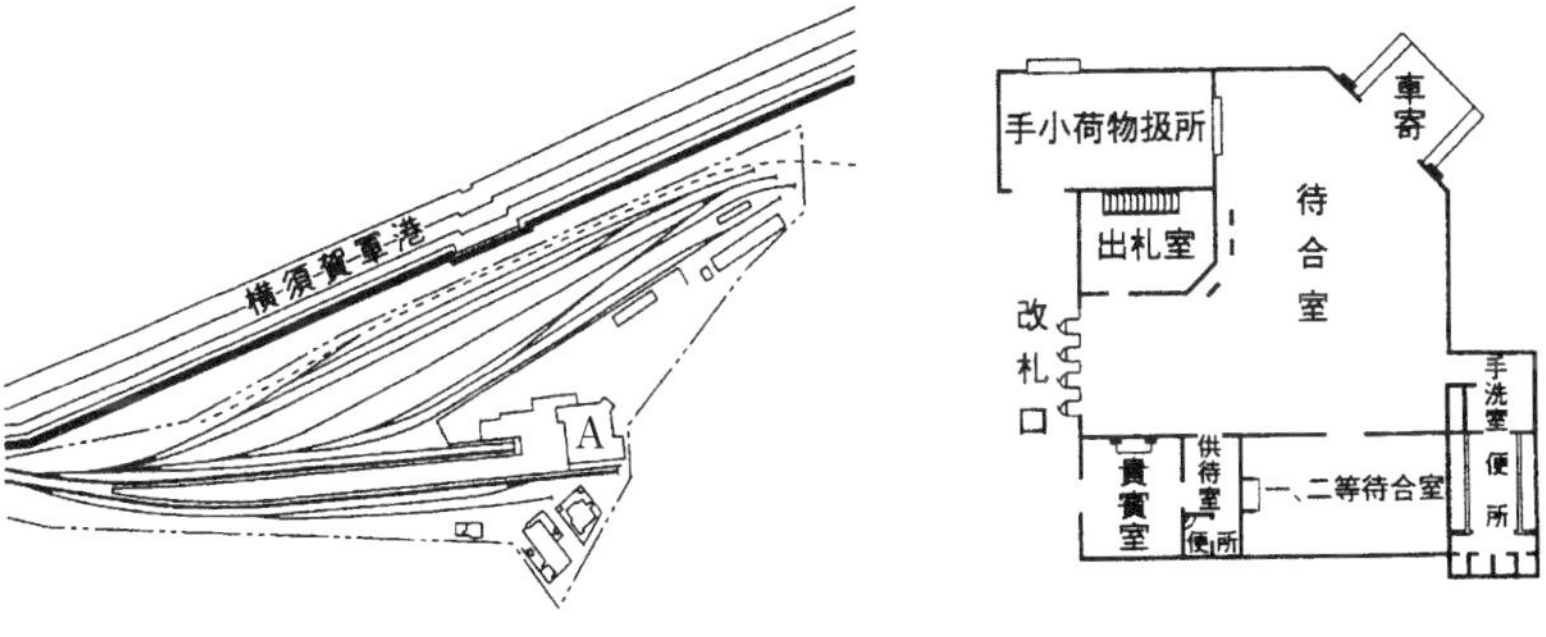

6「横須賀駅構内概略図」右は、駅舎（左図A）拡大図

描かれた自画像を援用することが意識されているとすれば、ここに登場する「私」の心象風景をそれほど詳細に語らなくとも、読者との共同作業の中で「私」の意識を容易に構築することが出来ると言える。夏目漱石に絶賛され文壇に彗星のごとくに登場した青年作家ではあるが、その一方ではかなり強い形でのバッシングも受けてきた。このような情報と共に、作家芥川龍之介がそれまでに発表してきた作品群が、この作品の「私」を構築する一助となっているのである。このことを言い換えれば、「私小説」を強く意識させられる枠組みの中で読まれることをこの作品は必然として抱え込んでいる、ということになるのだろう。それまでの芥川の作家としての営為からは、このことに無自覚であった作家像を想像することは難しい。

7 二等客車「ホロフ11200」の内部
この客車が、1916（大正５）年から製造された、当時の一般的な二等客車。ロングシートが採用されている。

●横須賀という街

［資料2］の地図でも分かることだが、横須賀の街には、多くの軍関係の施設が置かれている。もちろん、芥川の勤めていた機関学校も海軍の一施設ということであり、そのことを考えの外に置いて「蜜柑」を読むことは、作品の設定に注意を払わない独りよがりな読みとなるだろう。横須賀駅（［資料5］［資料6］）はすなわち軍都の入り口でもあり、軍港に近接する要所でもある。ホームや線路から軍港の様子が見えないように、海側には目隠しのための壁が築かれていたと言う。作品世界の〈憂鬱〉は、一人「私」だけのものではないと言えるのではないだろうか。

8 「横須賀線」「東海道本線」時刻表（1918.10）の部分
横須賀から住まいのあった鎌倉まで、約22分間の乗車時間だったことがわかる。

●列車という舞台

横須賀線には、作品にあるように二等と三等の客車が連結されて走っていた。［資料7］は当時の一般的な二等客車「ホロフ11200」の内部の様子である。座席は、ボックス型ではなくてロングシートが採用されている。出入口は車輌の両端に付いており、横須賀駅ホームの様子（［資料6］）と重ね合わせると、作中の「娘」が、恐らくは進行方向に向かって後ろ側から入ってきたということが想像される。数分間のドラマは、この空間で起こったのであった。

ちなみに、この列車は、［資料8］の『時刻表』のように運行されていたから、作品のクライマックスにあたる「娘」が蜜柑を投げるシーンを、どのあたりの踏切と想定するかということも可能であろう。しかしながら、作者による虚構の構築、最も感動を創造するに相応しい時空間の選択があったとすれば、この列車運行の時間の枠組みに解釈が縛られることの必要もないだろう。

（庄司達也）

4 藪の中

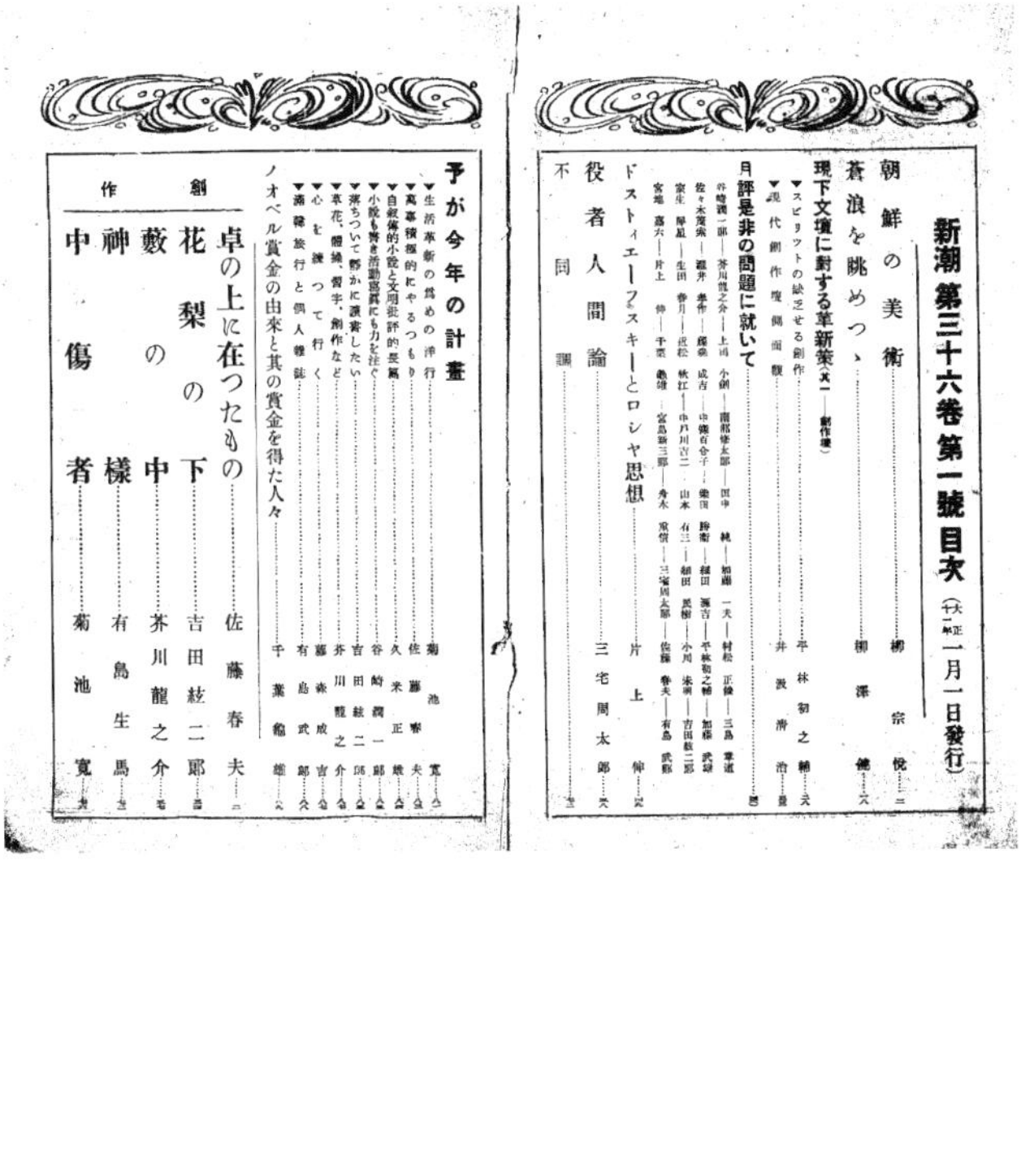

新潮 第三十六巻第一號目次 （大正十一年一月一日發行）

初出『新潮』1922.1
初刊『将軍』1922.3　新潮社

検非違使に問はれたる木樵りの話

さやうでございます。あの屍骸を見つけたのは、わたしに違ひございません。わたしは今朝何時もの通り、裏山の杉を伐りに参りました。すると山陰の藪の中に、あの屍骸があつたのでございます。あつた所でございますか？ それは山科の駅路からは、四五町程隔たつて居りませう。竹の中に痩せ杉の交つた、人気のない所でございます。

屍骸は縹《はなだ》の水干に、都風のさび烏帽子をかぶつた儘、仰向けに倒れて居りました。何しろ一刀とは申すものの、胸もとの突き傷でございますから、屍骸のまはりの竹の落葉は、蘇《す》芳《はう》に滲みたやうでございます。いえ、血はもう流れては居りません。傷口も乾いて居つたやうでございます。おまけに其処には、馬蝿が一匹、わたしの足音も聞えないやうに、べつたり食ひついて居りましたつけ。

太刀か何かは見えなかつたか？ いえ、何もございません。唯その側の杉の根がたに、縄が一筋落ちて居りました。それから、——さうさう、縄の外にも櫛が一つございました。屍骸のまはりにあつたものは、この二つぎりでございます。が、草や竹の落葉は、一面に踏み荒されて居りましたから、きつとあの男は殺される前に、余程手痛い働きでもしたのに違ひございません。何、馬はゐなかつたか？ あそこは一体馬なぞには、はひれない所でございます。何しろ馬の通ふ路とは、藪一つ隔たつて居りますから。

検非違使に問はれたる旅法師の話

あの屍骸の男には、確かに昨日遇つて居ります。昨日の、——さあ、午頃でございませう。場所は関山から山科へ、参らうと云ふ途中でございます。あの男は馬に乗つた女と一しよに、関山の方へ歩いて参りました。女は牟子《むし》を垂れて居りましたから、顔はわたしにはわかりません。見えたのは唯萩重ねらしい、衣《きぬ》の色ばかりでございます。馬は月毛の、——確か法師髪の馬のやうでございました。丈でございますか？ 丈は五つ寸《き》もございましたか？——何しろ沙門の事でございますから、その辺ははつきり存じません。男は、——いえ、太刀も帯びて居れば、弓矢も携へて居りました。殊に黒い塗り箙《えびら》へ、二十あまり征矢をさしたのは、唯今でもはつきり覚えて居ります。

あの男がかやうにならうとは、夢にも思はずに居りましたが、まことに人間の命なぞは、如露亦如電に違ひございません。やれやれ、何とも申しやうのない、気の毒な事を致しました。

検非違使に問はれたる放免の答

わたしが搦め取つた男でございますか？ これは確かに多《た》襄丸《じやうまる》と云ふ、名高い盗人でございます。尤もわたしが搦め取つた時には、馬から落ちたのでございませう。粟田口の石橋の上に、うんうん呻つて居りました。時刻でございますか？ 時刻は昨夜の初更頃でございます。何時ぞやわたしが捉へ損じた時にも、やはりこの紺の水干に、口打出しの太刀を佩いて居りました。唯今はその外にも御覧の通り、弓矢の類さへ携へて居ります。さやうでございますか？ あの屍骸の男が持つてゐたのも、――では人殺しを働いたのは、この多襄丸に違ひございません。革を巻いた弓、黒塗りの箙《えびら》、鷹の羽の征矢が十七本、――これは皆、あの男が持つてゐたものでございませう。はい。馬も仰有る通り、法師髪の月毛でございます。その畜生に落されるとは、何かの因縁に違ひございません。それは石橋の少し先に、長い端綱を引いた儘、路ばたの青芒を食つて居りました。

この多襄丸と云ふやつは、洛中に徘徊する盗人の中でも、女好きのやつでございます。昨年の秋鳥部寺の賓頭盧の後の山に、物詣でに来たらしい女房が一人、女の童と一しよに殺されてゐたのは、こいつの仕業だとか申して居りました。その月毛に乗つてゐた女も、こいつがあの男を殺したとなれば、何処へどうしたかわかりません。差出がましうございますが、それも御詮議下さいまし。

検非違使に問はれたる媼の話

はい、あの屍骸は手前の娘が、片附いた男でございます。が、都のものではございません。若狭の国府の侍でございます。名は金沢の武弘《たけひろ》、年は二十六歳でございました。いえ、優しい気立でございますから、遺恨なぞ受ける筈はございません。

娘でございますか？ 娘の名は真砂、年は十九歳でございます。これは男にも劣らぬ位、勝気な女でございますが、まだ一度も武弘の外には、男を持つた事はございません。顔は色の浅黒い、左の眼尻に黒子のある、小さい瓜実顔でございます。

武弘は昨日娘と一しよに、若狭へ立つたのでございますが、こんな事になりますとは、何と云ふ因果でございませう。しかし娘はどうなりましたやら、壻の事はあきらめましても、これだけは心配でなりません。どうかこの姥が一生の御願ひでございますから、たとひ草木を分けましても、娘の行方を御尋ね下さいまし。何に致せ憎いのは、その多襄丸とか何とか申す、盗人のやつでございます。壻ばかりか、娘までも、……………（跡は泣き入りて言葉なし。）

多襄丸の白状

あの男を殺したのはわたしです。しかし女は殺しはしません。では何処へ行つたのか？ それはわたしにもわからないのです。まあ、御待ちなさい。いくら拷問にかけられても、知らない事は申されますまい。その上わたしもかうなれば、卑怯な隠し立てはしないつもりです。

わたしは昨日の午少し過ぎ、あの夫婦に出会ひました。その時風の吹いた拍子に、牟子《むし》の垂絹が上つたものですから、ちらりと女の顔が見えたのです。ちらりと、——見えたと思ふ瞬間には、もう見えなくなつたのですが、一つにはその為もあつたのでせう、わたしにはあの女の顔が、女菩薩のやうに見えたのです。わたしはその咄嗟の間に、たとひ男は殺しても、女は奪はうと決心しました。

何、男を殺すなぞは、あなた方の思つてゐるやうに、大した事ではありません。どうせ女を奪ふとなれば、必《かならず》男は殺されるのです。唯わたしは殺す時に、腰の太刀を使ふのですが、あなた方は太刀を使はない、唯権力で殺す、金で殺す、どうかすると御為ごかしの言葉だけでも殺すでせう。成程血は流れない、男は立派に生きてゐる、——しかしそれでも殺したのです。罪の深さを考へて見れば、あなた方が悪いか、わたしが悪いか、どちらが悪いかわかりません。

しかし男を殺さずとも、女を奪ふ事が出来れば、別に不足はない訳です。いや、その時の心もちでは、出来るだけ男を殺さずに、女を奪はうと決心したのです。が、あの山科の駅路では、とてもそんな事は出来ません。そこでわたしは山の中へ、あの夫婦をつれこむ工夫をしました。

これも造作はありません。わたしはあの夫婦と途づれになると、向うの山には古塚がある、その古塚を発《あば》いて見たら、鏡や太刀が沢山出た、わたしは誰も知らないやうに、山の陰の藪の中へ、さう云ふ物を埋めて置いた、もし望み手があるならば、どれでも安い値《ね》に売り渡したい、——と云ふ話をしたのです。男は何時かわたしの話に、だんだん心を動かし始めました。それから、——どうです、慾と云ふものは、恐しいではありませんか？　それから半時もたたない内に、あの夫婦はわたしと一しよに、山路へ馬を向けてゐたのです。

わたしは藪の前へ来ると、宝はこの中に埋めてある、見に来てくれと云ひました。男は慾に渇いてゐますから、異存のある筈はありません。が、女は馬も下りずに、待つてゐると云ふのです。又あの藪の茂つてゐるのを見ては、さう云ふのも無理はありますまい。わたしはこれも実を云へば、思ふ壺にはまつたのですから、女一人を残した儘、男と藪の中へはひりました。

藪は少時の間は竹ばかりです。が、半町程行つた所に、やや開いた杉むらがある、——わたしの仕事を仕遂げるのには、これ程都合の好い場所はありません。わたしは藪を押し分けながら、宝は杉の下に埋めてあると、尤もらしい嘘をつきました。男はわたしにさう云はれると、もう痩せ杉が透いて見える方へ、一生懸命に進んで行きます。その内に竹が疎らになると、何本も杉が並んでゐる、——わたしは其処へ来るが早いか、いきなり相手を組み伏せました。男も太刀を佩いてゐるだけに、力は相当にあつたやうですが、不意を打たれてはたまりません。忽ち一本の杉の根がたへ、括りつけられてしまひました。縄ですか？　縄は盗人の難有さに、何時塀を越えるかわかりませんから、ちやんと腰につけてゐるのです。勿論声を出させない為にも、竹の落葉を頬張らせれば、外に面倒はありません。

　わたしは男を片附けてしまふと、今度は又女の所へ、男が急病を起したらしいから、見に来てくれと云ひに行きました。これも図星に当つたのは、申し上げるまでもありますまい。女は市女笠を脱いだ儘、わたしに手をとられながら、藪の奥へはひつて来ました。所が其処へ来て見ると、男は杉の根に縛られてゐる、――女はそれを一目見るなり、何時の間に懐から出して持つてゐたか、きらりと小刀《さすが》を引き抜きました。わたしはまだ今までに、あの位気性の烈しい女は、一人も見た事がありません。もしその時でも油断してゐたらば、一突きに脾腹を突かれたでせう。いや、それは身を躱した所が、無二無三に斬り立てられる内には、どんな怪我も仕兼ねなかつたのです。が、わたしも多襄丸ですから、どうにかかうにか太刀も抜かずに、とうとう小刀を打ち落しました。いくら気の勝つた女でも、得物がなければ仕方がありません。わたしはとうとう思ひ通り、男の命は取らずとも、女を手に入れる事は出来たのです。

　男の命は取らずとも、――さうです。わたしはその上にも、男を殺すつもりはなかつたのです。所が泣き伏した女を後に、藪の外へ逃げようとすると、女は突然わたしの腕へ、気違ひのやうに縋りつきました。しかも切れ切れに叫ぶのを聞けば、あなたが死ぬか夫が死ぬか、どちらか一人死んでくれ、二人の男に恥を見せるのは、死ぬよりもつらいと云ふのです。いや、その内どちらにしろ、生き残つた男につれ添ひたい、――さうも喘ぎ喘ぎ云ふのです。わたしはその時猛然と、男を殺したい気になりました。

　こんな事を申し上げると、きつとわたしはあなた方より、残酷な人間に見えるでせう。しかしそれはあなた方が、あの女の顔を見ないからです。殊にその一瞬間の、燃えるやうな瞳を見ないからです。わたしは女と眼を合せた時、たとひ神鳴に打ち殺されても、この女を妻にしたいと思ひました。妻にしたい、――わたしの念頭にあつたのは、唯かう云ふ一事だけです。これはあなた方の思ふやうに、卑しい色慾ではありません。もしその時色慾の外に、何も望みがなかつたとすれば、わたしは女を蹴倒しても、きっと逃げてしまつたでせう。男もさうすればわたしの太刀に、血を塗る事にはならなかつたのです。が、薄暗い藪の中に、ぢつと女の顔を見た刹那、わたしは男を殺さない限り、此処は去るまいと覚悟しました。

　しかし男を殺すにしても、卑怯な殺し方はしたくありません。わたしは男の縄を解いた上、太刀打ちをしろと云ひました。（杉の根がたに落ちてゐたのは、その時捨て忘れた縄なのです。）男は血相を変へた儘、太い太刀を引き抜きました。と思ふと口も利かずに、憤然とわたしへ飛びかかりました。――その太刀打ちがどうなつたかは、申し上げるまでもありますまい。わたしの太刀は二十三合目に、相手の胸を貫きました。二十三合目に、——どうかそれを忘れずに下さい。わたしは今でもこの事だけは、感心だと思つてゐるのです。わたしと二十合斬り結んだものは、天下にあの男一人だけですから。（快活なる微笑）

わたしは男が倒れると同時に、血に染まつた刀を下げたなり、女の方を振り返りました。すると、——どうです、あの女は何処にもゐないではありませんか？　わたしは女がどちらへ逃げたか、杉むらの間を探して見ました。が、竹の落葉の上には、それらしい跡も残つてゐません。又耳を澄ませて見ても、聞えるのは唯男の喉に、断末魔の音がするだけです。

事によるとあの女は、わたしが太刀打ちを始めるが早いか、人の助けでも呼ぶ為めに、藪をくぐつて逃げたのかも知れない。——わたしはさう考へると、今度はわたしの命ですから、太刀や弓矢を奪つたなり、すぐにもとの山科へ出ました。其処にはまだ女の馬が、静かに草を食つてゐます。その後の事は申し上げるだけ、無用の口数に過ぎますまい。唯都へはひる前に、太刀だけはもう手放してゐました。——わたしの白状はこれだけです。どうせ一度は樗《おうち》の梢に、懸ける首と思つてゐますから、どうか極刑に遇はせて下さい。（昂然たる態度）

清水寺に来れる女の懺悔

——その紺の水干を着た男は、わたしを手ごめにしてしまふと、縛られた夫を眺めながら、嘲るやうに笑ひました。夫はどんなに無念だつたでせう。が、いくら身悶えをしても、体中にかかつた縄目は、一層ひしひしと食ひ入るだけです。わたしは思はず夫の側へ、転ぶやうに走り寄りました。いえ、走り寄らうとしたのです。しかし男は咄嗟の間に、わたしを其処へ蹴倒しました。丁度その途端です。わたしは夫の眼の中に、何とも云ひやうのない輝きが、宿つてゐるのを覚りました。何とも云ひやうのない、——わたしはあの眼を思ひ出すと、今でも身震ひが出ずにはゐられません。口さえ一言も利けない夫は、その刹那の眼の中に、一切の心を伝へたのです。しかも其処に閃いてゐたのは、怒りでもなければ悲しみでもない、——唯わたしを蔑《さげす》んだ、冷たい光だつたではありませんか？　わたしは男に蹴られたよりも、その眼の色に打たれたやうに、我知らず何か叫んだぎり、とうとう気を失つてしまひました。

その内にやつと気がついて見ると、あの紺の水干の男は、もう何処かへ行つてゐました。跡には唯杉の根がたに、夫が縛られてゐるだけです。わたしは竹の落葉の上に、やつと体を起したなり、夫の顔を見守りました。が、夫の眼の色は、少しもさつきと変りません。やはり冷たい蔑すみの底に、憎しみの色を見せてゐるのです。恥しさ、悲しさ、腹立たしさ、——その時のわたしの心の中は、何と云へば好いかわかりません。わたしはよろよろ立ち上りながら、夫の側へ近寄りました。

「あなた。もうかうなつた上は、あなたと御一しよには居られません。わたしは一思ひに死ぬ覚悟です。しかし、――しかしあなたも御死になすつて下さい。あなたはわたしの恥を御覧になりました。わたしはこの儘あなた一人、御残し申す訳には参りません」

　わたしは一生懸命に、これだけの事を云ひました。それでも夫は忌はしさうに、わたしを見つめてゐるばかりなのです。わたしは裂けさうな胸を抑へながら、夫の太刀を探しました。が、あの盗人に奪はれたのでせう。太刀は勿論弓矢さへも、藪の中には見当りません。しかし幸ひ小刀《さすが》だけは、わたしの足もとに落ちてゐるのです。わたしはその小刀を振り上げると、もう一度夫にかう云ひました。

「では御命を頂かせて下さい。わたしもすぐに御供します。」

　夫はこの言葉を聞いた時、やつと唇を動かしました。勿論口には笹の落葉が、一ぱいにつまつてゐますから、声は少しも聞えません。が、わたしはそれを見ると、忽ちその言葉を覚りました。夫はわたしを蔑んだ儘、「殺せ」と一言云つたのです。わたしは殆夢うつつの内に、夫の縹の水干の胸へ、づぶりと小刀を刺し通しました。

　わたしは又この時も、気を失つてしまつたのでせう。やつとあたりを見まはした時には、夫はもう縛られた儘、とうに息が絶えてゐました。その蒼ざめた顔の上には、藪に交つた杉むらの空から、西日が一すぢ落ちてゐるのです。わたしは泣き声を呑みながら、屍骸の縄を解き捨てました。さうして、――さうしてわたしがどうなつたか？　それだけはもうわたしには、申し上げる力もありません。兎に角わたしはどうしても、死に切る力がなかつたのです。小刀を喉に突き立てたり、山の裾の池へ身を投げたり、いろいろな事もして見ましたが、死に切れずにかうしてゐる限り、これも自慢にはなりますまい。（寂しき微笑）わたしのやうに腑甲斐ないものは、大慈大悲の観世音菩薩も、御見離しなすつたのかも知れません。しかし夫を殺したわたしは、盗人の手ごめに遇つたわたしは、一体どうすれば好いのでせう？　一体わたしは、――わたしは、――（突然烈しき歔欷）

巫女の口を借りたる死霊の話

　――盗人は妻を手ごめにすると、其処へ腰を下した儘、いろいろ妻を慰め出した。おれは勿論口は利けない。体も杉の根に縛られてゐる。が、おれはその間に、何度も妻へ目くばせをした。この男の云ふ事を真に受けるな、何を云つても嘘と思へ、――おれはそんな意味を伝へたいと思つた。しかし妻は悄然と笹の落葉に坐つたなり、ぢつと膝へ目をやつてゐる。それがどうも盗人の言葉に、聞き入つてゐるやうに見えるではないか？　おれは妬しさに身悶えをした。が、盗人はそれからそれへと、巧妙に話を進めてゐる。一度でも肌身を汚したとなれば、夫との仲も折り合ふまい。そんな夫に連れ添つてゐるより、自分の妻になる気はないか？　自分はいとしいと思へばこそ、大それた真似も働いたのだ、――盗人はとうとう大胆にも、さう云ふ話さへ持ち出した。

　盗人にかう云はれると、妻はうつとりと顔を擡げた。おれはまだあの時程、美しい妻は見た事がない。しかしその美しい妻は、現在縛られたおれを前に、何と盗人に返事をしたか？　おれは中有に迷つてゐても、妻の返事を思ひ出す毎に、嗔恚に燃えなかつたためしはない。妻は確かにかう云つた、――「では何処へでもつれて行つて下さい。」（長き沈黙）

　妻の罪はそれだけではない。それだけならばこの闇の中に、今程おれも苦しみはしまい。しかし妻は夢のやうに、盗人に手をとられながら、藪の外へ行かうとすると、忽ち顔色を失つたなり、杉の根のおれを指さした。「あの人を殺して下さい。わたしはあの人が生きてゐては、あなたと一しよにはゐられません。」――妻は気が狂つたやうに、何度もかう叫び立てた。「あの人を殺して下さい。」――この言葉は嵐のやうに、今でも遠い闇の底へ、まつ逆様におれを吹き落さうとする。一度でもこの位憎むべき言葉が、人間の口を出た事があらうか？　一度でもこの位呪はしい言葉が、人間の耳に触れた事があらうか？　一度でもこの位、――（突然迸る如き嘲笑）その言葉を聞いた時は、盗人さへ色を失つてしまつた。「あの人を殺して下さい。」――妻はさう叫びながら、盗人の腕に縋つてゐる。盗人はぢつと妻を見た儘、殺すとも殺さぬとも返事をしない。――と思ふか思はない内に、妻は竹の落葉の上へ、唯一蹴りに蹴倒された。（再迸る如き嘲笑）盗人は静かに両腕を組むと、おれの姿へ眼をやつた。「あの女はどうするつもりだ？　殺すか、それとも助けてやるか？　返事は唯頷けば好い。殺すか？」――おれはこの言葉だけでも、盗人の罪は赦してやりたい。（再長き沈黙）

　妻はおれがためらふ内に、何か一声叫ぶが早いか、忽ち藪の奥へ走り出した。盗人も咄嗟に飛びかかつたが、これは袖さへ捉へなかつたらしい。おれは唯幻のやうに、さう云ふ景色を眺めてゐた。

　盗人は妻が逃げ去った後、太刀や弓矢を取り上げると、一箇所だけおれの縄を切つた。「今度はおれの身の上だ。」――おれは盗人が藪の外へ、姿を隠してしまふ時、かう呟いたのを覚えてゐる。その跡は何処も静かだつた。いや、まだ誰かの泣く声がする。おれは縄を解きながら、ぢつと耳を澄ませて見た。が、その声も気がついて見れば、おれ自身が泣いてゐたのではないか？　（三度長き沈黙）

　おれはやつと杉の根から、疲れ果てた体を起した。おれの前には妻が落した、小刀が一つ光つてゐる。おれはそれを手にとると、一突きにおれの胸へ刺した。何か腥い塊がおれの口へこみ上げて来る。が、何と云ふ静かさだらう。この山陰の藪の空には、小鳥一羽囀りに来ない。唯杉や竹の杪《うら》に、寂しい日影が漂つてゐる。日影が、――それも次第に薄れて来る。もう杉や竹も見えない。おれは其処に倒れた儘、深い静かさに包まれてゐる。

その時誰か忍び足に、おれの側へ来たものがある。おれはそちらを見ようとした。が、おれのまはりには、何時か薄闇が立ちこめてゐる。誰か、――その誰かは見えない手に、そつと胸の小刀を抜いた。同時におれの口の中には、もう一度腥い物が溢れて来る。おれはそれぎり永久に、中有の闇へ沈んでしまつた。………

（終）

資料室

1「具妻行丹波国男於大江山被縛語」

（「今昔物語集」）

今は昔、京に有《あり》ける男の、妻は丹波《たんば》の国の者にて有ければ、男其の妻を具《ぐ》して丹波の国へ行けるに、妻をば馬に乗せて、夫は竹蚕簿《えびら》箭十許差《さし》たるを掻負て、弓打持て後に立て行ける程に、大江山の辺に若き男の太刀《たち》許を帯《はき》たるが、糸強気《つよげ》なる行烈ぬ、然れば相具して行くに、互に物語などして主は何《いづこ》へなど語ひ行く程に、此の今行烈たる太刀帯たる男の云く、「己が此の帯たる太刀は陸奥の国より伝へ得たる高名《かうみやう》の太刀也、此れ見給へ」とて抜て見すれば、実《げ》に微妙《いみじ》き太刀にて有り、本の男此れを見て欲《ほし》き事無レ限し、今の男其の気色を見て、「此の太刀要《えう》に御《おは》せば、其の持給へる弓に被《れ》レ替《かへら》よ」と云ければ、此の弓持たる男、持たる弓は然《さ》までの物にも非ず、彼の太刀は実に吉き太刀にて有ければ、太刀の欲《ほし》かりけるに合せて、極《きはめ》たる所得してむずと思て、左右《さう》なく差替《さしか》へてけり、然て行く程に、此の今の男の云く、「己が弓の限り持たるに人目《ひとめ》も可咲《をかし》し、山の間其の箭二筋被レ借よ、其《そこ》の御為も此く御共に行けば同事《おなじこと》に非ずや」と、本の男此れを聞くに、現にと思ふに合せて、吉き太刀を弊《あし》き弓に替つるが喜《うれし》さに、云まゝに箭二筋を抜て取せつ、然れば弓持て箭二筋を手箭に持て後《し》りに立て行く、本の男は竹蚕簿の限を掻負て、太刀引帯てぞ行ける、而る間昼の養《やしなひ》せむとて藪《やぶ》の中に入るを、今の男人近には見苦し、今少し入てこそと云ければ深く入にけり、然て女を馬より抱き下しなど為る程に、此の弓持の男俄に弓に箭番《つがへ》て本の男に差宛て強く引て、「己《おのれ》動かば射殺してむ」と云へば、本の男更に此は不二心懸一ざりつる程に、此くすれば物も不レ思えで、只向ひ居たり、其の時に山の奥へ罷入れ入れと恐《おど》せば、命の惜しきまゝに妻をも具して、七八町許山の奥へ入ぬ、然て太刀刀投よと制命すれば、皆投て居れるを寄て取て、打伏せて馬の指縄《さしなは》を以て木に強く縛り付けつ、然て女の許に寄来て見るに、年廿余許の女の下衆《げす》なれども愛敬付《あいきやうづき》て糸清気《きよげ》也、男此れを見るに心移にければ、更に他のこと不レ思えで、女の衣を解けば、女可二辞得一き様無ければ云ふに随《まかせ》て衣を解《とき》つ、然れば男も著物を脱て女を掻臥《かきふ》せて二人臥す、女云ふ甲斐無く男の云ふに随《まかせ》て、本の男被二縛付一て見けむに、何許《いかばかり》思けむ、其の後男起上て本の如く物打著て、竹蚕簿掻負て太刀を取て引帯《おび》て、弓打持て其馬に這乗《はひのり》て女に云く、「糸惜とは思へども、可レ為き様無き事なれば去ぬる也、亦其に男をば免《ゆる》して不レ殺なりぬるぞ、馬をば疾《と》く逃なむが為に乗て行ぬるぞ」と云て、馳散して行にければ、行にけむ方を不レ知ざりける、其の後女寄て男をば解免《ときゆる》してければ、男我れにも非《あら》ぬ顔つきして有ければ、女「汝が心云ふ甲斐無し、今日より後も此の心にては更に墓々《はかばか》しき事不レ有じ」と云ければ、夫更に云ふことなくして、其よりなむ具《ぐ》して丹波に行にける、今の男の心糸恥《はづ》かし、男女の著物を不二奪取一ざりける、本の男の心糸墓《はか》無し、山中にて一目も不レ知ぬ男に弓箭を取《とら》せけむ事実《げ》に愚《おろか》也、其の男遂に不レ聞えで止《やみ》にけりとなむ、語り伝へたるとや。

●**覆される予想**

山科近くの藪の中で見つかった男の死骸。検非違使（警察と司法を掌握する役人）に呼び出されたのは、第一発見者の〈木樵り〉・生前の男を街道で見たという〈旅法師〉・盗人〈多襄丸〉を捕らえた〈放免〉・死んだ男の妻の母である〈嫗〉・そして捕らえられた〈多襄丸〉である。検非違使と証言者たちは、問答を通して、事件の「真相」にたどり着きそうに思われた。――多襄丸が男を殺し、馬と武器を奪ったに違いない。であるからには、男の連れていた女（妻）も無事でいるはずがない、と。しかし多襄丸は、女は殺していない、と言う。

女を手ごめにした後、太刀打ちの末に男を殺したのだと語る多襄丸。だが、清水寺に現れた女は、心中に失敗して夫だけを死なせてしまったと懺悔し、男の死霊は、妻の裏切りに絶望して自殺したのだと言った。人々の、或いは読者の予想は繰り返し覆され、簡単に解決しそうであった事件は、矛盾と謎に満ちた相貌を見せ始めるのだ。

●**山科から関山へ？**

事件の真相がわからないことを「藪の中」と言うのは、この小説に由来する言い方だが、確かにこの小説の言葉をよく検討すると、三人の当事者の発言だけでなく、細かな所にも矛盾があることがわかる。

例えば、夫婦は京から若狭へ旅立ったと嫗は語っているが、彼らは若狭街道（京都北方の鞍馬から大原を経て北上する道）とは方角の異なる山科付近で難に遭っている。（［資料2］・一六頁「京都略地図」参照）初めの四人の証言者の中にも嘘や間違いを語った者がいるのだろうか？　そう思い始めると、全てが疑わしく見えてくる。もし、とことん疑うならば、この小説の七つの語りが一つの事件についてのものであるという大前提すら疑えるかもしれない。〈木樵りの話〉から〈多襄丸の白状〉までは、一人の検非違使の問いに答えた一連の語りであるとしても、清水寺で懺悔する女は〈真砂〉とは名乗っておらず、巫女に呼び出された〈死霊〉が〈武弘〉自身である保証もないからだ。

●**心を映す鏡**

だが、そうした諸々の困難を押しやってでも、何らかのまとまった「真相」を想像してみたい欲望が、心の中に沸き上がってくることもあるだろう。そんな時は、自分に問いかけてみよう。私は、どうして「真相」を思い描こうとするのだろう？　また、私がそんな「真相」を思い描いてしまうのはなぜなのだろう？　と。そのようにして自分の心を鏡に映してみるところにも、小説解釈の醍醐味はあるにちがいない。

●**演じられた「藪の中」**

「藪の中」についての解釈は、映画や演劇の形でも示されてきた。例えば、映画「羅生門」（［資料3］）では、実は木樵りが一部始終を見ていた、ということになっている。手ごめにされた真砂に武弘は自害を迫るが、真砂は逆に「この男を殺してから私に死ねと言ってこそ夫じゃないか」と叫び、責任を放棄して去ろうとする多襄丸にも非難の声を上げる。その言葉に操られるように武弘と多襄丸は太刀打ちを始め…と木樵りは回想する。他にも、映画「ＭＩＳＴＹ」（三枝健起監督）や、狂言「藪の中」（野村萬斎）ほか、「藪の中」を演じる試みは今日でも続いている。

2 畿内及び周辺地図
粟田口は京都の西の玄関口。その西方に山科、更に西に逢坂関（関山）がある。

3 映画「羅生門」スチル（黒澤明監督1950）
左の写真で女が手にしているのが市女笠。この笠のふちに薄い布（牟子）を垂らして顔や体を覆う。また右の写真の侍のかぶりものが烏帽子。

◉女の存在感

　これら演じられた「藪の中」の多くは、「女」の問題、或いはジェンダーの問題に焦点を当てているようである。それらを参考に、この小説を「女」をめぐって語られた言葉の群れとして読むことも可能だ。原典『今昔物語集』（［資料1］）の盗人と異なり、武器や馬ではなく、「女」を手に入れるために行動を起こしたと語る多襄丸の言葉からも、この小説における「女」の存在感の大きさがうかがい知れるのではなかろうか。

　宮島新三郎の同時代評（［資料4］）からもわかるように、「藪の中」を通じて、女性の性欲やエゴイズムに批判的な目を向ける論者は、過去に多かった。が、それもまた、いかにも近代らしい、「性」に対する過剰な反応の表れなのかもしれない。そうした考え方になじんだ目には、「あなたはしょうがない人だねえ」と言いながら夫の縄目を解いた妻と、返す言葉もなかった夫が、その後何事もなかったかのように一緒に旅を続けていくという原典の末尾（［資料1］）が、なんとも新鮮に映る。

◉王朝物の終了

　「藪の中」を初めて読んだ人は、いわゆる「地の文」がないことに驚かされるだろう。七つの語りは全て、限られた情報しか持たない一登場人物によるもので、特権的な語り手が出てきて正解を告げることなどはない。「語り」のタイプを分析したJ・ジュネット『物語のディスクール』（一九八

4 同時代の読まれ方

●宮島新三郎「芥川氏の『藪の中』その他」（『新潮』一九二二・二）

手ごめにされた後の女の心理に、貞操観念の多く働いたことは事実である。それと同時に、又シチユエーショナルに、必然的に、色慾の情が働いたのも亦事実である。さうして作者はこの点に、にらみをつけたのではないか。（中略）この『藪の中』などは、結婚問題とか婦人問題などを研究してゐるものが読んでも決して損にならない作品だと思ふ。

●横光利一「新感覚論」（『文芸時代』一九二五・二）

芥川龍之介氏の作には構成派として優れたもののあるのを発見する、例へば「藪の中」のごときがその一例だ。（中略）ここではパートの崩壊、積重、綜合の排列情調の動揺若くはその突感の差異分裂の顫動度合の対立的要素から感覚が閃き出し、主観は語られずに感覚となつて整頓せられ爆発する。

●「新潮合評会」（『新潮』一九二七・二）

芥川　谷崎君のを読んで何時も此頃痛切に感ずるし、僕も昔書いた「藪の中」なんかに就ても感ずるのだが、話の筋と云ふものが芸術的なものかどうかと云ふ問題、純芸術的なものかどうかと云ふことが、非常に疑問だと思ふ。筋の面白さと云ふものが…

藤森　けれども谷崎氏のは別として「藪の中」なんかは筋ばかりの面白さぢやないですか。

五・九、水声社）も、〈何人かの作中人物が、それぞれの視点を通して同一の出来事を何度も喚起する〉〈内的多元焦点化〉の好例として、映画「羅生門」を挙げている。

　このような特殊なつくりを、古い価値観を打ち破る文学的試みとして早くから評価したのが、新感覚派の旗手であった横光利一だった。だが芥川自身は、「藪の中」発表から五年後に、早くも自作に対して否定的な発言をしている（［資料4］）。もしかすると、〈「話」らしい話のない小説〉の提唱（九九頁「文芸的な、余りに文芸的な」参照）を通して小説の芸術的価値を厳密に見きわめようとしていたらしい晩年の芥川にとって、読者が「真相」を求めて混乱せざるを得ないような〈奇抜〉なつくりは、好ましいものではなかったのかもしれない。

　ドラマチックな展開が特徴的であった「王朝物」は、この一九二二年を最後に書かれることはなかった。

（篠崎美生子）

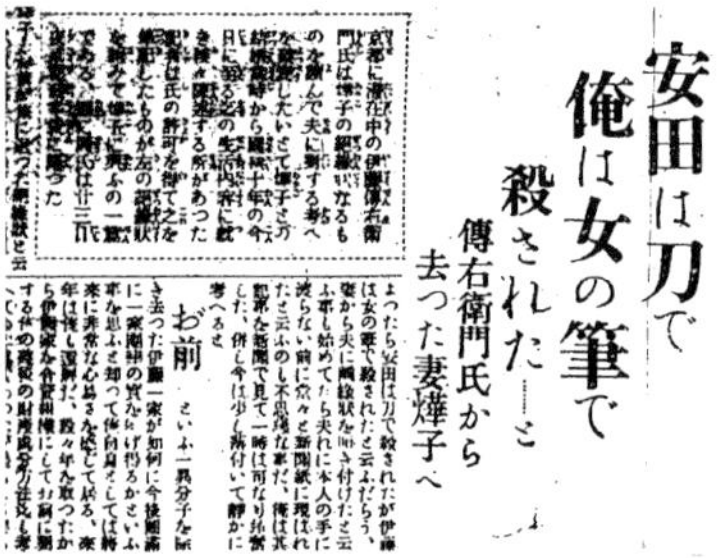
安田は刀で俺は女の筆で殺された――と
傳右衛門氏から去つた妻燁子へ

……「安田は刀で俺は女の筆で」
（『東京日日新聞』1921.10.24）……

　歌人柳原白蓮（燁子）は、恋人との新生活をめざし、炭坑王として知られた夫伊藤伝右衛門のもとを去った。その時白蓮が、夫への絶縁状を新聞社に届けたことが話題となり、事件の経過や関係者の証言が、連日新聞紙上をにぎわせた。全く言い分の異なる夫婦のインタビュー記事が並んで掲載された日もあった。

　当時は大手の新聞でも、このような記事の作り方がよくなされた。原敬刺殺事件（1921.11.4）の報道と「藪の中」の言説が類似しているという指摘もある。「文学」の世界を一歩離れて見渡せば、食い違う証言が並ぶ状況など、案外珍しくないということなのかもしれない。

　上の記事は、伝右衛門のインタビュー記事。「安田」とは、実業家の安田善次郎で、1921年に大磯の別邸で国粋主義者に刺殺された。

5 主な「王朝物」

作品名	初出	初刊
羅生門	『帝国文学』1915.11	『羅生門』阿蘭陀書房1917.5
鼻	『新思潮』1916.2	『羅生門』阿蘭陀書房1917.5
芋粥	『新小説』1916.9	『羅生門』阿蘭陀書房1917.5
偸盗	『中央公論』1917.4，7（原題「偸盗」「続偸盗」）	生前未刊行
地獄変	『大阪毎日新聞』1918.5.1～22	『傀儡師』新潮社1919.1
邪宗門	『大阪毎日新聞』1918.10.23～12.13	『邪宗門』春陽堂1922.11
往生絵巻	『国粋』1921.4	『春服』春陽堂1923.5
好色	『改造』1921.10	『春服』春陽堂1923.5
藪の中	『新潮』1922.1	『将軍』新潮社1922.3
六の宮の姫君	『表現』1922.5	『春服』春陽堂1923.5

（注）『大阪毎日新聞』掲載作品は、姉妹紙『東京日日新聞』にも掲載されている。

5 雛

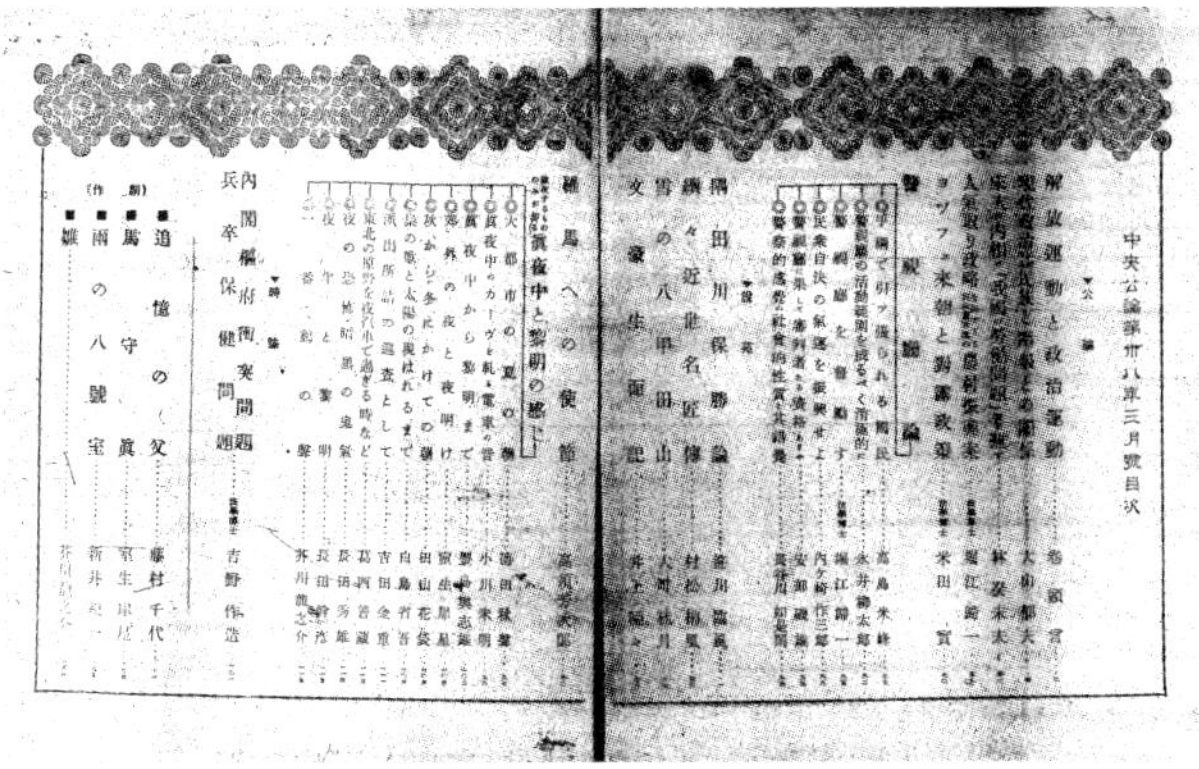

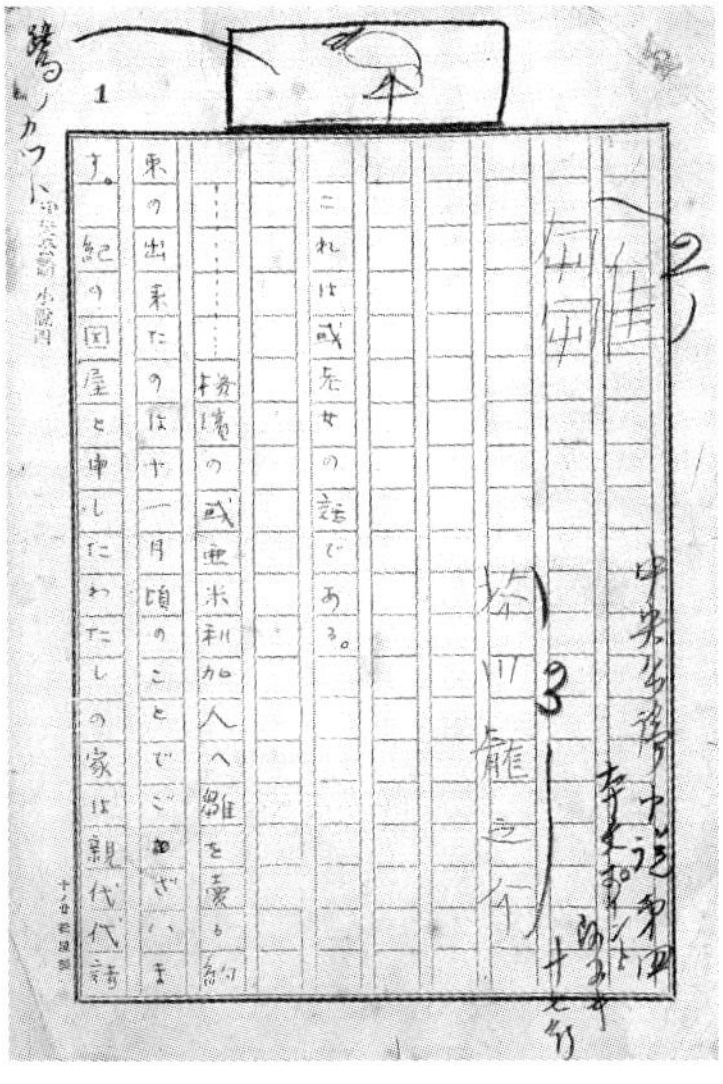

初出『中央公論』1923.3
初刊『黄雀風』1924.7　新潮社

これは或老女の話である。

……横浜の或亜米利加人へ雛を売る約束の出来たのは十一月頃のことでございます。紀の国屋と申したわたしの家は親代代諸大名のお金御用を勤めて居りましたし、殊に紫竹とか申した祖父は大通の一人にもなつて居りましたから、雛もわたしのではございますが、中々見事に出来て居りました。まあ、申さば、内裏雛は女雛の冠の瓔珞にも珊瑚がはひつてありますとか、男雛の塩瀬の石帯《いしおび》にも定紋と替へ紋とが互違ひに繍ひになつて居りますとか、――さう云ふ雛だつたのでございます。

それさへ売らうと申すのでございますから、わたしの父、――十二代目の紀の国屋伊兵衛はどの位手もとが苦しかつたか、大抵御推量にもなれるでございませう。何しろ徳川家《とくせんけ》の御瓦解以来、御用金を下げて下すつたのは加州様ばかりでございます。それも三千両の御用金の中、百両しか下げては下さいません。因州様などになりますと、四百両ばかりの御用金のかたに赤間が石の硯を一つ、下すつただけでございました。その上火事には三度も遇ひますし、蝙蝠傘屋などをやりましたのも皆手違ひになりますし、当時はもう目ぼしい道具もあらかた一家の口すごしに売り払つてゐたのでございます。

其処へ雛でも売つたらと父へ勧めてくれましたのは丸佐と云ふ骨董屋の、……もう故人になりましたが、禿げ頭の主人でございます。この丸佐の禿げ頭位、可笑しかつたものはございません。と申すのは頭のまん中に丁度按摩膏を貼つた位、入れ墨がしてあるのでございます。これは何でも若い時分、ちよいと禿げを隠す為に彫らせたのださうでございますが、生憎その後頭の方は遠慮なしに禿げてしまひましたから、この脳天の入れ墨だけ取り残されることになつたのだとか、当人自身申して居りました。……さう云ふことは兎も角も、父はまだ十五のわたしを可哀さうに思つたのでございませう、度度丸佐に勧められても、雛を手放すことだけはためらつてゐたやうでございます。

それをとうとう売らせたのは英吉と申すわたしの兄、……やはり故人になりましたが、その頃まだ十八だつた、癇の強い兄でございます。兄は開化人とでも申しませうか、英語の読本を離したことのない政治好きの青年でございました。これが雛の話になると、雛祭などは旧弊だとかあんな実用にならない物は取つて置いても仕方がないとか、いろいろけなすのでございます。その為に兄は昔風の母とも何度口論をしたかわかりません。しかし雛を手放しさへすれば、この大年の凌ぎだけはつけられるのに違ひございませんから、母も苦しい父の手前、さうは強いことばかりも申されなかつたのでございませう。雛は前にも申しました通り、十一月の中旬にはとうとう横浜の亜米利加人へ売り渡すことになつてしまひました。何、わたしでございますか？　それは駄駄もこねましたが、お転婆だつたせゐでございませう、その割にはあまり悲しいとも思はなかつたものでございます。父は雛を売りさへすれば、紫繻子の帯を一本買つてやると申して居りましたから。……

その約束の出来た翌晩、丸佐は横浜へ行つた帰りに、わたしの家へ参りました。

わたしの家と申しましても、三度目の火事に遇つた後は普請もほんたうには参りません。焼け残つた土蔵を一家の住居に、それへさしかけて仮普請を見世にしてゐたのでございます。尤も当時は俄仕込みの薬屋をやつて居りましたから、正徳丸とか安経湯とか或は又胎毒散とか、――さう云ふ薬の金看板だけは薬箪笥の上に並んで居りました。其処に又無尽燈がともつてゐる、……と申したばかりでは多分おわかりになりますまい。無尽燈と申しますのは石油の代りに種油を使ふ旧式のランプでございます。可笑しい話でございますが、わたしは未に薬種の匂、――陳皮や大黄の匂がすると、必この無尽燈を思ひ出さずには居られません。現にその晩も無尽燈は薬種の匂の漂つた中に、薄暗い光を放つて居りました。

頭の禿げた丸佐の主人はやつと散切りになつた父と、無尽燈を中に坐りました。

「では確かに半金だけ、……どうかちよいとお改め下さい。」

時候の挨拶をすませて後、丸佐の主人がとり出したのは紙包みのお金でございます。その日に手つけを貰ふことも約束だつたのでございませう。父は火鉢へ手をやつたなり、何も云はずに時宜をしました。丁度この時でございます。わたしは母の云ひつけ通り、お茶のお給仕に参りました。ところがお茶を出さうとすると、丸佐の主人は大声で、「そりやあいけません。それだけはいけません」と、突然かう申すではございませんか？　わたしはお茶がいけないのかと、ちよいと呆気にもとられましたが、丸佐の主人の前を見ると、もう一つ紙に包んだお金がちやんと出てゐるのでございます。

「こりやあほんの軽少だが、志はまあ、志だから、……」

「いえ、もうお志は確かに頂きました。が、こりやあどうかお手もとへ、……」

「まあさ、……そんなに又恥をかかせるもんぢやあない。」

「冗談仰有つちやあいけません。檀那こそ恥をおかかせなさる。何も赤の他人ぢやあなし、大檀那以来お世話になつた丸佐のしたことぢやあごわせんか？　まあ、そんな水つ臭いことを仰有らずに、これだけはそちらへおしまひなすつて下さい。……おや、お嬢さん。今晩は。おうおう、今日は蝶々髷が大へん綺麗にお出来なすつた！」

わたしは別段何の気なしに、かう云ふ押し問答を聞きながら、土蔵の中へ帰つて来ました。

土蔵は十二畳も敷かりませうか？　可成広うございましたが、箪笥もあれば長火鉢もある、長持ちもあれば置戸棚もある、――と云ふ体裁でございましたから、ずつと手狭な気がしました。さう云ふ家財道具の中にも、一番人目につき易いのは都合三十幾つかの総桐の箱でございます。もとより雛の箱と申すことは申し上げるまでもございますまい。これが何時でも引き渡せるやうに、窓したの壁に積んでございました。

かう云ふ土蔵のまん中に、無尽燈は見世へとられましたから、ぼんやり行燈がともつてゐる、――その昔じみた行燈の光に、母は振り出しの袋を縫ひ、兄は小さい古机に例の英語の読本か何か調べてゐるのでございます。それには変つたこともございません。が、ふと母の顔を見ると、母は針を動かしながら、伏し眼になつた睫毛の裏に涙を一ぱいためて居ります。

　お茶のお給仕をすませたわたしは母に褒めて貰ふことを楽しみに……と云ふのは大袈裟にしろ、待ち設ける気もちはございました。其処へこの涙でございませう？　わたしは悲しいと思ふよりも、取りつき端《は》に困つてしまひましたから、出来るだけ母を見ないやうに、兄のゐる側へ坐りました。すると急に眼を挙げたのは兄の英吉でございます。兄はちよいとけげんさうに母とわたしとを見比べましたが、忽ち妙な笑ひ方をすると、又横文字を読み始めました。わたしはまだこの時位、開化を鼻にかける兄を憎んだことはございません。お母さんを莫迦にしてゐる、――一図にさう思つたのでございます。わたしはいきなり力一ぱい、兄の背中をぶつてやりました。

「何をする？」

　兄はわたしを睨みつけました。

「ぶつてやる！　ぶつてやる！」

　わたしは泣き声を出しながら、もう一度兄をぶたうとしました。その時はもう何時の間にか、兄の癇癖の強いことも忘れてしまつたのでございます。が、まだ挙げた手を下さない内に、兄はわたしの横鬢へぴしやりと平手を飛ばせました。

「わからず屋！」

　わたしは勿論泣き出しました。と同時に兄の上にも物差しが降つたのでございませう。兄は直と威丈高に母へ食つてかかりました。母もかうなれば承知しません。低い声を震はせながら、さんざん兄と云ひ合ひました。

　さう云ふ口論の間中、わたしは唯悔やし泣きに泣き続けてゐたのでございます。丸佐の主人を送り出した父が無尽燈を持つた儘、見世からこちらへはひつて来る迄は。……いえ、わたしばかりではございません。兄も父の顔を見ると、急に黙つてしまひました。口数を利かない父位、わたしはもとより当時の兄にも、恐しかつたものはございませんから。……

　その晩雛は今月の末、残りの半金を受け取ると同時に、あの横浜の亜米利加人へ渡してしまふことにきまりました。何、売り価でございますか？　今になつて考へますと、莫迦莫迦しいやうでございますが、確か三十円とか申して居りました。それでも当時の諸式にすると、ずゐぶん高価には違ひございません。

　その内に雛を手放す日はだんだん近づいて参りました。わたしは前にも申しました通り、格別それを悲しいとは思はなかつたものでございます。ところが一日一日と約束の日が迫つて来ると、何時か雛と別れるのはつらいやうに思ひ出しました。しかし如何に子供とは申せ、一旦手放すときまつた雛を手放さずにすまうとは思ひません。唯人手に渡す前に、もう一度よく見て置きたい、内裏雛、五人囃し、左近の桜、右近の橘、雪洞、屏風、蒔絵の道具、——もう一度この土蔵の中にさう云ふ物を飾つて見たい、——と申すのが心願でございました。が、性来一徹な父は何度わたしにせがまれても、これだけのことを許しません。「一度手附けをとつたとなりやあ、何処にあらうが人様のものだ。人様のものはいぢるもんぢやあない。」——かう申すのでございます。

するともう月末に近い、大風の吹いた日でございます。母は風邪に罹つたせゐか、それとも又下唇に出来た粟粒程の腫物のせゐか、気持が悪いと申したぎり、朝の御飯も頂きません。わたしと台所を片づけた後は片手に額を抑へながら、唯ぢつと長火鉢の前に俯向いてゐるのでございます。ところが彼是お午時分、ふと顔を擡げたのを見ると、腫物のあつた下唇だけ、丁度赤いお薩のやうに脹れ上つてゐるではございませんか？　しかも熱の高いことは妙に輝いた眼の色だけでも、直とわかるのでございます。これを見たわたしの驚きは申す迄もございません。わたしは殆ど無我夢中に、父のゐる見世へ飛んで行きました。

「お父さん！　お父さん！　お母さんが大変ですよ。」

父は、……それから其処にゐた兄も父と一しよに奥へ来ました。が、恐しい母の顔には呆気にとられたのでございませう。ふだんは物に騒がぬ父さへ、この時だけは茫然としたなり、口も少時は利かずに居りました。しかし母はさう云ふ中にも、一生懸命に微笑しながら、こんなことを申すのでございます。

「何、大したことはありますまい。……唯ちよいとこのお出来に爪をかけただけなのですから、……今御飯の支度をします。」

「無理をしちやあいけない。御飯の仕度なんぞはお鶴にも出来る。」

父は半ば叱るやうに、母の言葉を遮りました。

「英吉！　本間さんを呼んで来い！」

兄はもうさう云はれた時には、一散に大風の見世の外へ飛び出して居つたのでございます。

本間さんと申す漢方医、——兄は始終藪医者などと莫迦にした人でございますが、その医者も母を見た時には、当惑さうに、腕組みをしました。聞けば母の腫れ物は面疔だと申すのでございますから。……もとより面疔も手術さへ出来れば、恐しい病気ではございますまい。が、当時の悲しさには手術どころの騒ぎではございません。唯煎薬を飲ませたり、蛭に血を吸はせたり、——そんなことをするだけでございます。父は毎日枕もとに、本間さんの薬を煎じました。兄も毎日十五銭づつ、蛭を買ひに出かけました。わたしも、……わたしは兄に知れないやうに、つい近所のお稲荷様へお百度を踏みに通ひました。——さう云ふ始末でございますから、雛のことも申しては居られません。いえ、一時わたしを始め、誰もあの壁側に積んだ三十ばかりの総桐の箱には眼もやらなかつたのでございます。

ところが十一月の二十九日、――愈雛と別れると申す一日前のことでございます。わたしは雛と一しよにゐるのも、今日が最後だと考へると、殆ど矢も楯もたまらない位、もう一度箱が明けたくなりました。が、どんなにせがんだにしろ、父は不承知に違ひありません。すると母に話して貰ふ、――わたしは直にさう思ひましたが、何しろその後母の病気は前よりも一層重つて居ります。食べ物もおも湯を啜る外は一切喉を通りません。殊にこの頃は口中へも、絶えず血の色を交へた膿がたまるやうになつたのでございます。かう云ふ母の姿を見ると、如何に十五の小娘にもせよ、わざわざ雛を飾りたいなどとは口へ出す勇気も起りません。わたしは朝から枕もとに、母の機嫌を伺ひ伺ひ、とうとうお八つになる頃迄は何も云ひ出さずにしまひました。

しかしわたしの眼の前には金網を張つた窓の下に、例の総桐の雛の箱が積み上げてあるのでございます。さうしてその雛の箱は今夜一晩過ごしたが最後、遠い横浜の異人屋敷へ、……ことによれば亜米利加へも行つてしまふのでございます。そんなことを考へると、愈我慢は出来ますまい。わたしは母の眠つたのを幸ひ、そつと見世へ出かけました。見世は日当りこそ悪いものの、土蔵の中に比べれば、往来の人通りが見えるだけでも、まだしも陽気でございます。其処に父は帳合ひを検べ、兄はせつせつと片隅の薬研に甘草か何かを下して居りました。

「ねえ、お父さん。後生一生のお願ひだから、……」

わたしは父の顔を覗きこみながら、何時もの頼みを持ちかけました。が、父は承知するどころか、相手になる気色もございません。

「そんなことはこの間も云つたぢやあないか？……おい、英吉！　お前、今日は明るい内に、ちよいと丸佐へ行つて来てくれ。」

「丸佐へ？……来てくれと云ふんですか？」

「何、ランプを一つ持つて来て貰ふんだが、……お前、帰りに貰つて来ても好い。」

「だつて丸佐にランプはないでせう？」

父はわたしをそつちのけに、珍しい笑ひ顔を見せました。

「燭台か何かぢやああるまいし、……ランプは買つてくれつて頼んであるんだ。わたしが買ふよりやあ確だから。」

「ぢやあもう無尽燈はお廃止ですか？」

「あれもうお暇《ひま》の出し時だらう。」

「古いものはどしどし止めることです。第一お母さんもランプになりやあ、ちつとは気も晴れるでせうから。」

父はそれぎり元のやうに、又算盤を弾き出しました。が、わたしの念願は相手にされなければされないだけ、強くなるばかりでございます。わたしはもう一度後ろから、父の肩を揺すぶりました。

「よう。お父さんつてば。よう。」

「うるさい！」

父は後ろを振り向きもせずに、いきなりわたしを叱りつけました。のみならず兄も意地悪さうに、わたしの顔を睨めて居ります。わたしはすつかり悄気返つた儘、そつと又奥へ帰つて来ました。すると母は何時の間にか、熱のある眼を挙げながら、顔の上にかざした手の平を眺めてゐるのでございます。それがわたしの姿を見ると、思ひの外はつきりかう申しました。

「お前、何をお父さんに叱られたのだえ?」

わたしは返事に困りましたから、枕もとの羽根楊子をいぢつて居りました。

「又何か無理を云つたのだらう?……」

母はぢつとわたしを見たなり、今度は苦しさうに言葉を継ぎました。

「わたしはこの通りの体だしね、何も彼もお父さんがなさるのだから、おとなしくしなけりやあいけませんよ。そりやあお隣の娘さんは芝居へも始終お出でなさるさ。……」

「芝居なんぞ見たくはないんだけれど……」

「いえ、芝居に限らずさ。簪だとか半襟だとか、お前にやあ欲しいものだらけでもね、……」

わたしはそれを聞いてゐる内に、悔やしいのだか悲しいのだか、とうとう涙をこぼしてしまひました。

「あのねえ、お母さん。……わたしはねえ、……何も欲しいものはないんだけれどねえ、唯あのお雛様を売る前にねえ、……」

「お雛様かえ? お雛様を売る前に?」

母は一層大きい眼にわたしの顔を見つめました。

「お雛様を売る前にねえ、……」

わたしはちよいと云ひ渋りました。その途端にふと気がついて見ると、何時の間にか後ろに立つてゐるのは兄の英吉でございます。兄はわたしを見下しながら、不相変慳貪にかう申しました。

「わからず屋! 又お雛様のことだらう? お父さんに叱られたのを忘れたのか?」

「まあ、好いぢやあないか? そんなにがみがみ云はないでも。」

母はうるささうに眼を閉ぢました。が、兄はそれも聞えぬやうに叱り続けるのでございます。

「十五にもなつてゐる癖に、ちつとは理窟もわかりさうなもんだ? 高があんなお雛様位! 惜しがりなんぞするやつがあるもんか?」

「お世話焼き! 兄さんのお雛様ぢやあないぢやあないか?」

わたしも負けずに云ひ返しました。その先は何時も同じでございます。二言三言云ひ合ふ内に、兄はわたしの襟上を掴むと、いきなり其処へ引き倒しました。

「お転婆!」

兄は母さへ止めなければ、この時もきつと二つ三つは折檻して居つたでございませう。が、母は枕の上に半ば頭を擡げながら、喘ぎ喘ぎ兄を叱りました。

「お鶴が何をしやあしまいし、そんな目に遇はせるにやあ当らないぢやあないか?」

「だつてこいつはいくら云つても、あんまり聞き分けがないんですもの。」

「いいえ、お鶴ばかり憎いのぢやあないだらう? お前は……お前は……」

母は涙をためた儘、悔やしさうに何度も口ごもりました。

「お前はわたしが憎いのだらう? さもなけりやあわたしが病気だと云ふのに、お雛様を……お雛様を売りたがつたり、罪もないお鶴をいぢめたり、……そんなことをする筈はないぢやあないか? さうだらう? それならなぜ憎いのだか、……」

「お母さん!」

兄は突然かう叫ぶと、母の枕もとに突立つたなり、肘に顔を隠しました。その後父母の死んだ時にも、涙一つ落さなかつた兄、――永年政治に奔走してから、癲狂院へ送られる迄、一度も弱みを見せなかつた兄、――さう云ふ兄がこの時だけは啜り泣きを始めたのでございます。これは興奮し切つた母にも、意外だつたのでございませう。母は長い溜め息をしたぎり、申しかけた言葉も申さずに、もう一度枕をしてしまひました。……

かう云ふ騒ぎがあつてから、一時間程後でございませう。久しぶりに見世へ顔を出したのは肴屋の徳蔵でございます。いいえ、肴屋ではございません。以前は肴屋でございましたが、今は人力車の車夫になつた、出入りの若いものでございます。この徳蔵には可笑しい話が幾つあつたかわかりません。その中でも未に思ひ出すのは苗字の話でございます。徳蔵もやはり御維新以後、苗字をつけることになりましたが、どうせつける位ならばと大束をきめたのでございませう、徳川と申すのをつけることにしました。ところがお役所へ届けに出ると、叱られたの叱られないのではございません。何でも徳蔵の申しますには、今にも斬罪にされ兼ねない権幕だつたさうでございます。……その徳蔵が気楽さうに、牡丹に唐獅子の画を描いた当時の人力車を引張りながら、ぶらりと見世先へやつて来ました。それが又何しに来たのかと思ふと、今日は客のないのを幸ひ、お嬢さんを人力車にお乗せ申して、会津つ原から煉瓦通りへでもお伴をさせて頂きたい、――かう申すのでございます。

「どうする? お鶴。」

父はわざと真面目さうに、人力車を見に見世へ出てゐたわたしの顔を眺めました。今日では人力車に乗ることなどはさ程子供も喜びますまい。しかし当時のわたしたちには丁度自働車に乗せて貰ふ位、嬉しいことだつたのでございます。が、母の病気と申し、殊にああ云ふ大騒ぎのあつた直あとのことでございますから、一概に行きたいとも申されません。わたしはまだ悄気切つたなり、「行きたい」と小声に答へました。

「ぢやあお母さんに聞いて来い。折角徳蔵もさう云ふものだし。」

母はわたしの考へ通り、眼も明かずにほほ笑みながら、「上等だね」と申しました。意地の悪い兄は好い塩梅に、丸佐へ出かけた留守でございます。わたしは泣いたのも忘れたやうに、早速人力車に飛び乗りました。赤毛布を膝掛けにした、輪のがらがらと鳴る人力車に。

その時見て歩いた景色などは申し上げる必要もございますまい。唯今でも話に出るのは徳蔵の不平でございます。徳蔵はわたしを乗せた儘、煉瓦の大通りにさしかかるが早いか、西洋の婦人を乗せた馬車とまともに衝突しかかりました。それはやつと助かりましたが、忌忌しさうに舌打ちをすると、こんなことを申すのでございます。

「どうもいけねえ。お嬢さんはあんまり軽過ぎるから、肝腎の足が踏ん止らねえ。……お嬢さん。乗せる車屋が可哀さうだから、二十前にやあ車へお乗んなさんなよ。」

人力車は煉瓦の大通りから、家の方へ横町を曲りました。すると忽ち出遇つたのは兄の英吉でございます。兄は煤竹の柄のついた置きランプを一台さげた儘、急ぎ足に其処を歩いて居りました。それがわたしの姿を見ると、「待て」と申す相図でございませう、ランプをさし挙げるのでございます。が、もうその前に徳蔵はぐるりと梶棒をまはしながら、兄の方へ車を寄せて居りました。

「御苦労だね。徳さん。何処へ行つたんだい？」

「へえ、何、今日はお嬢さんの江戸見物です。」

兄は苦笑を洩らしながら、人力車の側へ歩み寄りました。

「お鶴。お前、先へこのランプを持つて行つてくれ。わたしは油屋へ寄つて行くから。」

わたしはさつきの喧嘩の手前、わざと何とも返事をせずに、唯ランプだけ受け取りました。兄はそれなり歩きかけましたが、急に又こちらへ向き変へると、人力車の泥除けに手をかけながら、「お鶴」と申すのでございます。

「お鶴、お前、又お父さんにお雛様のことなんぞ云ふんぢやあないぞ。」

わたしはそれでも黙つて居りました。あんなにわたしをいぢめた癖に、又かと思つたのでございます。しかし兄は頓着せずに、小声の言葉を続けました。

「お父さんが見ちやあいけないと云ふのは手附けをとつたばかりぢやあないぞ。見りやあみんなに未練が出る、――其処も考へてゐるんだぞ。好いか？　わかつたか？　わかつたら、もうさつきのやうに見たいの何のと云ふんぢやあないぞ。」

わたしは兄の声の中に、何時にない情愛を感じました。が、兄の英吉位、妙な人間はございません。優しい声を出したかと思ふと、今度は又ふだんの通り、突然わたしを嚇すやうにかう申すのでございます。

「そりやあ云ひたけりやあ云つても好い。その代り痛い目に遇はされると思へ。」

兄は憎体に云ひ放つたなり、徳蔵には挨拶も何もせずに、さつさと何処かへ行つてしまひました。

その晩のことでございます。わたしたち四人は土蔵の中に、夕飯の膳を囲みました。尤も母は枕の上に顔を挙げただけでございますから、囲んだものの数にははひりません。しかしその晩の夕飯は何時もより花やかな気がしました。それは申す迄もございません。あの薄暗い無尽燈の代りに、今夜は新しいランプの光が輝いてゐるからでございます。兄やわたしは食事のあひ間も、時時ランプを眺めました。石油を透かした硝子の壺、動かない焔を守つた火屋、——さう云ふものの美しさに満ちた、珍らしいランプを眺めました。

「明るいな。昼のやうだな。」

父も母をかへり見ながら、満足さうに申しました。

「眩し過ぎる位ですね。」

かう申した母の顔には、殆ど不安に近い色が浮んでゐたものでございます。

「そりやあ無尽燈に慣れてゐたから……だが一度ランプをつけちやあ、もう無尽燈はつけられない。」

「何でも始は眩し過ぎるんですよ。ランプでも、西洋の学問でも、……」

兄は誰よりもはしやいで居りました。

「それでも慣れりやあ同じことですよ。今にきつとこのランプも暗いと云ふ時が来るんです。」

「大きにそんなものかも知れない。……お鶴。お前、お母さんのおも湯はどうしたんだ?」

「お母さんは今夜は沢山なんですつて。」

わたしは母の云つた通り、何の気もなしに返事をしました。

「困つたな。ちつとも食気がないのかい?」

母は父に尋ねられると、仕方がなささうに溜息をしました。

「ええ、何だかこの石油の匂が、……旧弊人の証拠ですね。」

それぎりわたしたちは言葉少なに、箸ばかり動かし続けました。しかし母は思ひ出したやうに、時時ランプの明るいことを褒めてゐたやうでございます。あの腫れ上つた唇の上にも微笑らしいものさへ浮べながら。

その晩も皆休んだのは十一時過ぎでございます。しかしわたしは眼をつぶつても、容易に寝つくことが出来ません。兄はわたしに雛のことは二度と云ふなと申しました。わたしも雛を出して見るのは出来ない相談とあきらめて居ります、が、出して見たいことはさつきと少しも変りません。雛は明日になつたが最後、遠いところへ行つてしまふ、——さう思へばつぶつた眼の中にも、自然と涙がたまつて来ます。一そみんなの寝てゐる内に、そつと一人出して見ようか?——さうもわたしは考へて見ました。それともあの中の一つだけ、何処か外へ隠して置かうか?——さうも亦わたしは考へて見ました。しかしどちらも見つかつたら、——と思ふとさすがにひるんでしまひます。わたしは正直にその晩位、いろいろ恐しいことばかり考へた覚えはございません。今夜もう一度火事があれば好い。さうすれば人手に渡らぬ前に、すつかり雛も焼けてしまふ。さもなければ亜米利加人も頭の禿げた丸佐の主人もコレラになつてしまへば好い。さうすれば雛は何処へもやらずに、この儘大事にすることが出来る。――そんな空想も浮んで参ります、が、まだ何と申しても、其処は子供でございますから、一時間たつかたたない内に、何時かうとうと眠つてしまひました。

それからどの位たちましたか、ふと眠りがさめて見ますと、薄暗い行燈をともした土蔵に、誰か人の起きてゐるらしい物音が聞えるのでございます。鼠かしら、泥棒かしら、又はもう夜明けになつたのかしら?――わたしはどちらかと迷ひながら、怯づ怯づ細眼を明いて見ました。するとわたしの枕もとには、寝間着の儘の父が一人、こちらへ横顔を向けながら、坐つてゐるのでございます。父が!……しかしわたしを驚かせたのは父ばかりではございません。父の前にはわたしの雛が、――お節句以来見なかつた雛が並べ立ててあるのでございます。

夢かと思ふと申すのはああ云ふ時でございませう。わたしは殆ど息もつかずに、この不可思議を見守りました。覚束ない行燈の光の中に、象牙の笏をかまへた男雛を、冠の瓔珞を垂れた女雛を、右近の橘を、左近の桜を、柄の長い日傘を担いだ仕丁を、眼八分に高坏を捧げた官女を、小さい蒔絵の鏡台や箪笥を、貝殻尽しの雛屏風を、膳椀を、画雪洞を、色糸の手鞠を、さうして又父の横顔を、……

夢かと思ふと申すのは、……ああ、それはもう前に申し上げました。が、ほんたうにあの晩の雛は夢だつたのでございませうか?　一図に雛を見たがつた余り、知らず識らず造り出した幻ではなかつたのでございませうか?　わたしは未にどうかすると、わたし自身にもほんたうかどうか、返答に困るのでございます。

しかしわたしはあの夜更けに、独り雛を眺めてゐる、年とつた父を見かけました。これだけは確かでございます。さうすればたとひ夢にしても、別段悔やしいとは思ひません。兎に角わたしは眼のあたりに、わたしと少しも変らない父を見たのでございますから。女々しい、……その癖おごそかな父を見たのでございますから。

「雛」の話を書きかけたのは何年か前のことである。それを今書き上げたのは滝田氏の勧めによるのみではない。同時に又四五日前、横浜の或英吉利人の客間に、古雛の首を玩具にしてゐる紅毛の童女に遇つたからである。今はこの話に出て来る雛も、鉛の兵隊やゴムの人形と一つ玩具箱に投げこまれながら、同じ憂きめを見てゐるのかも知れない。

注　初出誌および初刊本での掲載時、左の一節が作品名に続けて掲げられた。

箱を出る顔忘れめや雛二対　　蕪村

1 明治

銀座通りを通る円太郎馬車の喇叭の音が、雪曇りの空の下に　肌寒く聞えて来る。時折　埃をまき上げて通る風も　今日ばかりは身にしみるやうに冷《つめた》い。

うす暗い店《みせ》に座つて、芸州正徳丸《げいしうしやうとくぐわん》の金看板を後に、独りで売薬の包紙《つつみがみ》を刷つてゐた父は、ばれんの手を止《や》めると、黒く潤陽湯《じゆんようとう》と出た半紙を、丁寧に版木から離しながら

「おい、私の留守に池田さんが来はしなかつたかい。」と、次の間へ声をかけた。

「いいえ。」と答へたのは、姉の声である。四五日前から、面疔で寝てゐる母の世話はもとより、十六になる妹の面倒から、朝夕の水仕業《みずしわざ》まで、皆、この姉がひとりでした。尤も　店には、まだ肩あげのとれない小僧を一人、使つてゐたが、それさへ、一昨日　親の病気だと云つて帰つたぎり　未に何のたよりもない。――姉は今も、妹の留守を病人の枕もとで、皸《ひび》のきれた指の先を気にしながら、一時《いつとき》の間《ま》も惜しいやうに、潤陽湯の袋を縫つてゐるのである。

「阿父さん。」病人の眼のさめるのを憚るやうな声で、今度は姉の方から　語《ことば》をかけた。

「何だい」

「それよりかね。」

「ああ。」父は又　売薬の包紙を刷り始めた。

「今日はね。大へんな騒があつてよ。」

「大へんな騒ぎだ？」

「ええ」

姉は　麻の袋のふちを　赤い絹糸でかがりながら、こんな話をした――同じ南大阪町の露路に永年亜米利加でコックをしてゐた男が　住んでゐる。つい近頃　あつちから帰つて来たばかりで　築地の異人館《いじんかん》か何かに勤めてゐるらしい。向ふへ行く前から、お上さんがあつたので、今では二人の間に、小供が三人出来てゐる。所が、今日　亜米利加の女唐《めたう》が一人　不意にこの男の家へやつて来た。お上さんが、亭主に白状させた所によると、亜米利加でこの女唐と夫婦約束までした事があるのださうである。お上さんが泣けば、女唐も泣くと云ふ始末で　板挟みになつた亭主は随分、困りきつたらしい。すると、女房の方では、この男に欺されて、はるばる日本へ来て見ると、頼みにしてゐた当人が、女房子もあるとわかつたので、口惜しまぎれに、逆上したものか、いきなりその露路にある井戸の中へ、身を投げた。早速、長屋の連中が出て、引上げたから、命には別状がなかつたものの、逆上は中々鎮まらない。さつき、姉がそつと覗きに行つた時も、毛布《けつと》のやうな物にくるまりながら、その家の上りはなに腰をかけて、気違ひのやうにおいおい泣いてゐたさうである。

「いくら　異人だつて、あんまり可哀さうですわ。」

「さうさね、」

父は、気のなささうな声で　かう云つた。気のなささうな声を出すのも　無理はない。御維新以来　ひきつづいて　二度も火事に遇つてからと云ふものは、何かにつけて手違《てちが》ひが多く、以前は手広く諸方の御金御用《おかねごよう》をつとめてゐた津国屋《つのくに》も、今では売薬を渡世にして、僅に一家の口を糊してゆくばかりである。所が、それでさへ、近頃の不景気には、何かと不如意な事が多いので、とうとう父は　懇意にしてゐた池田と云ふ道具屋をつてに姉《きやう》 妹の雛道具を、三十円で横浜の異人に、売渡す約束をした。手つけの金は、もうとうに貰つてある。あとは唯、残金と引かへに、池田が雛道具をひきとつて行きさへすればよい。――父は　その手つけの金の中で　今日自分がわざわざ行つて買つて来た　五分心のランプの事を思つた。さうして　その新しいランプの光で　一家四人がしたためる夕飯の事を思つた。

「無尽燈《むじんとう》も今夜でお暇《いとま》か。」刷上げた何枚かの包

紙を揃へながら、独言のやうに、父はかう呟いた。

＊　＊　＊　＊

曇つてゐるせいか、日の暮が慌しい。――留守にしてゐた妹が、「ただいま」と父や母の前に手をついた時には、もうランプの光が　あかるく部屋の中にともつてゐた。

妹は、従来、津国屋へ出入りをしてゐた肴屋《さかなや》が、今度商売換《しやうばいがへ》をして　その頃評判の人力車夫になつた所から　何でもお嬢さんをのせてあげると云ふので　下谷黒門町の親類をたづねかたがた、午《ひる》前《まへ》からその車にのつて、上野と浅草とを見物に出て行つた。――唯　人力車にのると云ふだけで　冬枯れの上野と浅草とを見に出かける程　当時の人々は　まだ「開化」が齎した一切の物を　珍らしがつてゐたのである。

父と姉妹とは　明いランプの下で　夕飯の膳についた。寐がへりも碌に出来ない母には　かうして夫と娘との食事をするのを見てゐるのが、何よりも楽しみだつたらしい。

「黒門町ではみんな丈夫かい。」母は力のない声で　妹にかう尋ねた。

「ええ。」ランプの火が　乳色の蓋《かさ》の下で　黄いろく燃えてゐるのを　もの珍らしさうに眺めてゐた妹は　慌てて眼を母の方へむけながら、「栄どんが下《さが》つたんですつて。」

「栄どんつて云ふのは？」

「あの小僧さんでせう。この頃来た…」姉が父の給仕をしながら　口を添へた。

「阿母さんは知らないよ。黒門町へも久しく行かないからねえ。」

「栄どんはね。あの気違ひになつたんですつて。」

妹は　自分ばかりがさう云ふ事を知つてゐるのを得意にするやうな口調で、食事のあひまにかう云ふ話をし始めた。――黒門町の店《みせ》には、横浜から買つて来た舶来の時計がある。これには不思議な機関《からくり》の仕掛《しかけ》があつて、時《とき》を打つ時《とき》になると、振《ふり》子《こ》の下から、青い鳥が三羽出て来る。さうして、それがその打つ時の数だけ、規則正しく羽ばたきをする。これが近所の評判になつてゐた。そこで往来を通る人が　皆この時計を見やうとして　必家《うち》の内をのぞきこむ。中にはわざわざ立止《たちどま》つて、気長《きなが》に時の打つのを待てゐる人もある。すると、これが新参《しんざん》の栄吉と云ふ小僧の気にかかつた。通る人も通る人も、皆自分の顔をのぞいて行く。何故あんなに人が自分を気にするだらう。かう思ふのが嵩《かう》じると　始終自分が誰かにつけねらはれてゐるやうな気がし始めた。栄どんは、かうして、舶来の時計の為に、追跡妄想狂になつてしまつたのである。

「時計が仇《かたき》だな。」父は　茶碗へ湯をつぎながら冴えない顔をして、こんな冗談を云つた。

「新しい物はいやだねえ。時計だの汽車だのつて……」

母は呟くやうにかう云ひながら、眩《まぶ》しいランプの光に疲れたらしく、睫の長い眼を合せた。

＊　＊　＊　＊

食事がすむと　姉は妹の床をとつて　それから母の疔を菎弱で温めながら　妹の手習ひを見てやるのが常になつてゐた。

「まだ、お雛様はある？」

細い指に　黄いろい軸の筆を持つて　包と云ふ字を書いてゐた妹は　父の方をぬすみ見ながらそつと姉にかう尋ねた。

「ああ」

姉も亦　父の方をちよいと見て、それから首をたてに振つた。父は　姉の縫つて置いた袋へ、せつせと煎じ薬をつめてゐるのである。――暫すると、妹は又、小さな声で、

「私、もう一遍見たいわ。」

「そんな事を云ふと　阿父さんに叱られてよ。」姉がやはり、小声でたしなめた。

義理がたい父は　売買の相談がきまつた日から姉妹に雛をいぢらせなかつた。勿論　売つた相手にすまないと思つたからばかりではない。さう云ふ事をして　なまじひに二人の思切りを悪くする事を　惧れたからである。

姉は　その時　眠たと思つてゐた母の眼から涙が流れるのを見た。

「お前は早くねな」

薬を包んでゐた父は　下を向いたまま　叱るや

うに　妹に云つた。
「もう　それを拵らへなくつても　いいから」
日頃から　父の厳しい性質を知つてゐた妹は　おづおづ　丸薬を拵へるのをやめて　さつき姉がとつて置いてくれた床の中へはいつた。姉との内証話が　父の耳にはいつたと思ふと　流石に小供ながら胸が痛むのである。しかし　床の中は　姉の入れてくれた行火で心もちよく　暖まつてゐる。その上　一日のりなれない人力車にのつた疲れも亦少くない。妹は　何時の間にか　眠入つてしまつた。
それから　何時間の後だか知らない。妹がふと眼をさまして見ると　何時の間にか　ランプが行燈にかはつてゐる。すやすや寝息の聞える容子では　母も姉もよく寝ついてゐるらしい。妹は　その時　父がまだ寝ずに　独りで起きてゐるのを見た。それから　雛道具を入れた箱が　幾つとなく戸棚の奥から　取出されてゐるのを見た。最後に父が　その箱の中から出した　内裏雛や五人囃しを　左近の桜や右近の橘と一しよに　眼の前へならべながら　何時までも飽かずに　ぢつと眺めてゐるのを見た。
妹は　その時心に　二度とお雛様を見たいなどとは　云ふまいと誓たのである。

＊　＊　＊　＊　＊

その時の妹が　今年六十　の春をむかへた。自分の母がそれである。

（紺珠十篇の中）

◉「雛」の原型《プロトタイプ》「明治」

一九二三（大正一二）年に発表された「雛」には、冒頭部分の設定が異なる「雛　別稿」の外にも、「明治」と題された未定稿作品のあることが知られている。現行の『芥川龍之介全集』では、「明治」については二種類の原稿が紹介されているが、本書では、「明治（小品）①」と呼ばれているものを［資料1］として掲げた。

「雛　別稿」の執筆年代は明かではないが、「明治」については、「雛」発表から七年ほど遡った一九一六（大正五）年頃だろうと推測されている。それは、末尾に記された〈紺珠十篇の中〉とあることが、作品「父」などとの連作の構想を示すものとして捉えられているからだ。また、登場人物の妹を芥川の養母である儔と見るところから、作品を語る時間を、一八五七（安政四）年生まれの儔が数え歳で六十歳を迎えた一九一六年と見ているのである。

なお、東京帝国大学の学生時代に執った講義ノート（「大塚教授『欧州最近文芸史 vol i』」）の末尾近くに綴られていた『明治』関連ノート」（［資料2］）により、作品の構想の始まりの時期を大学生時代までさかのぼることが、ほぼ間違いなく可能となった。

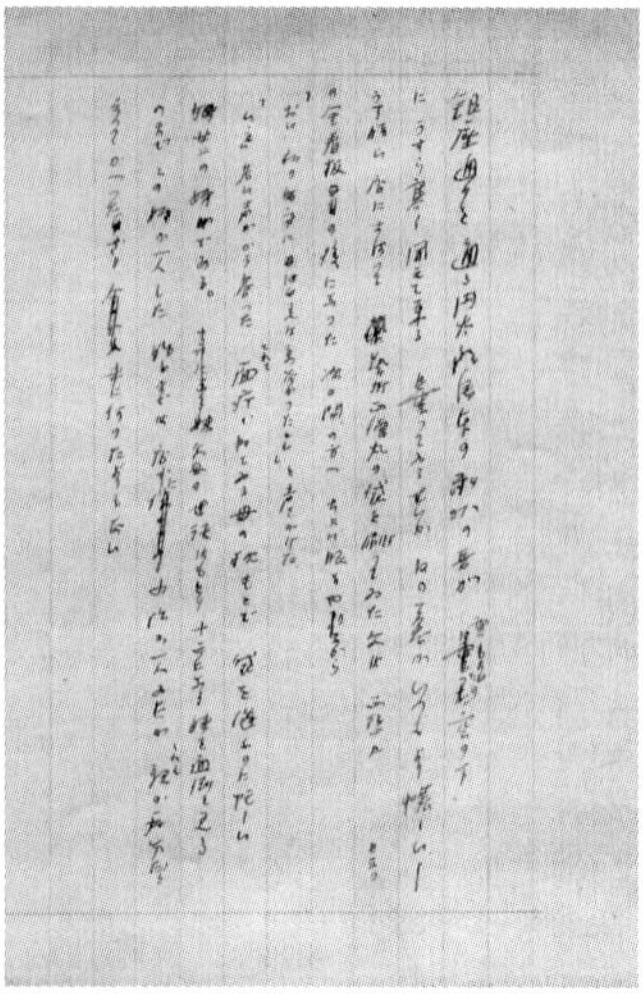

❷ 大学生時代の講義ノート
「大塚教授『欧州最近文芸史 vol. i』」の表紙（上）と未定稿作品「明治」の下書き（右）

◉作品の時間

銀座通りとその近隣を舞台にしたこの作品が、作品内の時間として設定しているのは、恐らくは明治六年、西暦一八七三年の末なのであろう。このことは、作品内に物語の背景として据えられている歴史的なことがら、例えば、人力車の発明や平民の姓が許されたこと、斬髪廃刀などから推測される（[資料3]）。その上で、作品読解に最も深く関わる事件として、兵部省添屋敷からの出火で銀座、京橋、築地一体を焼き払った火事のことに注目してみたい。この火災の後、首都東京の不燃都市化計画が検討され、後に一丁ロンドンと呼ばれる銀座一帯の煉瓦街化が進められるのだが、作品ではこのことが踏まえられ、開化の風物である人力車に乗っての市中見物の行き先として会津原と銀座（[資料4]）が選ばれている。母の思い出話を綴った「明治」では江戸以来の盛り場である上野と浅草であっただけに、この改変に作品の完成に向ける作者の周到な用意を認めるべきだろう。

3 文明開化略年表

一八六九（明治二）		人力車が発明される
一八七〇（明治三）	・九	平民の姓を許可する
一八七一（明治四）	・八	斬髪廃刀を許可する
一八七二（明治五）	・一	卒の身分廃止「皇・華・士族・平民」の四つとなる
	・二	兵部省添屋敷から出火、銀座、京橋、築地を焼く（焼失二九〇〇戸）
	・十一	太陽暦採用「明治五年十二月三日」を「明治六年一月一日」とする
一八七四（明治七）	・七	明治五年焼失の京橋、銀座一帯、軒並みの揃った洋風街ほぼ完成

◉姉から兄に

未定稿「明治」から作品「雛」への改変に注目するならば、「明治」では姉であった設定が、「雛」では兄となっていることについても考察する必要があるだろう。面疔で床に伏す母に代わり妹の面倒や水仕事もする姉との設定に、この家族内での対立を見いだすことはできない。一方、英語の読本を読み、この家に開化の新しい風を吹き込もうとしている兄英吉の存在は、この家の外に流れている時代の大きなうねりを伝え、自らを「旧弊」と呼ぶ母との間に強い摩擦を生じさせてもいる。兄は、「開化」を具現する存在として位置付けられよう。さらに、後半生には政治運動にのめり込み、瘋狂院に送られて最期を迎えるという設定には、この時代の多くの青年を呑み込んだ自由民権運動を想定することが求められる。[資料5]は〈権利幸福きらひな人に。自由湯をば飲したい〉と始まる自由民権運動を謡い込んだ川上音次郎のオッペケペー節の図だが、熱く燃えた心を持った青年が、政治運動に奔走した挙げ句に哀れな最期を迎える処に、作者芥川の歴史認識の一端を認めることが

4 三代広重画「東京明細図絵　銀座通り煉瓦石」（一八七三）
煉瓦作りの建物、人力車、馬車など文明開化の風物が描かれている。この版画は、一八七三（明治六）年の作で、初期の煉瓦街の様子を伝える比較的早い時期のもの。

出来るかも知れない。また、兄は、「開化」側の人間としてのみ位置付けるには複雑な面も併せ持っており、「明治」の姉との設定のままでは適わなかった点であろう。この改変によって、作品に深い

奥行きを与えることに作者は成功している。

◉語りの時間

「雛」の作品世界は、老女となったお鶴が幼かった昔を回想するという形式をとって「一」が語られている。そこには、幼い者の目から捉えられた世界が、時間の経過というフィルターを通過することで更に曖昧な輪郭を有することになる。老女による幼い頃の回想という形式が、全てを記憶の彼方に運び、作品世界をリリカルに築き上げることに成功しているのだろう。

ところで、「二」を付け加えることで、作者が読者と共有する現在時間の枠で老女の語りを囲い込むという、いかにも芥川作品らしい手法が選ばれていることを指摘しておきたい。このことは、作品解釈に大きな揺れをもたらしているとも言える。同じ開化期ものの系列に属する「舞踏会」（『新潮』一九二〇・一）などの作品構造と同様に、「二」のエピソードが綴られたことにより「二」の世界が相対化されると読めば、そこでは、この作品が内包している時代批評の一面が読者に突きつけられ、それまでリリカルな趣きを呈していた作品世界は、突然にシニカルな視線の内に晒されることになる。世界の一等国となって久しい日本の現在までをも問おうとしてその根元をみつめる作者を、そこに認めることが出来るだろう。

◉回想記から小説へ

「明治」に登場する家族は、津国屋の屋号を持つ。これは芥川の養母儔の生家に関わるものだ（一一五頁の「系図」参照）。この屋号が「雛」執筆の際に紀伊国屋と改変されていることは、作品解釈上の重要なポイントとなる。それは、芥川自らの家族に直接に関わる物語を一般化させ、回想という次元から昇華させた虚構作品として構築しようとする、作者の企みの一つの現れとして捉えられるからである。ささやかな思い出話から出発した物語、歴史として語られる場を与え、そこに批評の目を向けさせる。読者は、作家芥川の創作の一つのスタイルを、ここに見出すこととなる。

（庄司達也）

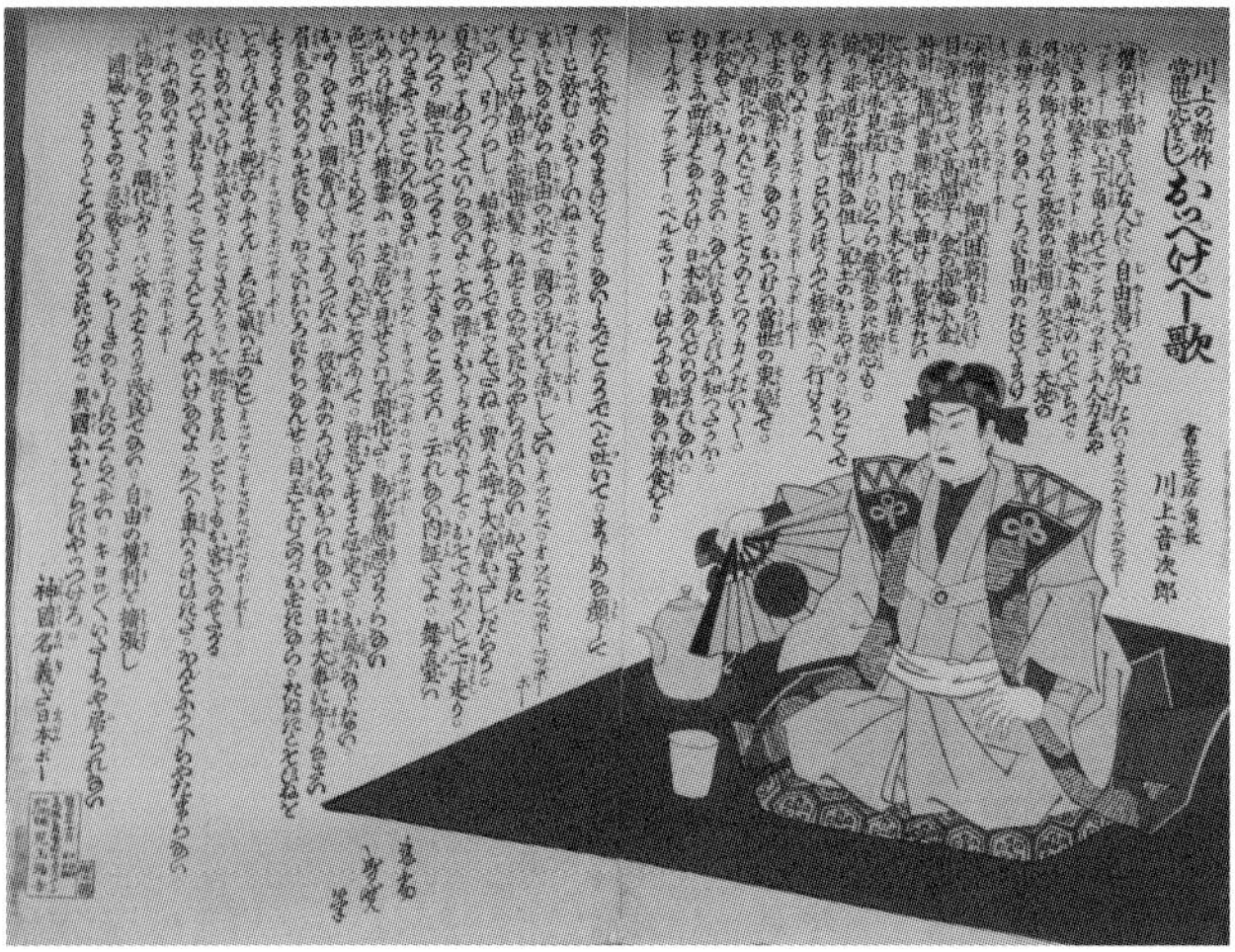

5 春暁画「川上の新作　当世穴さがし　おっぺけぺー歌」(1891)
「オッペケペ節」は、川上音次郎が時世を風刺した演歌。ここで謡われた自由民権運動は、国会開設、憲法制定などを求めて起こった明治初期の政治運動である。初めは士族や都市の知識人層を中心に展開、後には地方の豪農層にも広まったが、運動内部の分裂や政府の弾圧などにより、敗れた。芥川は、〈政治好き〉な兄英吉のたどった生涯の後半生の有り様に、この運動を重ねていたと言えよう。

6 少年

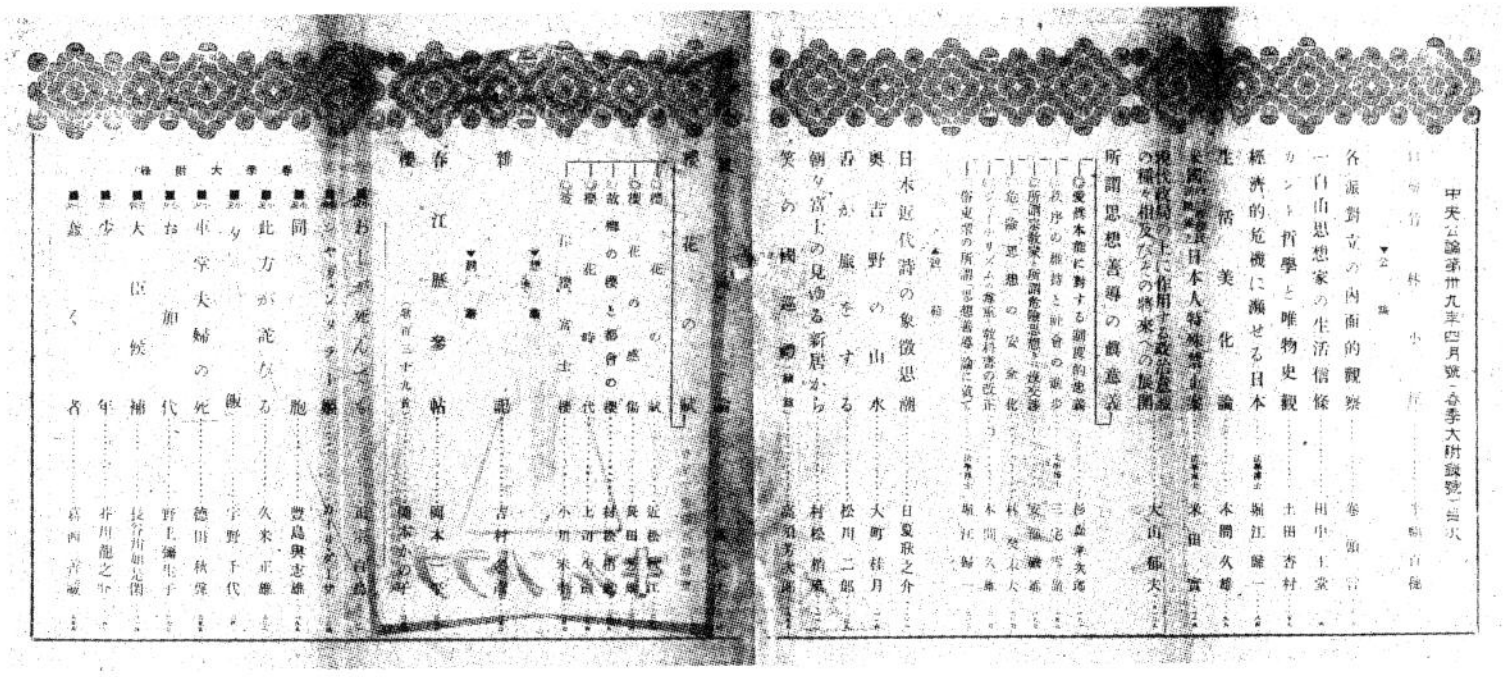

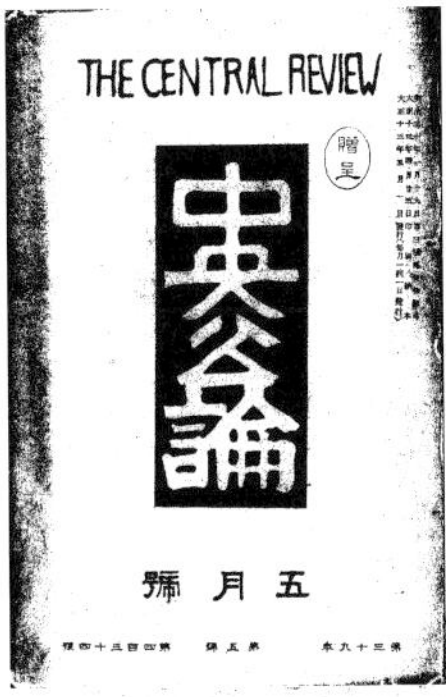

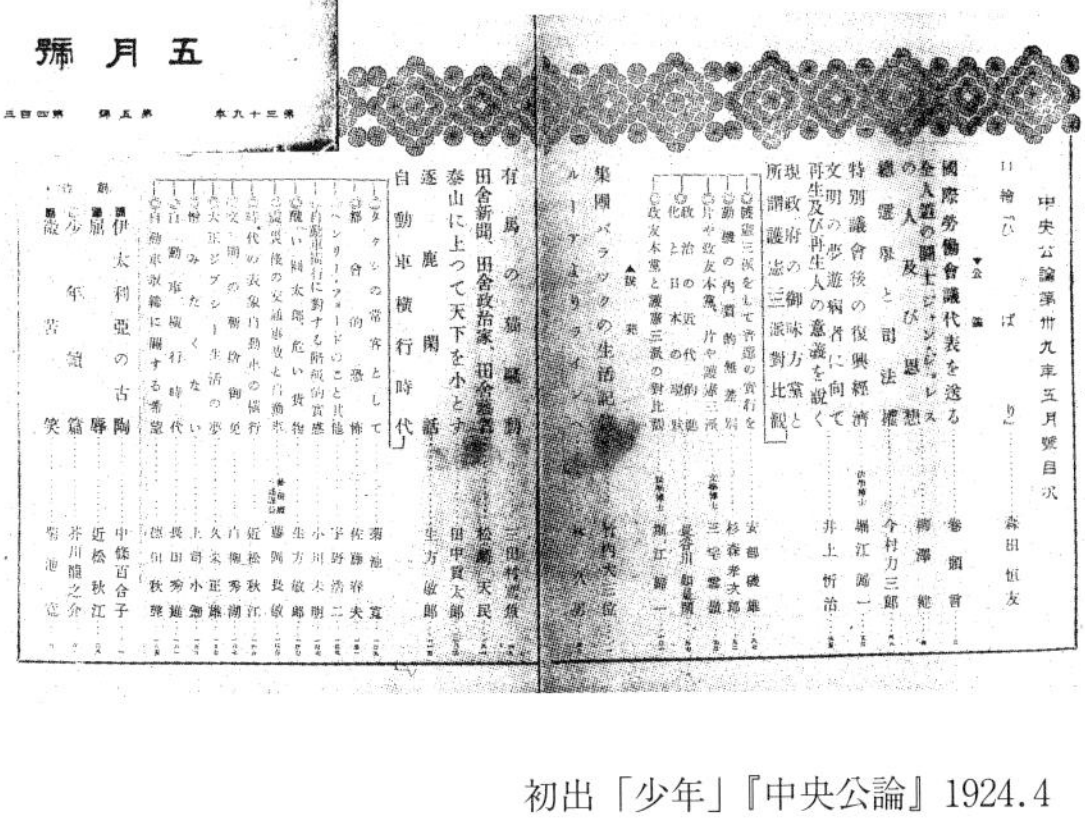

初出「少年」『中央公論』1924.4
「少年続編」『中央公論』1924.5
初刊『黄雀風』1924.7　新潮社

一　クリスマス

昨年のクリスマスの午後、堀川保吉は須田町の角から新橋行の乗合自働車に乗つた。彼の席だけはあつたものの、自働車の中は相不変身動きさへ出来ぬ満員である。のみならず震災後の東京の道路は自働車を躍らすことも一通りではない。保吉はけふもふだんの通り、ポケットに入れてある本を出した。が、鍛冶町へも来ないうちにとうとう読書だけは断念した。この中でも本を読まうと云ふのは奇蹟を行ふのと同じことである。奇蹟は彼の職業ではない。美しい円光を頂いた昔の西洋の聖者なるものの、――いや、彼の隣りにゐるカトリツク教の宣教師は目前に奇蹟を行つてゐる。

宣教師は何ごとも忘れたやうに小さい横文字の本を読みつづけてゐる。年はもう五十を越してゐるのであらう、鉄縁のパンス・ネエをかけた、鶏のやうに顔の赤い、短い頬鬚のある仏蘭西人である。保吉は横目を使ひながら、ちよつとその本を覗きこんだ、Essai Sur les……あとは何だか判然しない。しかし内容は兎も角も、紙の黄ばんだ、活字の細かい、到底新聞を読むやうには読めさうもない代物である。

保吉はこの宣教師に軽い敵意を感じたまま、ぼんやり空想に耽り出した。大勢の小天使は宣教師のまはりに読書の平安を護つてゐる。勿論異教徒たる乗客の中には一人も小天使の見えるものはゐない。しかし五六人の小天使は鍔の広い帽子の上に、逆立ちをしたり宙返りをしたり、いろいろの曲芸を演じてゐる。と思ふと肩の上へ目白押しに並んだ五六人も乗客の顔を見廻しながら、天国の常談を云ひ合つてゐる。おや、一人の小天使は耳の穴の中から顔を出した。さう云へば鼻柱の上にも一人、得意さうにパンス・ネエに跨つてゐる。……

自働車の止まつたのは大伝馬町である。同時に乗客は三四人、一度に自働車を降りはじめた。宣教師はいつか本を膝に、きよろきよろ窓の外を眺めてゐる。すると乗客の降り終るが早いか、十一二の少女が一人、まつ先に自働車へはひつて来た。褪紅色の洋服に空色の帽子を阿弥陀にかぶつた、妙に生意気らしい少女である。少女は自働車のまん中にある真鍮の柱につかまつたまま、両側の席を見まはした。が、生憎どちら側にも空いてゐる席は一つもない。

「お嬢さん。此処へおかけなさい。」

宣教師は太い腰を起した。言葉は如何にも手に入つた、心もち鼻へかかる日本語である。

「ありがたう。」

少女は宣教師と入れ違ひに保吉の隣へ腰をかけた。その又「ありがたう」も顔のやうに小ましやくれた抑揚に富んでゐる。保吉は思はず顔をしかめた。由来子供は――殊に少女は二千年前の今月今日、ベツレヘムに生まれた赤児のやうに清浄無垢のものと信ぜられてゐる。しかし彼の経験によれば、子供でも悪党のない訳ではない。それを悉神聖がるのは世界に遍満したセンテイメンタリズムである。

「お嬢さんはおいくつですか?」

宣教師は微笑を含んだ目に少女の顔を覗きこんだ。少女はもう膝の上に毛糸の玉を転がしたなり、さも一かど編めるやうに二本の編み棒を動かしてゐる。それが目は油断なしに編み棒の先を追ひながら、殆ど媚を帯びた返事をした。

「あたし？　あたしは来年十二。」

「けふはどちらへいらつしやるのですか？」

「けふ？　けふはもう家へ帰る所なの。」

自働車はかう云ふ問答の間に銀座の通りを走つてゐる。走つてゐると云ふよりは跳ねてゐると云ふのかも知れない。丁度昔ガリラヤの湖にあらしを迎へたクリストの舟にも伯仲するかと思ふ位である。宣教師は後ろへまはした手に真鍮の柱をつかんだまま、何度も自働車の天井へ背の高い頭をぶつけさうになつた。しかし一身の安危などは上帝の意志に任せてあるのか、やはり微笑を浮かべながら、少女との問答をつづけてゐる。

「けふは何日だか御存知ですか？」

「十二月二十五日でせう。」

「ええ、十二月二十五日です。十二月二十五日は何の日ですか？　お嬢さん、あなたは御存知ですか？」

保吉はもう一度顔をしかめた。宣教師は巧みにクリスト教の伝道へ移つるのに違ひない。コオランと共に剣を執つたマホメツト教の伝道はまだしも剣を執つた所に人間同士の尊敬なり情熱なりを示してゐる。が、クリスト教の伝道は全然相手を尊重しない。恰も隣りに店を出した洋服屋の存在を教へるやうに慇懃に神を教へるのである。或はそれでも知らぬ顔をすると、今度は外国語の授業料の代りに信仰を売ることを勧めるのである。殊に少年や少女などに画本や玩具を与へる傍ら、ひそかに彼等の魂を天国へ誘拐しようとするのは当然犯罪と呼ばれなければならぬ。保吉の隣にゐる少女も、――しかし少女は相不変編みものの手を動かしながら、落ち着き払つた返事をした。

「ええ、それは知つてゐるわ。」

「ではけふは何の日ですか？　御存知ならば云つて御覧なさい。」

少女はやつと宣教師の顔へ水々しい黒目勝ちの目を注いだ。

「けふはあたしのお誕生日。」

保吉は思はず少女を見つめた。少女はもう大真面目に編み棒の先へ目をやつてゐた。しかしその顔はどう云ふものか、前に思つたほど生意気ではない。いや、寧ろ可愛い中にも智慧の光りの遍照した、幼いマリアにも劣らぬ顔である。保吉はいつか彼自身の微笑してゐるのを発見した。

「けふはあなたのお誕生日！」

宣教師は突然笑ひ出した。この仏蘭西人の笑ふ容子は丁度人の好いお伽噺の中の大男か何かの笑ふやうである。少女は今度はけげんさうに宣教師の顔へ目を挙げた。これは少女ばかりではない。鼻の先にゐる保吉を始め、両側の男女の乗客は大抵宣教師へ目をあつめた。唯彼等の目にあるものは疑惑でもなければ好奇心でもない。いづれも宣教師の哄笑の意味をはつきり理解した頬笑みである。

「お嬢さん。あなたは好い日にお生まれなさいました。けふはこの上もないお誕生日です。世界中のお祝ひするお誕生日です。あなたは今に、——あなたの大人になつた時にはですね、あなたはきつと……」

宣教師は言葉につかへたまま、自働車の中を見廻した。同時に保吉と目を合はせた。宣教師の目はパンス・ネエの奥に笑ひ涙をかがやかせてゐる。保吉はその幸福に満ちた鼠色の目の中にあらゆるクリスマスの美しさを感じた。少女は——少女もやつと宣教師の笑ひ出した理由に気のついたのであらう、今は多少拗ねたやうにわざと足などをぶらつかせてゐる。

「あなたはきつと賢い奥さんに——優しいお母さんにおなりなさるでせう。ではお嬢さん、さやうなら。わたしの降りる所へ来ましたから。では——」

宣教師は又前のやうに一同の顔を見渡した。自働車は丁度人通りの烈しい尾張町の辻に止まつてゐる。

「では皆さん、さやうなら。」

数時間の後、保吉はやはり尾張町の或るバラックのカフエの隅にこの小事件を思ひ出した。あの肥つた宣教師はもう電燈もともり出した今頃、何をしてゐることであらう？　クリストと誕生日を共にした少女は夕飯の膳についた父や母にけさの出来事を話してゐるかも知れない。保吉も亦二十年前には娑婆苦を知らぬ少女のやうに、或は罪のない問答の前に娑婆苦を忘却した宣教師のやうに小さい幸福を所有してゐた。大徳院の縁日に葡萄餅を買つたのもその頃である。二州楼の大広間に活動写真を見たのもその頃である。

「本所深川はまだ灰の山ですな。」

「へええ、さうですかねえ。時に吉原はどうしたんでせう？」

「吉原はどうしましたか、——浅草にはこの頃お姫様の淫売が出ると云ふことですな。」

隣りのテエブルには商人が二人、かう云ふ会話をつづけてゐる。が、そんなことはどうでも好い。カフエの中央のクリスマスの木は綿をかけた針葉の枝に玩具のサンタ・クロオスだの銀の星だのをぶら下げてゐる。瓦斯暖炉の炎も赤あかとその木の幹を照らしてゐるらしい。けふはお目出たいクリスマスである。「世界中のお祝するお誕生日」である。保吉は食後の紅茶を前に、ぼんやり巻煙草をふかしながら、大川の向うに人となつた二十年前の幸福を夢みつづけた。……

この数篇の小品は一本の巻煙草の煙となる間に、続々と保吉の心をかすめた追憶の二三を記したものである。

二　道の上の秘密

保吉の四才の時である。彼は鶴と云ふ女中と一しよに大溝の往来へ通りかかつた。黒ぐろと湛へた大溝の向うは後に両国の停車場になつた、名高い御竹倉の竹藪である。本所七不思議の一つに当る狸の莫迦囃子と云ふものはこの藪の中から聞えるらしい。少くとも保吉は誰に聞いたのか、狸の莫迦囃子の聞えるのは勿論、おいてき堀や片葉の葭も御竹倉にあるものと確信してゐた。が、今はこの気味の悪い藪も狸などは何処かへ逐ひ払つたやうに、日の光の澄んだ風の中に黄ばんだ竹の秀《ほ》をそよがせてゐる。

「坊ちゃん、これを御存知ですか？」

　つうや（保吉は彼女をかう呼んでゐた。）は彼を顧みながら、人通りの少ない道の上を指した。土埃の乾いた道の上には可成太い線が一すぢ、薄うすと向うへ走つてゐる。保吉は前にも道の上にかう云ふ線を見たやうな気がした。しかし今もその時のやうに何かと云ふことはわからなかつた。

「何でせう？　坊ちゃん、考へて御覧なさい。」

　これはつうやの常套手段である。彼女に何を尋ねても、素直に教へたと云ふことはない。必ず一度は厳格に「考へて御覧なさい」を繰り返すのである。厳格に――けれどもつうやは母のやうに年をとつてゐた訳でもなんでもない。やつと十五か十六になつた、小さい泣黒子のある小娘である。もとより彼女のかう云つたのは少しでも保吉の教育に力を添へたいと思つたのであらう。彼もつうやの親切には感謝したいと思つてゐる。が、彼女もこの言葉の意味をもつとほんたうに知つてゐたとすれば、きつと昔ほど執拗に何にでも「考へて御覧なさい」を繰り返す愚だけは免れたであらう。保吉は爾来三十年間、いろいろの問題を考へて見た。しかし何もわからないことはあの賢いつうやと一しよに大溝の往来を歩いた時と少しも変つてはゐないのである。……

「ほら、こつちにももう一つあるでせう？　ねえ、坊ちゃん、考へて御覧なさい。このすぢは一体何でせう？」

　つうやは前のやうに道の上を指した。成程同じ位太い線も三尺ばかりの距離を置いたまま、土埃の道を走つてゐる。保吉は厳粛に考へて見た後、とうとうその答を発明した。

「何処かの子がつけたんだらう、棒か何か持つて来て？」

「それでも二本並んでゐるでせう？」

「だつて二人でつけりや二本になるもの。」

　つうやはにやにや笑ひながら、「いいえ」と云ふ代りに首を振つた。保吉は勿論不平だつた。しかし彼女は全知である。云はばDelphiの巫女である。道の上の秘密もとうの昔に看破してゐるのに違ひない。保吉はだんだん不平の代りにこの二すぢの線に対する驚異の情を感じ出した。

「ぢや何さ、このすぢは？」

「何でせう？　ほら、ずつと向うまで同じやうに二すぢ並んでゐるでせう？」

　実際つうやの云ふ通り、一すぢの線のうねつてゐる時には、向うに横たはつたもう一すぢの線もちやんと同じやうにうねつてゐる。のみならずこの二すぢの線は薄白い道のつづいた向うへ、永遠そのもののやうに通じてゐる。これは一体何の為に誰のつけた印しであらう？　保吉は幻灯の中に映る蒙古の大沙漠を思ひ出した。二すぢの線はその大沙漠にもやはり細ぼそとつづいてゐる。………

「よう、つうや、何だつて云へば？」

「まあ、考へて御覧なさい。何か二つ揃つてゐるものですから。――何でせう、二つ揃つてゐるものは？」

つうやもあらゆる巫女のやうに漠然と暗示を与へるだけである。保吉は愈熱心に箸とか手袋とか太鼓の棒とか二つあるものを並べ出した。が、彼女はどの答にも容易に満足を表はさない。唯妙に微笑したぎり、相不変「いいえ」を繰り返してゐる。

「よう、教えておくれよう。ようつてば。つうや。莫迦つうやめ！」

保吉はとうとう癇癪を起した。父さへ彼の癇癪には滅多に戦を挑んだことはない。それはずつと守りをつづけたつうやも亦重々承知してゐる。彼女はやつとおごそかに道の上の秘密を説明した。

「これは車の輪の跡です。」

これは車の輪の跡です！　保吉は呆つ気にとられたまま、土埃の中に断続した二すじの線を見まもつた。同時に大沙漠の空想などは蜃気楼のやうに消滅した。今は唯泥だらけの荷車が一台、寂しい彼の心の中にをのづから車輪をまはしてゐる。……

保吉は未だにこの時受けた、大きい教訓を服膺してゐる。三十年来考へて見ても、何一つ碌にわからないのは寧ろ一生の幸福かも知れない。

三　死

これもその頃の話である。晩酌の膳に向つた父は六兵衛の盞を手にしたまま、何かの拍子にかう云つた。

「とうとうお目出度なつたさうだな、ほら、あの槙町の二絃琴の師匠も。……」

ランプの光は鮮かに黒塗りの膳の上を照らしてゐる。かう云ふ時の膳の上ほど、美しい色彩に溢れたものはない。保吉は未だに食物の色彩――鱲脯《からすみ》だの焼海苔だの酢蠣だの辣韮だのの色彩を愛してゐる。尤も当時愛したのはそれ程品の好い色彩ではない。寧ろ悪どい刺戟に富んだ、生なましい色彩ばかりである。彼はその晩も膳の前に、一掴みの海髪《うご》を枕にしためじの刺身を見守つてゐた。すると微醺を帯びた父は彼の芸術的感興をも物質的欲望と解釈したのであらう、象牙の箸をとり上げたと思ふと、わざと彼の鼻の上へ醤油の匂のする刺身を出した。彼は勿論一口に食つた。それから感謝の意を表する為、かう父へ話しかけた。

「さつきはよそのお師匠さん、今度は僕がお目出度なつた！」

父は勿論、母や伯母も一時にどつと笑ひ出した。が、必しもその笑ひは機智に富んだ彼の答を了解した為ばかりでもないやうである。この疑問は彼の自尊心に多少の不快を感じさせた。けれども父を笑はせたのは兎に角大手柄には違ひない。且又家中を陽気にしたのもそれ自身甚だ愉快である。保吉は忽ち父と一しよに出来るだけ大声に笑ひ出した。

　すると笑ひ声の静まつた後、父はまだ微笑を浮べたまま、大きい手に保吉の頸すぢをたたいた。

「お目出度なると云ふことはね、死んでしまふと云ふことだよ。」

　あらゆる答は鋤のやうに問の根を断つてしまふものではない。寧ろ古い問の代りに新らしい問を芽ぐませる木鋏の役にしか立たぬものである。三十年前の保吉も三十年後の保吉のやうに、やつと答を得たと思ふと、今度はその又答の中に新らしい問を発見した。

「死んでしまふつて、どうすること？」

「死んでしまふと云ふことはね、ほら、お前は蟻を殺すだらう。……」

　父は気の毒にも丹念に死と云ふものを説明し出した。が、父の説明も少年の論理を固守する彼には少しも満足を与へなかつた。成程彼に殺された蟻の走らないことだけは確かである。けれどもあれは死んだのではない。唯彼に殺されたのである。死んだ蟻と云ふ以上は格別彼に殺されずとも、ぢつと走らずにゐる蟻でなければならぬ。そう云ふ蟻には石灯籠の下や冬青の木の根もとにも出合つた覚えはない。しかし父はどう云ふ訳か、全然この差別を無視してゐる。……

「殺された蟻は死んでしまつたのさ。」

「殺されたのは殺されただけぢやないの？」

「殺されたのも死んだのも同じことさ。」

「だつて殺されたのは殺されたつて云ふもの。」

「云つても何でも同じことなんだよ。」

「違ふ。違ふ。殺されたのと死んだのとは同じぢやない。」

「莫迦、何と云ふわからないやつだ。」

　父に叱られた保吉の泣き出してしまつたのは勿論である。が、如何に叱られたにしろ、わからないことのわかる道理はない。彼はその後数箇月の間、丁度一とかどの哲学者のやうに死と云ふ問題を考へつづけた。死は不可解そのものである。殺された蟻は死んだ蟻ではない。それにも関らず死んだ蟻である。この位秘密の魅力に富んだ、摑へ所のない問題はない。保吉は死を考へる度に、或日回向院の境内に見かけた二匹の犬を思ひ出した。あの犬は入り日の光の中に反対の方角へ顔を向けたまま、一匹のやうにぢつとしてゐた。のみならず妙に厳粛だつた。死と云ふものもあの二匹の犬と何か似た所を持つてゐるのかも知れない。……

　すると或火ともし頃である。保吉は役所から帰つた父と薄暗い風呂にはひつてゐた。はひつてゐたとは云ふものの、体などを洗つてゐたのではない。唯胸ほどある据ゑ風呂の中に恐る恐る立つたなり、白い三角帆を張つた帆前船の処女航海をさせてゐたのである。其処へ客か何か来たのであらう、鶴よりも年上の女中が一人、湯気の立ちこめた硝子障子をあけると、石鹸だらけになつてゐた父へ旦那様何とかと声をかけた。父は海綿を使つたまま、「よし、今行く」と返事をした。それから又保吉へ顔を見せながら、「お前はまだはひつてお出。今お母さんがはひるから」と云つた。勿論父のゐないことは格別帆前船の処女航海に差支へを生ずる次第でもない。保吉はちよつと父を見たぎり、「うん」と素直に返事をした。

父は体を拭いてしまふと、濡れ手拭を肩にかけながら、「どつこいしよ」と太い腰を起した。保吉はそれでも頓着せずに帆前船の三角帆を直してゐた。が、硝子障子のあいた音にもう一度ふと目を挙げると、父は丁度湯気の中に裸の背中を見せたまま、風呂場の向うへ出る所だつた。父の髪はまだ白い訳ではない。腰も若いもののやうにまつ直である。しかしさう云ふ後ろ姿はなぜか四才の保吉の心にしみじみと寂しさを感じさせた。「お父さん。」――一瞬間帆前船を忘れた彼は思はずさう呼びかけようとした。けれども二度目の硝子戸の音は静かに父の姿を隠してしまつた。あとには唯湯の匂に満ちた薄明りの拡がつてゐるばかりである。

保吉はひつそりした据ゑ風呂の中に茫然と大きい目を開いた。同時に従来不可解だつた死と云ふものを発見した。――死とはつまり父の姿の永久に消えてしまふことである！

少年続編

一　海

保吉の海を知つたのは五才か六才の頃である。尤も海とは云ふものの、万里《ばんり》の大洋《たいやう》を知つたのではない。唯大森の海岸に狭苦しい東京湾を知つたのである。しかし狭苦しい東京湾も当時の保吉には驚異だつた。奈良朝の歌人は海に寄する恋を「大船の香取の海に碇おろし如何なる人かもの思はざらん」と歌つた。保吉は勿論恋も知らず、万葉集の歌などと云ふものはなお更一つも知らなかつた。が、日の光りに煙つた海の何か妙にもの悲しい神秘を感じさせたのは事実である。彼は海へ張り出した葭津張りの茶屋の手すりにいつまでも海を眺めつづけた。海は白じろと赫《かゞや》いた帆かけ船を何艘も浮かべてゐる。長い煙を空へ引いた二本マストの汽船も浮かべてゐる。翼の長い一群の鴎は丁度猫のやうに啼きかはしながら、海面を斜めに飛んで行つた。あの船や鴎は何処から来、何処へ又行つてしまふのであらう？　海は唯幾重かの海苔麁朶の向うに青あをと煙つてゐるばかりである。……

けれども海の不可思議を一層鮮かに感じたのは裸になつた父や叔父と遠浅の渚へ下りた時である。保吉は始め砂の上へ静かに寄せて来るさざ波を怖れた。が、それは父や叔父と海の中へはひりかけたほんの二三分の感情だつた。その後の彼はさざ波は勿論、あらゆる海の幸《さち》を享楽した。茶屋の手すりに眺めてゐた海は何処か見知らぬ顔のやうに、珍らしいと同時に無気味だつた。しかし干潟に立つて見る海は大きい玩具箱と同じことである。玩具箱！　彼は実際神のやうに海と云ふ世界を玩具にした。蟹や寄生貝は眩ゆい干潟を右往左往に歩いてゐる。浪は今彼の前へ一ふさの海草を運んで来た。あの喇叭に似てゐるのもやはり法螺貝と云ふのであらうか？

この砂の中に隠れてゐるのは浅蜊と云ふ貝に違ひない。……

保吉の享楽は壮大だつた。けれどもかう云ふ享楽の中にも多少の寂しさのなかつた訳ではない。彼は従来海の色を青いものと信じてゐた。両国の「大平」に売つてゐる月耕や年方の錦絵をはじめ、当時流行の石版画の海はいづれも同じやうにまつ青だつた。殊に縁日の「からくり」の見せる黄海の海戦の光景などは黄海と云ふのにも関らず、毒々しいほど青い浪に白い浪がしらを躍らせてゐた。しかし目前の海の色は――成程目前の海の色も沖だけは青あをと煙つてゐる。が、渚に近い海は少しも青い色を帯びてゐない。正にぬかるみのたまり水と選ぶ所のない泥色をしてゐる。いや、ぬかるみのたまり水よりも一層鮮かな代赭色をしてゐる。彼はこの代赭色の海に予期を裏切られた寂しさを感じた。しかし又同時に勇敢にも残酷な現実を承認した。海を青いと考へるのは沖だけ見た大人の誤りである。これは誰でも彼のやうに海水浴をしさへすれば、異存のない真理に違ひない。海は実は代赭色をしてゐる。バケツの錆に似た代赭色をしてゐる。

三十年前の保吉の態度は三十年後の保吉にもそのまま当嵌る態度である。代赭色の海を承認するのは一刻も早いのに越したことはない。且又この代赭色の海を青い海に変へようとするのは所詮徒労に畢るだけである。それよりも代赭色の海の渚に美しい貝を発見しよう。海もそのうちには沖のやうに一面に青あをとなるかも知れない。が、将来に憧がれるよりも寧ろ現在に安住しよう。――保吉は預言者的精神に富んだ二三の友人を尊敬しながら、しかもなほ心の一番底には相不変ひとりかう思つてゐる。

大森の海から帰つた後、母は何処かへ行つた帰りに「日本昔噺」の中にある「浦島太郎」を買つて来てくれた。かう云ふお伽噺を読んで貰ふことの楽しみだつたのは勿論である。が、彼はその外にもう一つ楽しみを持ち合せてゐた。それはあり合せの水画の具に一一挿画を彩ることだつた。彼はこの「浦島太郎」にも早速彩色を加へることにした。「浦島太郎」は一冊の中に十ばかりの挿画を含んでゐる。彼はまづ浦島太郎の龍宮を去るの図を彩りはじめた。龍宮は緑の屋根瓦に赤い柱のある宮殿である。乙姫は――彼はちよつと考へた後、乙姫もやはり衣裳だけは一面に赤い色を塗ることにした。浦島太郎は考へずとも好い。漁夫の着物は濃い藍色、腰蓑は薄い黄色である。唯細い釣竿にずつと黄色をなするのは存外彼にはむづかしかつた。蓑亀も毛だけを緑に塗るのは中々なまやさしい仕事ではない。最後に海は代赭色である。バケツの錆に似た代赭色である。――保吉はかう云ふ色彩の調和に芸術家らしい満足を感じた。殊に乙姫や浦島太郎の顔へ薄赤い色を加へたのは頗る生動の趣でも伝へたもののやうに信じてゐた。

保吉は匇々母のところへ彼の作品を見せに行つた。何か縫ものをしてゐた母は老眼鏡の額越しに挿画の彩色へ目を移した。彼は当然母の口から褒め言葉の出るのを予期してゐた。しかし母はこの彩色にも彼ほど感心しないらしかつた。

「海の色は可笑しいねえ。なぜ青い色に塗らなかつたの？」

「だつて海はかう云ふ色なんだもの。」

「代赭色の海なんぞあるものかね。」

「大森の海は代赭色ぢやないの？」

「大森の海だつてまつ青だあね。」

「ううん、丁度こんな色をしてゐた。」

　母は彼の剛情さ加減に驚嘆を交へた微笑を洩らした。が、どんなに説明しても、――いや、癇癪を起して彼の「浦島太郎」を引き裂いた後さへ、この疑ふ余地のない代赭色の海だけは信じなかつた。……

「海」の話はこれだけである。尤も今日の保吉は話の体裁を整へる為に、もつと小説の結末らしい結末をつけることも困難ではない。たとへば話を終る前に、かう云ふ数行をつけ加へるのである。――「保吉は母との問答の中にもう一つ重大な発見をした。それは誰も代赭色の海には、――人生に横はる代赭色の海にも目をつぶり易いと云ふことである。」

　けれどもこれは事実ではない。のみならず満潮は大森の海にも青い色の浪を立たせてゐる。すると現実とは代赭色の海か、それとも亦青い色の海か？　所詮は我々のリアリズムも甚だ当にならぬと云ふ外はない。かたがた保吉は前のやうに無技巧に話を終ることにした。が、話の体裁は？――芸術は諸君の云ふやうに何よりもまづ内容である。形容などはどうでも差支へない。

二　幻灯

「このランプへかう火をつけて頂きます。」

　玩具屋の主人は金属製のランプへ黄色いマッチの火をともした。それから幻灯の後ろの戸をあけ、そつとそのランプを器械の中へ移した。七才の保吉は息もつかずに、テエブルの前へ及び腰になつた主人の手もとを眺めてゐる。綺麗に髪を左から分けた、妙に色の蒼白い主人の手もとを眺めてゐる。時間はやつと三時頃であらう。玩具屋の外の硝子戸は一ぱいに当つた日の光りの中に絶え間のない人通りを映してゐる。が、玩具屋の店の中は――殊にこの玩具の空箱などを無造作に積み上げた店の隅は日の暮の薄暗さと変りはない。保吉は此処へ来た時に何か気味悪さに近いものを感じた。しかし今は幻灯に――幻灯を映して見せる主人にあらゆる感情を忘れてゐる。いや、彼の後ろに立つた父の存在さへ忘れてゐる。

「ランプを入れて頂きますと、あちらへああ月が出ますから、――」

　やつと腰を起した主人は保吉と云ふよりも寧ろ父へ向うの白壁を指し示した。幻灯はその白壁の上へ丁度差渡し三尺ばかりの光りの円を描いてゐる。柔かに黄ばんだ光りの円は成程月に似てゐるかも知れない。が、白壁の蜘蛛の巣や埃も其処だけはありありと目に見えてゐる。

「こちらへかう画をさすのですな。」

かたりと云ふ音の聞えたと思ふと、光りの円はいつの間にかぼんやりと何か映してゐる。保吉は金属の熱する匂に一層好奇心を刺戟されながら、ぢつとその何かへ目を注いだ。何か、――まだ其処に映つたものは風景か人物かも判然しない。唯僅かに見分けられるのははかない石鹸玉に似た色彩である。いや、色彩の似たばかりではない。この白壁に映つてゐるのはそれ自身大きい石鹸玉である。夢のやうに何処からか漂つて来た薄明りの中の石鹸玉である。

「あのぼんやりしてゐるのはレンズのピントを合せさへすればーーこの前にあるレンズですな。――直に御覧の通りはつきりなります。」

主人はもう一度及び腰になつた。と同時に石鹸玉は見る見る一枚の風景画に変つた。尤も日本の風景画ではない。水路の両側に家々の聳えた何処か西洋の風景画である。時刻はもう日の暮に近い頃であらう。三日月は右手の家々の空にかすかに光りを放つてゐる。その三日月も、家々も、家々の窓の薔薇の花も、ひつそりと湛へた水の上へ鮮かに影を落してゐる。人影は勿論、見渡したところ鴎一羽浮んでゐない。水は唯突当りの橋の下へまつ直に一すぢつづいてゐる。

「イタリヤのベニスの風景でございます。」

三十年後の保吉にヴェネチアの魅力を教へたのはダンヌンチオの小説である。けれども当時の保吉はこの家々だの水路だのに唯たよりのない寂しさを感じた。彼の愛する風景は大きい丹塗りの観音堂の前に無数の鳩の飛ぶ浅草である。或は又高い時計台の下に鉄道馬車の通る銀座である。それらの風景に比べると、この家々だの水路だのは何と云ふ寂しさに満ちてゐるのであらう。鉄道馬車や鳩は見えずとも好い。せめては向うの橋の上に一列の汽車でも通つてゐたら、――丁度かう思つた途端である。大きいリボンをした少女が一人、右手に並んだ窓の一つから突然小さい顔を出した。どの窓かははつきり覚えてゐない。しかし大体三日月の下の窓だつたことだけは確かである。少女は顔を出したと思ふと、更にその顔をこちらへ向けた。それから――遠目にも愛くるしい顔に疑ふ余地のない頬笑みを浮かべた！　が、それは掛け価のない一二秒の間の出来ごとである。思はず「おや」と目を見はつた時には、少女はもういつの間にか窓の中へ姿を隠したのであらう。窓はどの窓も同じやうに人気のない窓かけを垂らしてゐる。……

「さあ、もう映しかたはわかつたらう？」

父の言葉は茫然とした彼を現実の世界へ呼び戻した。父は葉巻を啣へたまま、退屈さうに後ろに佇んでゐる。玩具屋の外の往来も相不変人通りを絶たないらしい。主人も――綺麗に髪を分けた主人は小手調べをすませた手品師のやうに、妙に蒼白い頬のあたりへ満足の微笑を漂はせてゐる。保吉は急にこの幻灯を一刻も早く彼の部屋へ持つて帰りたいと思ひ出した。……

保吉はその晩父と一しよに蠟を引いた布の上へ、もう一度ヴェネチアの風景を映した。中空の三日月、両側の家々、家々の窓の薔薇の花を映した一すぢの水路の水の光り、——それは皆前に見た通りである。が、あの愛くるしい少女だけはどうしたのか今度は顔を出さない。窓と云ふ窓はいつまで待つても、だらりと下つた窓かけの後に家々の秘密を封じてゐる。保吉はとうとう待ち遠しさに堪へかね、ランプの具合などを気にしてゐた父へ歎願するやうに話かけた。

「あの女の子はどうして出ないの？」

「女の子？　何処かに女の子がゐるのかい？」

父は保吉の問の意味さへ、はつきりわからない容子である。

「ううん、ゐはしないけれども、顔だけ窓から出したぢやないの？」

「いつさ？」

「玩具屋の壁へ映した時に。」

「あの時も女の子なんぞは出やしないさ。」

「だつて顔を出したのが見えたんだもの。」

「何を云つてゐる？」

父は何と思つたか保吉の額へ手のひらをやつた。それから急に保吉にもつけ景気とわかる大声を出した。

「さあ、今度は何を映さう？」

けれども保吉は耳にもかけず、ヴェネチアの風景を眺めつづけた。窓は薄明るい水路の水に静かな窓かけを映してゐる。しかしいつかは何処かの窓から、大きいリボンをした少女が一人、突然顔を出さぬものでもない。——彼はかう考へると、名状の出来ぬ懐しさを感じた。同時に従来知らなかつた或る嬉しい悲しさをも感じた。あの画の幻灯の中にちらりと顔を出した少女は実際何か超自然の霊の彼の日に姿を現はしたのであらうか？　或は又少年に起り易い幻覚の一種に過ぎなかつたのであらうか？　それは勿論彼自身にも解決出来ないのに違ひない。が、兎に角保吉は三十年後の今日さへ、しみじみ塵労に疲れた時にはこの永久に帰つて来ないヴェネチアの少女を思ひ出してゐる、丁度何年も顔をみない初恋の女人でも思ひ出すやうに。

三　お母さん

八才か九才の時か、兎に角どちらかの秋である。陸軍大将の川島は回向院の濡れ仏の石壇の前に佇みながら、味かたの軍隊を検閲した。尤も軍隊とは云ふものの、味かたは保吉とも四人しかゐない。それも金釦の制服を着た保吉一人を例外に、あとは悉紺飛白や目くら縞の筒袖を着てゐるのである。

これは勿論国技館の影の境内に落ちる回向院ではない。まだ野分の朝などには鼠小僧の墓のあたりにも銀杏落葉の山の出来る二昔前の回向院である。妙に鄙びた当時の景色——江戸と云ふよりも江戸のはづれの本所と云ふ当時の景色はとうの昔に消え去つてしまつた。しかし唯鳩だけは同じことである。いや、鳩も違つてゐるかも知れない。その日も濡れ仏の石壇のまはりは殆んど鳩で一ぱいだつた。が、どの鳩も今日のやうに小綺麗に見えはしなかつたらしい。「門前の土鳩を友や榕売り」――かう云ふ天保の俳人の作は必しも回向院の榕売りをうたつたものとは限らないであらう。けれども保吉はこの句さへ見れば、いつも濡れ仏の石壇のまはりにごみごみ群がつてゐた鳩を、――喉の奥にこもる声に薄日の光を震はせてゐた鳩を思ひ出さずにはゐられないのである。

鑢屋の子の川島は悠々と検閲を終つた後、目くら縞の懐ろからナイフだのパチンコだのゴム鞠だのと一しよに一束の画札を取り出した。これは駄菓子屋に売つてゐる行軍将棋の画札である。川島は彼等に一枚づつその画札を渡しながら、四人の部下を任命（？）した。此処にその任命を公表すれば、桶屋の子の平松は陸軍少将、巡査の子の田宮は陸軍大尉、小間物屋の子の小栗は唯の工兵、堀川保吉の地雷火である。地雷火は悪い役ではない。唯工兵にさへ出合はなければ、大将をも俘に出来る役である。保吉は勿論得意だつた。が、円まろと肥つた小栗は任命の終るか終らないのに、工兵になる不平を訴へ出した。

「工兵ぢやつまらないなあ。よう、川島さん。あたいも地雷火にしておくれよ、よう。」

「お前はいつだつて俘になるぢやないか？」

川島は真顔にたしなめた。けれども小栗はまつ赤になりながら、少しも怯まずに云ひ返した。

「嘘をついてゐらあ。この前に大将を俘にしたのだつてあたいぢやないか？」

「さうか？　ぢやこの次には大尉にしてやる。」

川島はにやりと笑つたと思ふと、忽ち小栗を懐柔した。保吉は未だにこの少年の悪智慧の鋭さに驚いてゐる。川島は小学校も終らないうちに、熱病の為に死んでしまつた。が、万一死なずにゐた上、幸ひにも教育を受けなかつたとすれば、少くとも今は年少気鋭の市会議員か何かになつてゐた筈である。……

「開戦！」

この時かう云ふ声を挙げたのは表門の前に陣取つた、やはり四五人の敵軍である。敵軍はけふも弁護士の子の松本を大将にしてゐるらしい。紺飛白の胸に赤シャツを出した、髪の毛を分けた松本は開戦の合図をする為か、高だかと学校帽をふりまはしてゐる。

「開戦！」

画札を握つた保吉は川島の号令のかゝると共に、誰よりも先へ突喊した。同時に又静かに群がつてゐた鳩は夥しい羽音を立てながら、大まはりに中ぞらへ舞ひ上つた。それから――それからは未曾有の激戦である。硝煙は見る見る山をなし、敵の砲弾は雨のやうに彼等のまはりへ爆発した。しかし味かたは勇敢にぢりぢり敵陣へ肉薄した。尤も敵の地雷火は凄まじい火柱をあげるが早いか、味かたの少将を粉な微塵にした。が、敵軍も大佐を失ひ、その次には又保吉の恐れる唯一の工兵を失つてしまつた。これを見た味かたは今迄よりも一層猛烈に攻撃をつづけた。――と云ふのは勿論事実ではない。唯保吉の空想に映じた回向院の激戦の光景である。けれども彼は落葉だけ明るい、もの寂びた境内を駆けまはりながら、ありありと硝煙の匂を感じ、飛び違ふ砲火の閃きを感じた。いや、或時は大地の底に爆発の機会を待つてゐる地雷火の心さへ感じたものである。かう云ふ溌剌とした空想は中学校へはいつた後、いつの間にか彼を見離してしまつた。今日の彼は戦ごつこの中に旅順港の激戦を見ないばかりではない。寧ろ旅順港の激戦の中にも戦ごつこを見てゐるばかりである。しかし追憶は幸ひにも少年時代へ彼を呼び返した。彼はまづ何を措いても、当時の空想を再びする無上の快楽を捉へなければならぬ。——

　硝煙は見る見る山をなし、敵の砲弾は雨のやうに彼等のまはりへ爆発した。保吉はその中を一文字に敵の大将へ飛びかかつた。敵の大将は身を躱すと、一散に陣地へ逃げこまうとした。保吉はそれへ追ひすがつた。と思ふと石に躓いたのか、俯向けに其処へ転んでしまつた。同時に又勇ましい空想も石鹸玉のやうに消えてしまつた。もう彼は光栄に満ちた一瞬間前の地雷火ではない。顔は一面に鼻血にまみれ、ズボンの膝は大穴のあいた、帽子も何もない少年である。彼はやつと立ち上ると、思はず大声に泣きはじめた。敵味かたの少年はこの騒ぎに折角の激戦も中止したまま、保吉のまはりへ集つたらしい。「やあ、負傷した」と云ふものもある。「仰向けにおなりよ」と云ふものもある。「おいらのせいぢやなあい」と云ふものもある。が、保吉は痛みよりも名状の出来ぬ悲しさの為に、二の腕に顔を隠したなり、愈懸命に泣きつづけた。すると突然耳もとに嘲笑の声を挙げたのは陸軍大将の川島である。

「やあい、お母さんつて泣いてゐやがる！」

　川島の言葉は忽ちのうちに敵味かたの言葉を笑ひ声に変じた。殊に大声に笑ひ出したのは地雷火になり損なつた小栗である。

「可笑しいな。お母さんて泣いてゐやがる！」

　けれども保吉は泣いたにもせよ、「お母さん」などと云つた覚えはない。それを云つたやうに誣いるのはいつもの川島の意地悪である。——かう思つた彼は悲しさにも増した口惜しさに一ぱいになつたまま、更に又震へ泣きに泣きはじめた。しかしもう意気地のない彼には誰一人好意を示すものはゐない。のみならず彼等は口々に川島の言葉を真似しながら、ちりぢりに何処かへ駈け出して行つた。

「やあい、お母さんつて泣いてゐやがる！」

　保吉は次第に遠ざかる彼等の声を憎み憎み、いつか又彼の足もとへ下りた無数の鳩にも目をやらずに、永い間啜り泣きをやめなかつた。……

　保吉は爾来この「お母さん」を全然川島の発明した嘘とばかり信じてゐた。所が丁度三年以前、上海へ上陸すると同時に、東京から持ち越したインフルエンザの為に或病院へはひることになつた。熱は病院へはいつた後も容易に彼を離れなかつた。彼は白い寝台の上に朦朧とした目を開いたまま、蒙古の春を運んで来る黄沙の凄じさを眺めたりしてゐた。すると或蒸暑い午後、小説を読んでゐた看護婦は突然椅子を離れると、寝台の側へ歩み寄りながら、不思議さうに彼の顔を覗きこんだ。

「あら、お目覚になつていらつしやるんですか？」

「どうして？」

「だつて今お母さんつて仰有つたぢやありませんか？」

　保吉はこの言葉を聞くが早いか、回向院の境内を思ひ出した。川島も或は意地の悪い嘘をついたのではなかつたかも知れない。

資料室

❶「銀座の出店」(1923.10.25撮影)
バラックと出店の並ぶ街路を、小さなバスが走っている。

❷ 震災後の両国橋
橋の向こうに、回向院境内にあった国技館のドームが見える。

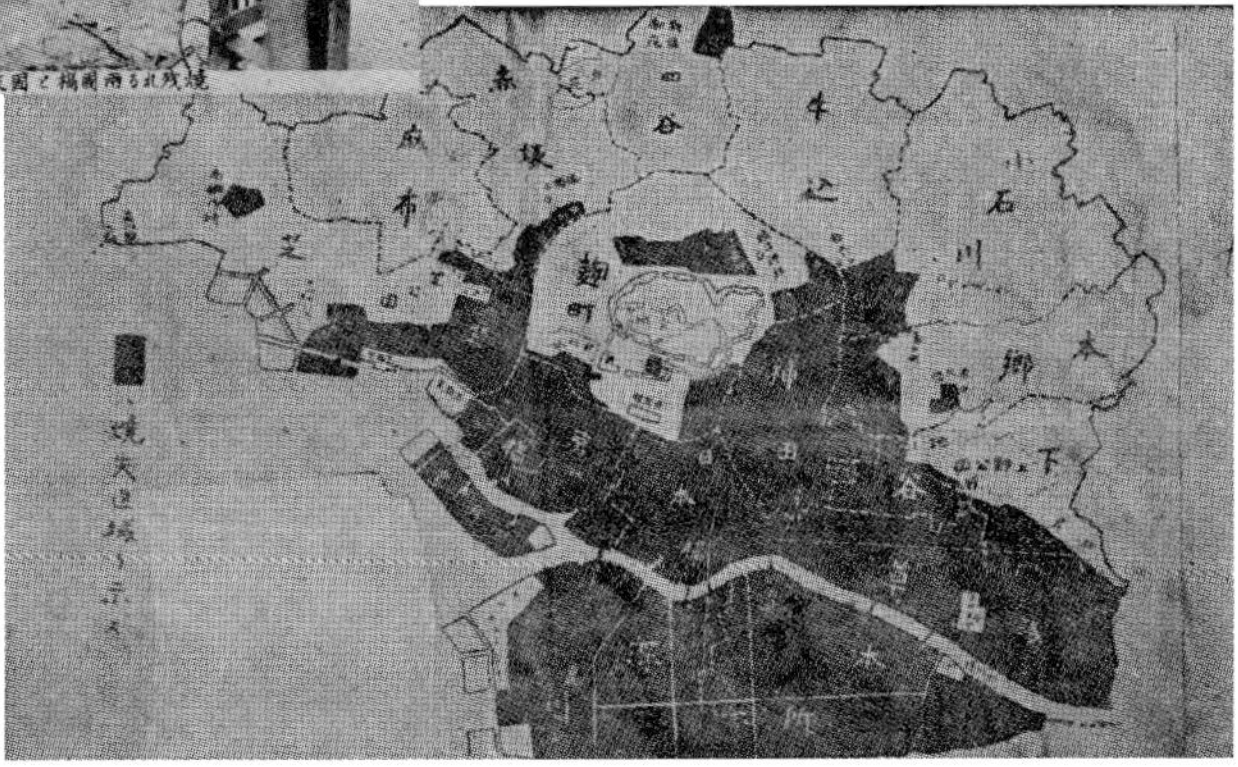

❸ 震災消失地図
関東大震災時の地震後火災によって消失した地域が、黒く塗りつぶされている。右下に延びる白い線は隅田川（大川）。その下部が本所区・深川区になる。

◉東京・一九二三年

小説冒頭の舞台は、尾張町（銀座四丁目）付近を走る乗合自動車（バス）の中である。クリスマスの銀座と言えば、華やかな印象を持つ人が多いかもしれないが、［資料1］からもわかるように、この年の東京には、震災の爪痕が深く刻み込まれていた。

一九二三（大正一二）年九月一日の関東大震災はマグニチュード七・九を記録、地震とその後の大火災により、またパニックと流言のために、罪のない十万人もの人々が命を落とした。生き残っても、財産を全て失い人生の路線変更を余儀なくされた人、心の傷を負った人が少なくなかった。

建物や道路も傷ついた。レールがゆがんで使いものにならなくなった路面電車に代わってバスが発達したが、アスファルトが溶けて凸凹のできた道を走る時は、激しく揺れたということである。町もまた、傷だらけだったのだ。

◉思い出は灰の山

銀座以上に大きな被害を受けたのが、〈保吉〉の育った〈大川の向う〉（現在の墨田区から江東区にかけて。当時は本所区・深川区と呼ばれていた。）である。その大川（墨田川）にかかる橋も、両国橋（［資料2］）以外はほとんど壊れてしまった。［資料3］でも、「本所」が消失地域として黒く塗りつぶされているのを確認することができるだろう。本所区にあった陸軍被服廠跡の空地に逃げ込んだ約四万人が焼死したという悲惨な出来事もあったが、そこはちょうど、四才の保吉が〈つうや〉と歩いた〈大溝の往来〉の近く、明治半ばまで〈御竹倉の竹藪〉であった所である（［資料4］）。保吉のふるさとは、文字通り〈灰の山〉になってしまったのだ。

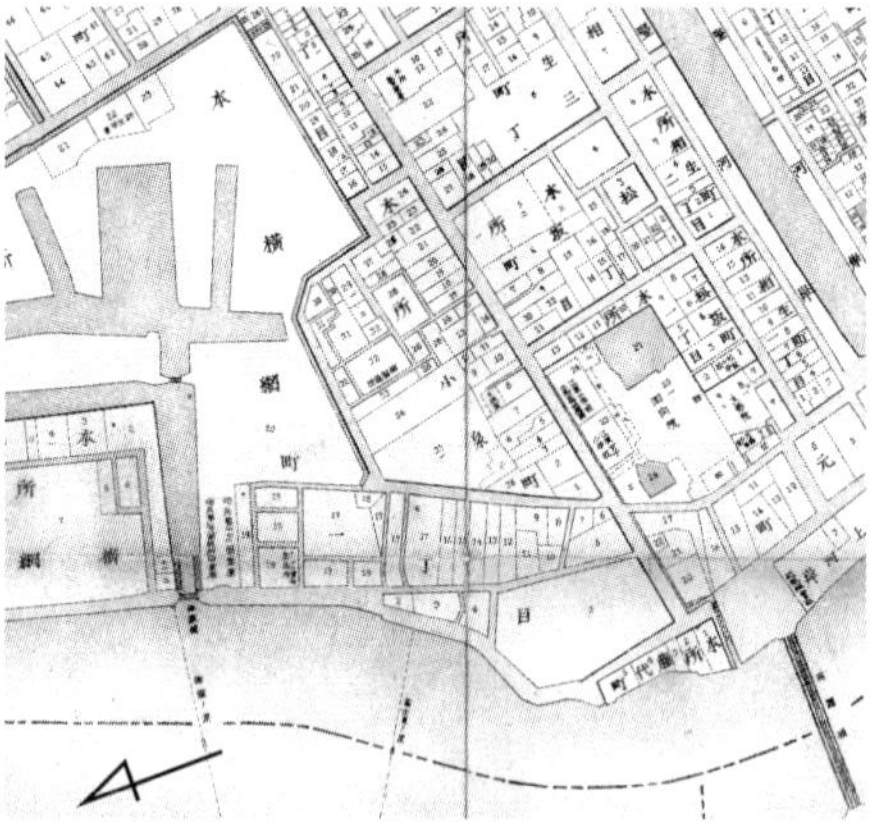

4 「東京市本所区全図」（一八九七）
地図の下部が隅田川。また、左側の大きな空地が御竹倉に当たる場所。

◉追憶の旅

揺れるバスの中で見かけた無邪気な少女の姿から、保吉はふと、自分の少年時代に思いを馳せる。〈娑婆苦〉に満ちた現在から逃れようとするように、保吉は、二重の意味で失われてしまった過去へと〈追憶〉の旅を始める。この小説は、三十代の保吉が少年時代の思い出を経巡り、再び大人の時間に帰ってくるまでの物語なのである。

果たして保吉は、記憶の中で〈娑婆苦を知らぬ〉昔の自分を見いだし、幸せな時間旅行を終えることができるのだろうか――。

◉過保護な保吉

〈三十年〉というキーワードをたよりに、一九二三年から三十年前の一八九三（明治二六）年に、保吉が数え年四歳であったと仮定してみよう。すると、保吉の「少年」時代は明治半ばごろ、ちょうど日清戦争（一八九四～九五）と重なる時期に

5 「海に突き出た涼み台」
（明治末年ごろの大森海岸を撮影したもの）
現在の羽田空港から平和島にあたる場所には、当時、海水浴場や海苔の養殖場があった。

なる。
「童心」が〈清浄無垢〉なものとして重んじられた大正以降に比べて、当時は子供がそれ程大切に扱われないのが一般的だった。子供より親が大切だという、儒教的な考え方が流布していたせいでもあろうし、子供の養育に力を注ぐだけの経済的余裕が人々になかったせいでもあろう。

そんな背景を考えると、保吉がことさらに大切に育てられた子供であることがわかる。役所に勤める父は、帰宅後は保吉と夕食をとり、保吉と入浴し、大森まで海水浴（[資料5]）にも連れて行けば、まだ珍しい幻灯（スライド）を買って映してくれもする。「日本昔噺」（巌谷小波が一八九五年～九七年に編集した子供向けの叢書）を買ってくれる母もいれば、教育熱心な女中の〈つうや〉にまで恵まれている。彼はまた、近所の子供達の中で唯一洋服を着る少年でもあるのだ。

◉日清戦争

もちろん大人の庇護がどんなに厚くとも、子どもが世間と無縁に育つわけではない。保吉も〈縁日のからくり〉（屋台のレンズ穴を覗くと中の画面がめくられて物語風になるしかけ）や錦絵などで、日清戦争の様子を知っているらしい。彼らは早速、回向院の境内（[資料7]）で、旅順港の激戦（[資料6]）を再現しながら遊んでいる。

なお、回向院での〈戦ごっこ〉をする場面で、保吉が初めて家族ではなく、友人達と登場していることは興味深い。こうして保吉は、少しずつ大人になり、〈娑婆苦〉を知るようになっていったと考えることもできるかもしれない。

6 年英画「旅順口進撃」(1895)
硝煙の中、軍旗を掲げた将校と銃剣を持った兵達が進撃している。報道と戦意高揚の目的で描かれた錦絵のひとつ。

◉お母さんからお母さんへ

聖母マリアになぞらえられる少女の登場から始まったこの小説は、〈お母さん〉を呼ぶ保吉の声で幕を閉じる。子供時代の〈追憶〉の果てに、保吉は、三十年近く満たされないまま持ち続けた〈お母さん〉への思いに気づいたということなのだろうか。——連想によって子供時代を追想することを治療方法に掲げ、エディプスコンプレックスや幼時トラウマをキーワードに、精神分析の世界を切り開いていったジークムント・フロイトの説が日本で一般に広く知られるようになるのは、一九三〇年代以降であるが、「少年」は、いち早くフロイト的な世界を現出しているようにも見える。

7 山本松谷画「回向院」（一九〇八）
奥に描かれた建築中の相撲場（国技館）は、保吉の幼少期にはまだなかったことになる。

◉保吉をとるか、信輔をとるか？

一九二二年から二五年にかけて、芥川は、〈堀川保吉〉という主人公が登場する小説を数多く発表している。それらの小説を読み合わせていくと、東京下町育ちの三十代の男性で、若い時に英語教師をしていたことのある小説家という〈保吉〉像が見えてくる。〈保吉〉は、芥川龍之介自身と共通点が多いのである。「保吉物」（[資料9]）は、広い意味での私小説だと言っていいだろう。「保吉物」をいくつも読んでいた当時の愛読者の中には、「少年」を芥川自身の少年時代への〈追憶〉として読んだ人も少なくなかったに違いない。

だが、後世の評者の多くは、「少年」の〈保吉〉よりも、「大導寺信輔の半生」の〈信輔〉の方に、芥川のイメージを重ねたようだ。〈信輔〉も、確かに本所育ちの男の子である。だが、裕福な家庭で両親の愛情に包まれて育った〈保吉〉に比べ、〈信輔〉は、〈中流下層階級の貧困〉の中で大人達の虚偽を憎みながら成長する、あからさまに不幸な少年だ。（[資料8]）

自殺した作家に似つかわしい像が、後世の読者によって選び取られた結果なのかもしれない。

（篠崎美生子）

8 「大導寺信輔の半生」（一九二五・一）より

大導寺信輔の生まれたのは本所の回向院の近所だつた。彼の記憶に残つてゐるものに美しい町は一つもなかつた。（一　本所）

信輔は全然母の乳を吸つたことのない少年だつた。元来体の弱かつた母は一粒種の彼を産んだ後さへ、一滴の乳も与えなかつた。のみならず乳母を養ふことも貧しい彼の家の生計には出来ない相談の一つだつた。彼はそのために生まれ落ちた時から牛乳を飲んで育つてきた。それは当時の信輔には憎まずにはゐられぬ運命だつた。（二　牛乳）

信輔の家庭は貧しかつた。尤も彼等の貧困は棟割長屋に雑居する下流階級の貧困ではなかつた。が、体裁を繕ふためにより苦痛を受けなければならぬ中流下層階級の貧困だつた。（三　貧困）

……本所七不思議……

深夜どこからか聞こえてくるという〈狸の莫迦囃子〉、魚を持ち帰ろうとする釣り人が何者かに呼び止められ、気がつくと獲物が消えているという〈おいてけ堀〉、片側にしか芽のでないという〈片葉の葭〉——その他に、〈送り提灯〉〈落葉なき椎〉〈津軽の太鼓〉〈消えずの行灯〉を加えて「本所七不思議」という。本所が江戸のはずれであった時代の名残が見える説話である。宮部みゆきはこれらの話をもとに、『本所深川ふしぎ草紙』（新潮文庫）というアンソロジーを書いている。

9 主な「保吉物」

作品名	初出	初刊
魚河岸	『婦人公論』1922.8	『黄雀風』新潮社 1924.7
保吉の手帳から	『改造』1923.5（原題「保吉の手帳」）	『黄雀風』新潮社 1924.7
お時儀	『女性』1923.10（原題「お時宜」）	『黄雀風』新潮社 1924.7
あばばばば	『中央公論』1923.12（原題には「保吉の手帳の一部」の副題有）	『黄雀風』新潮社 1924.7
文章	『女性』1924.4	『黄雀風』新潮社 1924.7
寒さ	『改造』1924.4	『黄雀風』新潮社 1924.7
少年	『中央公論』1924.4，5（原題「少年」「少年続編」）	『黄雀風』新潮社 1924.7
或恋愛小説	『婦人グラフ』1924.5（原題「或る恋愛小説」）	『黄雀風』新潮社 1924.7
十円札	『改造』1924.9	生前未刊行
早春	『東京日日新聞』1925.1.1	生前未刊行

7 点鬼簿

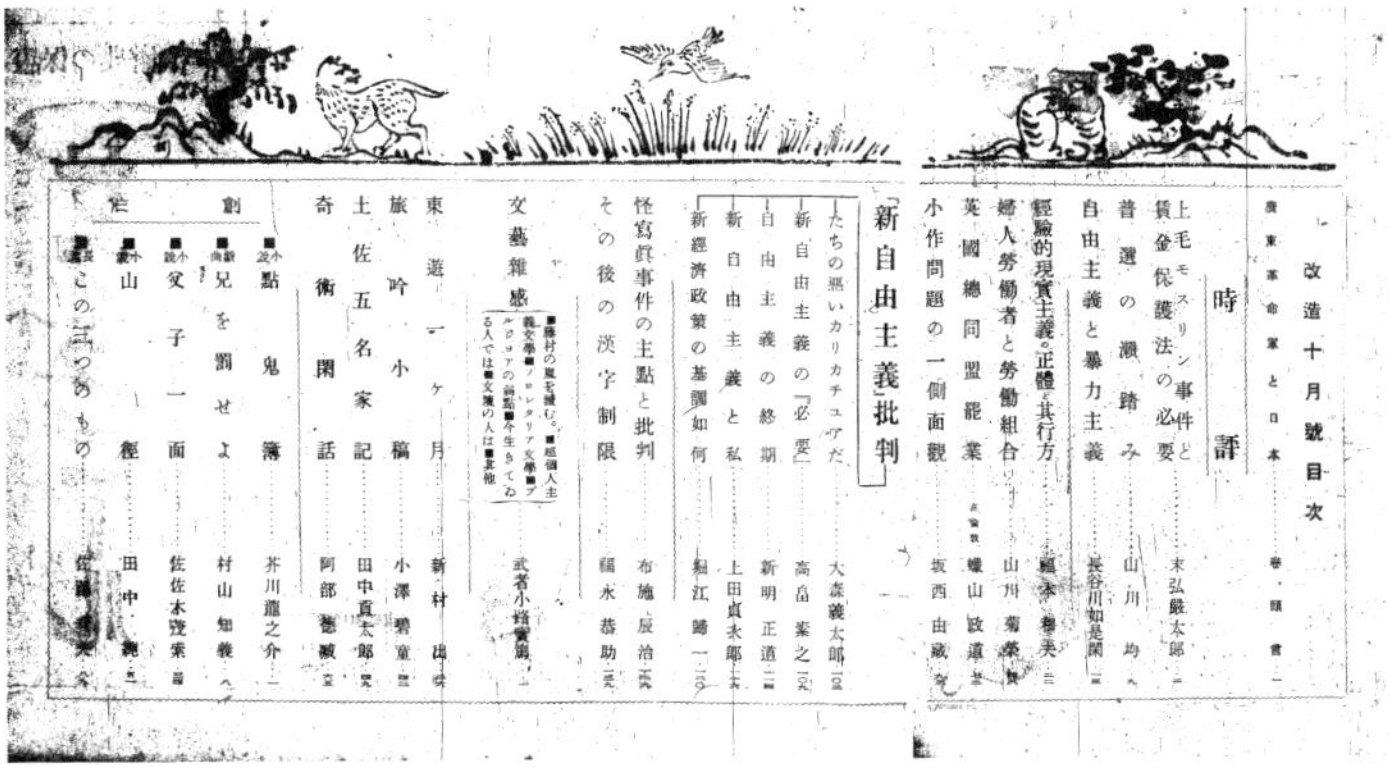

改造十月號目次

廣東革命軍と日本……卷頭言 一

時評

上毛モスリン事件と賃金保護法の必要……末弘嚴太郎

普選の瀬踏み……山川均

自由主義と暴力主義……長谷川如是閑

經驗的現實主義の正體と其行方……福本和夫

婦人勞働者と勞働組合……山川菊榮

英國總同盟罷業……(來朝數)蠟山政道

小作問題の一側面觀……坂西由藏

「新自由主義」批判

たちの悪いカリカチユアだ……大森義太郎

新自由主義の「必要」……高畠素之

自由主義の終期……新明正道

新自由主義と私……上田貞次郎

新經濟政策の基調如何……細江鐵一

怪寫眞事件の主點と批判……布施辰治

その後の漢字制限……福永恭助

文藝雜感(■藤村の嵐を讀む。■超個人主義文學■プロレタリア文學■ブルジョアの弱點■今生きてゐる人では■文壇の人は■其他)……武者小路實篤

東遊一ヶ月……新村出

旅吟小稿……小澤碧童

土佐五名家記……田中貢太郎

奇術閑話……阿部徳藏

創作

■小說 點鬼簿……芥川龍之介 一

■戲曲 兄を罰せよ……村山知義

■小說 父子一面……佐佐木茂索

■小說 山徑……田中純

■長篇 この三つのもの……佐藤春夫

初出『改造』1926.10

一

僕の母は狂人だつた。僕は一度も僕の母に母らしい親しみを感じたことはない。僕の母は髪を櫛巻きにし、いつも芝の実家にたつた一人坐りながら、長煙管ですぱすぱ煙草を吸つてゐる。顔も小さければ体も小さい。その又顔はどう云ふ訳か、少しも生気のない灰色をしてゐる。僕はいつか西廂記を読み、土口気泥臭味の語に出合つた時に忽ち僕の母の顔を、――痩せ細つた横顔を思ひ出した。

かう云ふ僕は僕の母に全然面倒を見て貰つたことはない。何でも一度僕の養母とわざわざ二階へ挨拶に行つたら、いきなり頭を長煙管で打たれたことを覚えてゐる。しかし大体僕の母は如何にももの静かな狂人だつた。僕や僕の姉などに画を描いてくれと迫られると、四つ折の半紙に画を描いてくれる。画は墨を使うばかりではない。僕の姉の水絵の具を行楽の子女の衣服だの草木の花だのになすつてくれる。唯それ等の画中の人物はいづれも狐の顔をしてゐた。

僕の母の死んだのは僕の十一の秋である。それは病の為よりも衰弱の為に死んだのであらう。その死の前後の記憶だけは割り合にはつきりと残つてゐる。

危篤の電報でも来た為であらう。僕は或風のない深夜、僕の養母と人力車に乗り、本所から芝まで駈けつけて行つた。僕はまだ今日《こんにち》でも襟巻と云ふものを用ゐたことはない。が、特にこの夜だけは南画の山水か何かを描いた、薄い絹の手巾をまきつけてゐたことを覚えてゐる。それからその手巾には「アヤメ香水」と云ふ香水の匂のしてゐたことも覚えてゐる。

僕の母は二階の真下の八畳の座敷に横たはつてゐた。僕は四つ違ひの僕の姉と僕の母の枕もとに坐り、二人とも絶えず声を立てて泣いた。殊に誰か僕の後ろで「御臨終々々」と言つた時には一層切なさのこみ上げるのを感じた。しかし今まで瞑目してゐた、死人にひとしい僕の母は突然目をあいて何か言つた。僕等は皆悲しい中にも小声でくすくす笑ひ出した。

僕はその次の晩も僕の母の枕もとに夜明近くまで坐つてゐた。が、なぜかゆうべのやうに少しも涙は流れなかつた。僕は殆ど泣き声を絶たない僕の姉の手前を恥ぢ、一生懸命に泣く真似をしてゐた。同時に又僕の泣かれない以上、僕の母の死ぬことは必ずないと信じてゐた。

僕の母は三日目の晩に殆ど苦しまずに死んで行つた。死ぬ前には正気に返つたと見え、僕等の顔を眺めてはとめ度なしにぽろぽろ涙を落した。が、やはりふだんのやうに何とも口は利かなかつた。

僕は納棺を終つた後にも時々泣かずにはゐられなかつた。すると「王子の叔母さん」と云ふ或遠縁のお婆さんが一人「ほんたうに御感心でございますね」と言つた。しかし僕は妙なことに感心する人だと思つただけだつた。

僕の母の葬式の出た日、僕の姉は位牌を持ち、僕はその後ろに香炉を持ち二人とも人力車に乗つて行つた。僕は時々居睡りをし、はつと思つて目を醒ます拍子に危く香炉を落しさうにする。けれども谷中へは中々来ない。可也長い葬列はいつも秋晴れの東京の町をしづしづと練つてゐるのである。

僕の母の命日は十一月二十八日である。又戒名は帰命院妙乗日進大姉である。僕はその癖僕の実父の命日や戒名を覚えてゐない。それは多分十一の僕には命日や戒名を覚えることも誇りの一つだつた為であらう。

二

僕は一人の姉を持つてゐる。しかしこれは病身ながらも二人の子供の母になつてゐる。僕の「点鬼簿」に加へたいのは勿論この姉のことではない。丁度僕の生まれる前に突然夭折した姉のことである。僕等三人の姉弟の中でも一番賢かつたと云ふ姉のことである。

この姉を初子と云つたのは長女に生まれた為だつたであらう。僕の家の仏壇には未だに「初ちゃん」の写真が一枚小さい額縁の中にはひつてゐる。初ちゃんは少しもか弱さうではない。小さい笑窪のある両頬なども熟した杏のやうにまるまるしてゐる。………

僕の父や母の愛を一番余計に受けたものは何と云つても「初ちゃん」である。「初ちゃん」は芝の新銭座からわざわざ築地のサンマアズ夫人の幼稚園か何かへ通つてゐた。が、土曜から日曜へかけては必ず僕の母の家へ——本所の芥川家へ泊りに行つた。「初ちゃん」はかう云ふ外出の時にはまだ明治二十年代でも今めかしい洋服を着てゐたのであらう。僕は小学校へ通つてゐた頃、「初ちゃん」の着物の端巾《はぎれ》を貰ひ、ゴム人形に着せたのを覚えてゐる。その又端巾は言ひ合せたやうに細かい花や楽器を散らした舶来のキヤラコばかりだつた。

或春先の日曜の午後、「初ちゃん」は庭を歩きながら、座敷にゐる伯母に声をかけた。（僕は勿論この時の姉も洋服を着てゐたやうに想像してゐる。）

「伯母さん、これは何と云ふ樹？」

「どの樹？」

「この莟のある樹。」

僕の母の実家の庭には背の低い木瓜の樹が一株、古井戸へ枝を垂らしてゐた。髪をお下げにした「初ちゃん」は恐らくは大きい目をしたまま、この枝のとげとげしい木瓜の樹を見つめていたことであらう。

「これはお前と同じ名前の樹。」

伯母の洒落は生憎通じなかつた。

「ぢや莫迦の樹と云ふ樹なのね。」

伯母は「初ちゃん」の話さへ出れば、未だにこの問答を繰り返してゐる。実際又「初ちゃん」の話と云つてはその外に何も残つてゐない。「初ちゃん」はそれから幾日もたたずに柩にはひつてしまつたのであらう。僕は小さい位牌に彫つた「初ちゃん」の戒名は覚えてゐない。が、「初ちゃん」の命日が四月五日であることだけは妙にはつきりと覚えてゐる。

僕はなぜかこの姉に、——全然僕の見知らない姉に或親しみを感じてゐる。「初ちやん」は今も存命するとすれば、四十を越してゐることであらう。四十を越した「初ちやん」の顔は或は芝の実家の二階に茫然と煙草をふかしてゐた僕の母の顔に似てゐるかも知れない。僕は時々幻のやうに僕の母とも姉ともつかない四十恰好の女人が一人、どこかから僕の一生を見守つてゐるやうに感じてゐる。これは珈琲や煙草に疲れた僕の神経の仕業であらうか？　それとも又何かの機会に実在の世界へも面かげを見せる超自然の力の仕業であらうか？

三

僕は母の発狂した為に生まれるが早いか養家に来たから、（養家は母がたの伯父の家だつた。）僕の父にも冷淡だつた。僕の父は牛乳屋であり、小さい成功者の一人らしかつた。僕に当時新らしかつた果物や飲料を教へたのは悉く僕の父である。バナナ、アイスクリイム、パイナアツプル、ラム酒、――まだその外にもあつたかも知れない。僕は当時新宿にあつた牧場の外の槲の葉かげにラム酒を飲んだことを覚えてゐる。ラム酒は非常にアルコオル分の少ない、橙黄色を帯びた飲料だつた。

僕の父は幼い僕にかう云ふ珍らしいものを勧め、養家から僕を取り戻さうとした。僕は一夜大森の魚栄でアイスクリイムを勧められながら、露骨に実家へ逃げて来いと口説かれたことを覚えてゐる。僕の父はかう云ふ時には頗る巧言令色を弄した。が、生憎その勧誘は一度も効を奏さなかつた。それは僕が養家の父母を、――殊に伯母を愛してゐたからだつた。

僕の父は又短気だつたから、度々誰とでも喧嘩をした。僕は中学の三年生の時に僕の父と相撲をとり、僕の得意の大外刈りを使つて見事に僕の父を投げ倒した。僕の父は起き上つたと思ふと、「もう一番」と言つて僕に向つて来た。僕は又造作もなく投げ倒した。僕の父は三度目には「もう一番」と言ひながら、血相を変へて飛びかかつて来た。この相撲を見てゐた僕の叔母――僕の母の妹であり、僕の父の後妻だつた叔母は二三度僕に目くばせをした。僕は僕の父と揉み合つた後、わざと仰向けに倒れてしまつた。が、もしあの時に負けなかつたとすれば、僕の父は必ず僕にも掴みかからずにはゐなかつたであらう。

僕は二十八になつた時、――まだ教師をしてゐた時に「チチニウイン」の電報を受けとり、倉皇と鎌倉から東京へ向つた。僕の父はインフルエンザの為に東京病院にはひつてゐた。僕は彼是三日ばかり、養家の伯母や実家の叔母と病室の隅に寝泊りしてゐた。そのうちにそろそろ退屈し出した。そこへ僕の懇意にしてゐた或愛蘭土の新聞記者が一人、築地の或待合へ飯を食ひに来ないかと云ひ電話をかけた。僕はその新聞記者が近く渡米するのを口実にし、垂死の僕の父を残したまま、築地の或待合へ出かけて行つた。

僕等は四五人の芸者と一しよに愉快に日本風の食事をした。食事は確か十時頃に終つた。僕はその新聞記者を残したまま、狭い段梯子を下つて行つた。すると誰か後ろから「ああさん」と僕に声をかけた。僕は中段に足をとめながら、段梯子の上をふり返つた。そこには来合せてゐた芸者が一人、ぢつと僕を見下ろしてゐた。僕は黙つて段梯子を下り、玄関の外のタクシイに乗つた。タクシイはすぐに動き出した。が、僕は僕の父よりも水々しい西洋髪に結つた彼女の顔を、――殊に彼女の目を考えてゐた。

僕が病院へ帰つて来ると、僕の父は僕を待ち兼ねてゐた。のみならず二枚折の屏風の外に悉く余人を引き下らせ、僕の手を握つたり撫でたりしながら、僕の知らない昔のことを、――僕の母と結婚した当時のことを話し出した。それは僕の母と二人で箪笥を買ひに出かけたとか、鮨をとつて食つたとか云ふ、瑣末な話に過ぎなかつた。しかし僕はその話のうちにいつか眶《まぶた》が熱くなつてゐた。僕の父も肉の落ちた頬にやはり涙を流してゐた。

僕の父はその次の朝に余り苦しまずに死んで行つた。死ぬ前には頭も狂つたと見え「あんなに旗を立てた軍艦が来た。みんな万歳を唱へろ」などと言つた。僕は僕の父の葬式がどんなものだつたか覚えてゐない。唯僕の父の死骸を病院から実家へ運ぶ時、大きい春の月が一つ、僕の父の柩車の上を照らしてゐたことを覚えてゐる。

四

僕は今年の三月の半ばにまだ懐炉を入れたまま、久しぶりに妻と墓参りをした。久しぶりに、――しかし小さい墓は勿論、墓の上に枝を伸ばした一株の赤松も変らなかつた。

「点鬼簿」に加へた三人は皆この谷中の墓地の隅に、――しかも同じ石塔の下に彼等の骨を埋めてゐる。僕はこの墓の下へ静かに僕の母の柩が下された時のことを思ひ出した。これは又「初ちやん」も同じだつたであらう。唯僕の父だけは、――僕は僕の父の骨が白じらと細かに砕けた中に金歯の交つてゐたのを覚えてゐる。……

僕は墓参りを好んではゐない。若し忘れてゐられるとすれば、僕の両親や姉のことも忘れてゐたいと思つてゐる。が、特にその日だけは肉体的に弱つてゐたせゐか、春先の午後の日の光の中に黒ずんだ石塔を眺めながら、一体彼等三人の中では誰が幸福だつたらうと考へたりした。

かげろふや塚より外に住むばかり

僕は実際この時ほど、かう云ふ丈艸の心もちが押し迫つて来るのを感じたことはなかつた。（一五、九、九）

資料室

◉告白という装置

その衝撃性という観点から見れば、「点鬼簿」は、芥川の作品中でもっともスキャンダラスな作品として位置付けられ、語られることが多い。〈僕の母は狂人だつた〉の一文は、それまで語られることのなかった自らの出自の一面を赤裸々に告白したものとして捉えられているのだ。

「二」は、〈僕〉が〈狂人〉であった母について語るという構造を持つが、〈僕〉がこの作品の作者である芥川龍之介であることは、明確には語られずに作品は続けられる（「二」の半ばに至って、初めて明確に〈僕〉が「芥川龍之介」とわかる、〈本所の芥川家〉との情報が示される）。読者は「小説」との角書を持ったこの作品を、〈僕〉＝「芥川龍之介」という図式の中で躊躇することなく捉えていたのだろうか。少なくとも、「衝撃性」を問題とした解説が成立する「場」では、このように読まれていることは既定のことなのだろうし、また、この小説の読者にとっても同様であるのだろう。

このことに、作者は自覚的であったのだろうか。いわゆる一般の文学史を通して芥川という作家を見れば、自然主義文学の影響下―それが自然主義文学に対する反撥から出発したものであったとしても―に作家としての歩みを始めたのだから、「告白」という装置を使うことの意味と効果は、十二分に計量されていたはずである。また、このことに関わって、「侏儒の言葉」の「告白」（『文芸春秋』一九二三・八）の章にある〈完全に自己を告白することは何人にも出来ることではない。同時に又自己を告白せずには如何なる表現も出来るものではない〉という一節を想起することも有効だろう。先行研究の中に、「告白」とともに作品内で機能する「虚構」に注目するものがあるが、芥川という作家の戦略を読み解く上で重要な指摘である。

◉文壇デビューの頃

「点鬼簿」考察にあたって、文壇デビューの頃に記した「文学好きの家庭から」（『文章倶楽部』一九一八・一［資料2］）を対極に置いて見ることも有効かと思われる。「文学好きの家庭から」が、「自伝の第一頁（どんな家庭から文士が生れたか）」との総題が付された企画に対して寄せられた文章であることを、確認する必要があるだろう。芥川は、自らの文壇登録の初めとして、〈お奥坊主の家柄〉であること、代々江戸に住まう風流を愛する家庭の子であることを記している。これまでこのエッセイは、先行研究のその多くが芥川の伝記事項の説明のために使ってきた文章なのだが、ここで指摘しておきたいのは、―このことに芥川は自覚的であったのだろうと推察するのだが―ここで彼が乗り出そうとしている文壇という海原が、

1 実母のフクに抱かれる龍之介

〈母は津藤の姪で〉と記しただけでどのような出自の者かが了解される世界であるという点であり、そのことを意識しているからこそ、実家の「新原家」を語ることに封印をし、養家「芥川家」を前面に打ち出して語ったと推定することも許されるだろうということである。その意味で言えば、森鷗外「細木香以」（『東京日日新聞』『大阪毎日新聞』一九一七・九〜一〇）も「芥川龍之介」という作家のイメージを形成するのに、大きな役割を果たしたと言える。作家芥川龍之介の誕生は、大仰な物言いをあえてするならば、このようなメディアとの関係性を踏まえたイメージ戦略の中にあったと言える。

◉築地居留地と実家新原家

「二」に登場する〈初ちゃん〉とは、早世した実姉のことである。〈初ちゃん〉が芝の新銭座から通ったというのが、芥川の生まれた地でもある築地の外国人居留地（［資料3］）であった。芥川の出

自を語る際には必ずその特徴が言及される地域である。また、芥川は実母の発病のために両国の芥川家に預けられたために実際には数ヶ月間しか住まっていないが、この土地で生まれたという記憶（当然、後に与えられた情報により構成された）が、芥川文学を読み解く鍵として機能していることも事実であろう。

「三」に登場する〈父〉とは、実父に当たる新原敏三のことである。彼は、築地を中心に事業を展開していたが、「大日本東京牛乳搾取業一覧」（[資料4]）に「大関　耕牧舎」とある通り、実業家として成功を収めた人物である。晩年の事業縮小のことはともかくも、作中に〈小さい成功者の一人らしかつた〉と綴られていることに誇張はない。

周防の農民の長男として生まれ、幕末の混乱期には、十代の初めでありながら長州軍の一員として参戦し負傷により戦線を離脱、山口、萩、大阪を経て上京、千葉の三里塚の牧場から箱根で渋沢栄一が経営する牧場に参加、その後、頭角を現し、渋沢から東京での牧場経営を任されるなどの出世をした。このような敏三の出自を、芥川は充分に意識していたことは、未定稿作品「紫山」（[資料

2「自伝の第一頁（どんな家庭から文士が生れたか）——文学好きの家庭から」

私の家は代々御奥坊主だつたのですが、父も母も其特徴のない平凡な人間です。父には一中節、囲碁、盆栽、俳句などの道楽がありますが、いづれもものになつてゐさうもありません。母は津藤の姪で、昔の話を沢山知つてゐます。その外に伯母が一人ゐて、それが特に私の面倒を見てくれました。今でも見てくれてゐます。家中で顔が一番私に似てゐるのもこの伯母なら、心もちの上で共通点の一番多いのもこの伯母です。伯母がゐなかつたら、今日のやうな私が出来たかどうかわかりません。

文学をやる事は、誰も全然反対しませんでした。父母をはじめ伯母も可成文学好きだからです。その代り実業家になるとか、工学士になるとか云つたら反つて反対されたかもしれません。

芝居や小説は随分小さい時から見ました。先の団十郎、菊五郎、秀調なぞも覚えてゐます。私が始めて芝居を見たのは、団十郎が斎藤内蔵之助をやつた時ださうですが、これはよく覚えてゐません。何でもこの時は内蔵之助が馬を曳いて花道へかゝると、桟敷の後で母におぶさつてゐた私が、嬉しがつて、大きな声で「ああうまえん」と云つたさうです。二つか三つ位の時でせう。小説らしい小説は、泉鏡花氏の「化銀杏」が始めだつたかと思ひます。尤もその前に「倭文庫」や「妙々車」のやうなものは卒業してゐました。これはもう高等小学校へ入てからです。

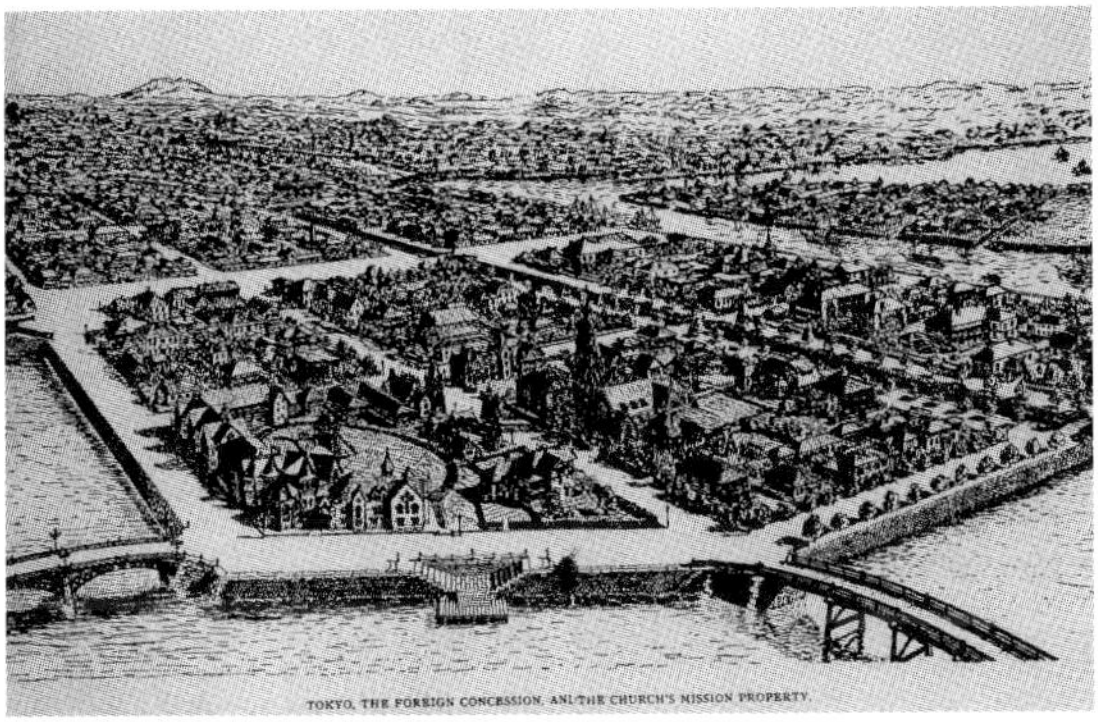

3 J.M.GARDINER “TOKYO, THE FOREIGN CONCESSION, AND THE CHURCH’S MISSION PROPERTY”(1894)
建築家ガーデナーが本国に報告するために描いた鳥瞰図。新原家は、この絵の発表された前年にこの土地を離れている。この絵の手前部分にあったと推定される日本人家族の家の建っていた場所が、海として描かれている。

5」）があることからも知られる。自身がモデルとなっている「保吉もの」の系列に連なるこの作品には、自らの出自に関わっての主人公保吉による以下の一文がある。

　尤も保吉は田舎者ではない。彼の脈管に流れてゐる血は所謂「権現様御入国以来」、十六代を閲したものださうである。が、幸ひにも純一無雑に江戸つ児の血ばかりを受けた訣ではない。一半は維新の革命に参した長州人の血もまじつてゐる。この血は江戸の悪遺伝を一掃したとは云ひ難いにしろ、少なくとも一新はしたのに相違ない。

ここで〈幸ひにも〉と綴っていることに、この点についての認識の一端を認めることが出来る。今後の芥川研究の中で明らかにすべき課題の一つは、実父新原敏三に関わる芥川の発言の再検討だろう。あえて「点鬼簿」に引きつけて述べれば、語られることのなかった出自の秘密を語りだした処に、また、このことを作家芥川の選択された営為として捉えることによって、芥川文学を読み解く鍵の一つを手に入れることが出来るのだろう。

（庄司達也）

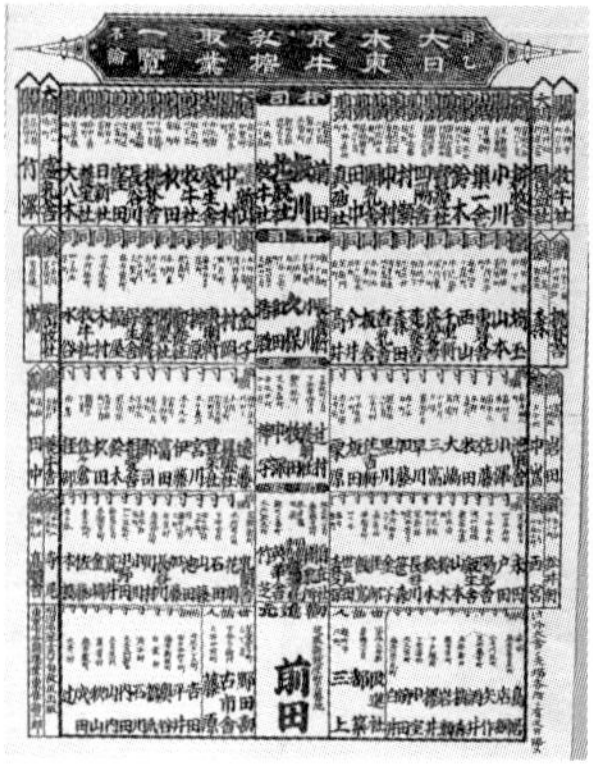

4「大日本東京牛乳搾取業一覧」（一八八八）敏三の経営していた「耕牧舎」は、東の大関となっている。

5 紫山

保吉は由来田舎者と共に江戸趣味なるものを軽蔑してゐる。広重や北斎も紅毛人の云ふほど、難有い芸術家だと思つたことはない。京伝や三馬にも一礼した後は、背中を向けたいと思つてゐる。況や芝居だの芸者だの「さるや」の楊枝だの「伊勢由」の下駄だの斎藤緑雨だの八百善だのは小綺麗に見えれば見えるだけ、一層泥足に蹂躙したい欲望を抱かせるばかりである。

　尤も保吉は田舎者ではない。彼の脈管に流れてゐる血は所謂「権現様御入国以来」、十六代を閲したものださうである。が、幸ひにも純一無雑に江戸つ児の血ばかり受けた訣ではない。一半は維新の革命に参した長州人の血もまじつてゐる。この血は江戸の悪遺伝を一掃したとは云ひ難いにしろ、少なくとも一新はしたのに相違ない。彼の区区たる町画師よりも天童第一座の雪舟を愛するのはこの血の伝はつたおかげである。少くとも彼の雄鶏よりもうぬ惚れと争闘性とに富んでゐるのはこの血の伝はつたおかげである。

　かう云ふ彼は又田舎者と共に江戸つ児なるものをも軽蔑してゐる。就中江戸つ児の田舎者に対する軽蔑そのものを軽蔑してゐる。保吉の信ずる所によれば、あの軽蔑を敢てするのは殺人罪を犯すよりも悪い。殺人罪は個人を滅ぼすだけである。眇たる個人を滅ぼすことは必しも我我の社会組織に大害を与へるものではない。しかしあの江戸つ児の軽蔑は人間的価値の標準を滅ぼしてしまふのも同じことである。大人国よりも小人島を大きいと云ふのも同じことである。これは新聞の殺人記事のやうに手軽に片づけてしまふことは出来ない。実際又西郷隆盛よりも弥次郎兵衛を大とした江戸つ児の愚昧は上野の中堂を焼き払つた猛火の天罰を蒙つてゐる。

……

　保吉はその為に「江戸」と呼ばれる一切の文明に冷淡だつた。一時文壇を風靡した江戸の（以下、欠）

8 蜃気楼（小説）――或は「続海のほとり」――

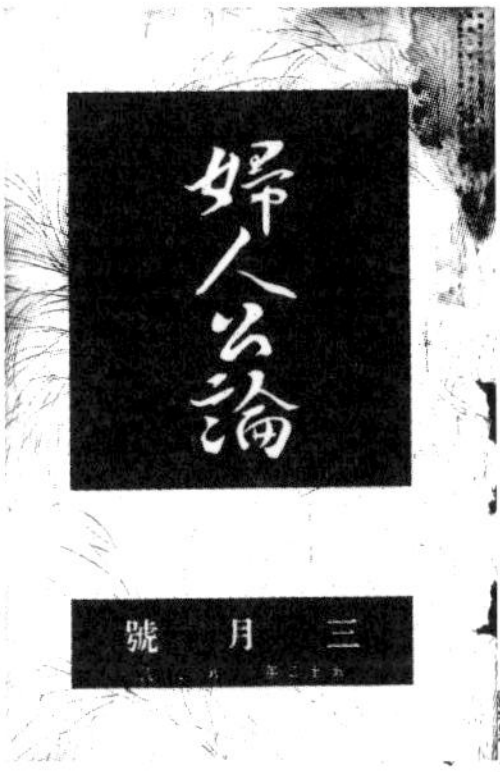

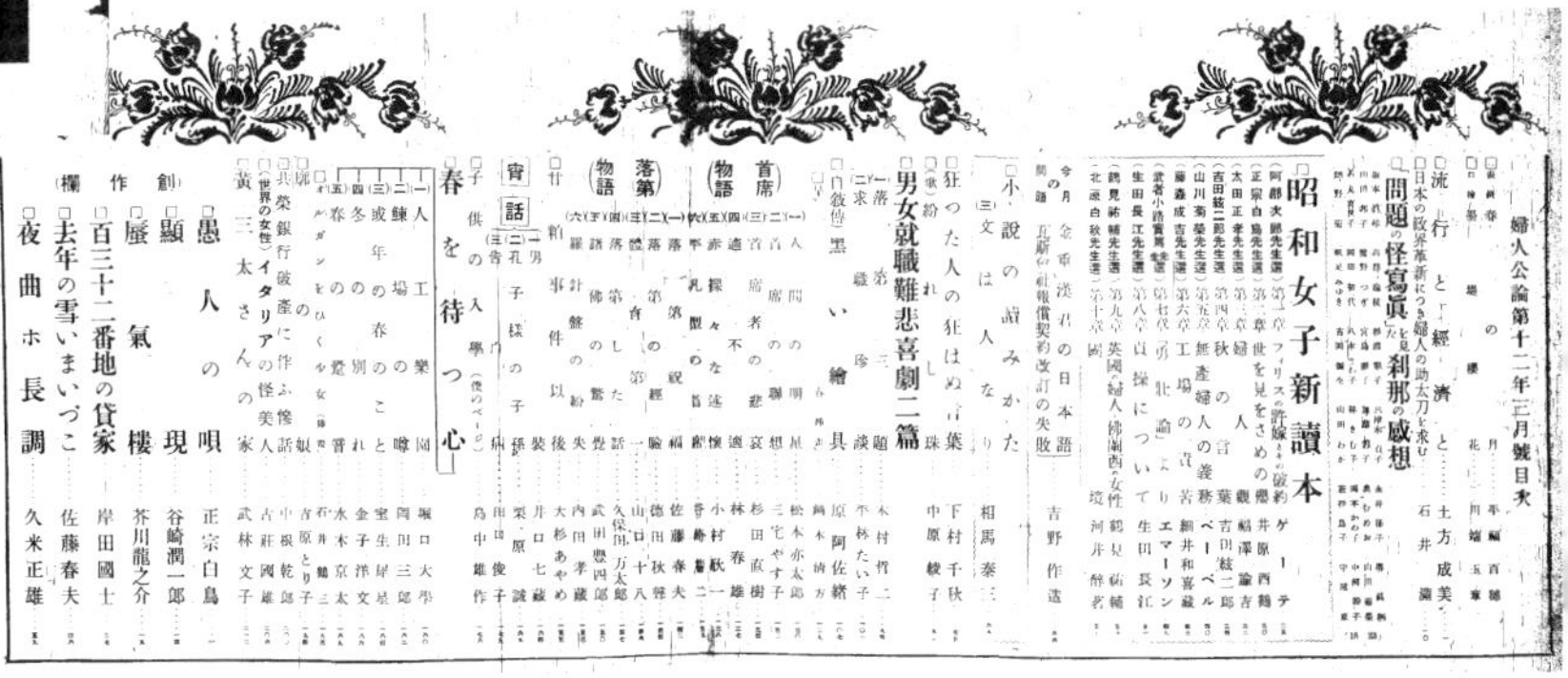
婦人公論第十二年三月號目次

流行と經濟と……土方成美

日本の政界革新につき婦人の助太刀を求む

「問題の怪寫眞」を見た刹那の感想

昭和女子新讀本
（阿部次郎先生選）第一章 フリスの許嫁との破約……ゲーテ
（正宗白鳥先生選）第二章 世を見さめの體……井原西鶴
（太田正孝先生選）第三章 婦人觀……福澤諭吉
（吉田絃二郎先生選）第四章 秋の言葉……吉田絃二郎
（山川菊榮先生選）第五章 無產婦人の義務……ベーベル
（藤森成吉先生選）第六章 工場の青若……細井和喜藏
（武者小路實篤先生選）第七章「勇壯論」より……エマーソン
（生田長江先生選）第八章 貞操について……生田長江
（鶴見祐輔先生選）第九章 英國の婦人・佛蘭西の女性……鶴見祐輔

小説の讀みかた……相馬泰三

狂つた人の狂はぬ言葉……下村千秋

男女就職難悲喜劇二篇

黒い繪具……原阿佐緒

春を待つ心

（創作欄）
愚人の唄……正宗白鳥
顯現……谷崎潤一郎
蜃氣樓……芥川龍之介
百三十二番地の貸家……岸田國士
去年の雪いまいづこ……佐藤春夫
夜曲ホ長調……久米正雄

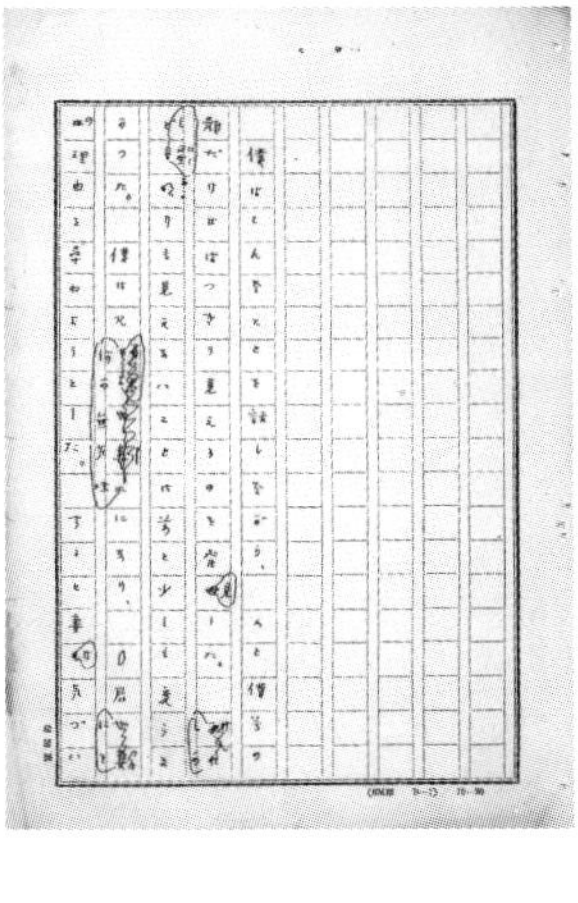

初出『婦人公論』1927.3
初刊『湖南の扇』1927.6　文芸春秋社

一

或秋《あるあき》の午頃《ひるごろ》、僕《ぼく》は東京《とうきやう》から遊《あそ》びに来《き》た大学生《だいがくせい》のK君《くん》と一しよに蜃気楼《しんきろう》を見《み》に出《で》かけて行《い》つた。鵠沼《くげぬま》の海岸《かいがん》に蜃気楼《しんきろう》の見《み》えることは誰《だれ》でももう知《し》つてゐるであらう。現《げん》に僕《ぼく》の家《うち》の女中《ぢよちう》などは逆《さかさ》まに舟《ふね》の映《うつ》つたのを見《み》、「この間《あひだ》の新聞《しんぶん》に出《で》てゐた写真《しやしん》とそつくりですよ」などと感心《かんしん》してゐた。

僕等《ぼくら》は東家《あづまや》の横《よこ》を曲《まが》り、次手《ついで》にO君《くん》も誘《さそ》ふことにした。不相変《あひかはらず》赤《あか》シヤツを着《き》たO君《くん》は午飯《ひるめし》の仕度《したく》でもしてゐたのか、垣《かき》越《ご》しに見《み》える井戸端《ゐどばた》にせつせとポンプを動《うご》かしてゐた。僕《ぼく》は泰皮樹《とねりこ》のステツキを挙《あ》げ、O君《くん》にちよつと相図《あひづ》をした。

「そつちから上《あが》つて下《くだ》さい。——やあ、君《きみ》も来《き》てゐたのか？」

O君《くん》は僕《ぼく》がK君《くん》と一しよに遊《あそ》びに来《き》たものと思《おも》つたらしかつた。

「僕等《ぼくら》は蜃気楼《しんきろう》を見《み》に出《で》て来《き》たんだよ。君《きみ》も一しよに行《い》かないか？」

「蜃気楼《しんきろう》か？——」

O君《くん》は急《きふ》に笑《わら》ひ出《だ》した。

「どうもこの頃《ごろ》は蜃気楼《しんきろう》ばやりだな。」

五分《ふん》ばかりたつた後《のち》、僕等《ぼくら》はもうO君《くん》と一しよに砂《すな》の深《ふか》い路《みち》を歩《ある》いて行《い》つた。路《みち》の左《ひだり》は砂原《すなはら》だつた。そこに牛車《ぎうしや》の轍《わだち》が二《ふた》すぢ、黒《くろ》ぐろと斜《なゝ》めに通《とほ》つてゐた。僕《ぼく》はこの深《ふか》い轍《わだち》に何《なに》か圧迫《あつぱく》に近《ちか》いものを感《かん》じた。逞《たくま》しい天才《てんさい》の仕事《しごと》の痕《あと》、——そんな気《き》も迫《せま》つて来《こ》ないのではなかつた。

「まだ僕《ぼく》は健全《けんぜん》ぢやないね。ああ云《い》ふ車《くるま》の痕《あと》を見《み》てさへ、妙《めう》に参《まゐ》つてしまふんだから。」

O君《くん》は眉《まゆ》をひそめたまま、何《なん》とも僕《ぼく》の言葉《ことば》に答《こた》へなかつた。が、僕《ぼく》の心《こゝろ》もちはO君《くん》にははつきり通《つう》じたらしかつた。

そのうちに僕等《ぼくら》は松《まつ》の間《あひだ》を、——疎《まば》らに低《ひく》い松《まつ》の間《あひだ》を通《とほ》り、引地川《ひきぢがは》の岸《きし》を歩《ある》いて行《い》つた。海《うみ》は広《ひろ》い砂浜《すなはま》の向《むか》うに深《ふか》い藍色《あゐいろ》に晴《は》れ渡《わた》つてゐた。が、絵《ゑ》の島《しま》は家々《いへ〳〵》や樹木《じゆもく》も何《なに》か憂鬱《いううつ》に曇《くも》つてゐた。

「新時代《しんじだい》ですね。」

K君《くん》の言葉《ことば》は唐突《たうとつ》だつた。のみならず微笑《びせう》を含《ふく》んでゐた。新時代《しんじだい》？——しかも僕《ぼく》は咄嗟《とつさ》の間《あひだ》にK君《くん》の「新時代《しんじだい》」を発見《はつけん》した。それは砂止《すなど》めの笹垣《さゝがき》を後《うし》ろに海《うみ》を眺《なが》めてゐる男女《だんぢよ》だつた。尤《もつと》も薄《うす》いインバネスに中折帽《なかをれぼう》をかぶつた男《をとこ》は新時代《しんじだい》と呼《よ》ぶには当《あた》らなかつた。しかし女《をんな》は断髪《だんばつ》は勿論《もちろん》、パラソルや踵《かゝと》の低《ひく》い靴《くつ》さへ確《たし》かに新時代《しんじだい》に出来上《できあが》つてゐた。

「幸福《かうふく》らしいね。」

「君《きみ》なんぞは羨《うらや》しい仲間《なかま》だらう。」

O君《くん》はK君《くん》をからかつたりした。

蜃気楼《しんきろう》の見《み》える場所《ばしよ》は彼等《かれら》から一町《ちやう》ほど隔《へだ》つてゐた。僕等《ぼくら》はいづれも腹這《はらば》ひになり、陽炎《かげろふ》の立《た》つた砂浜《すなはま》を川越《かはご》しに透《す》かして眺《なが》めたりした。砂浜《すなはま》の上《うへ》には青《あを》いものが一《ひと》すぢ、リボンほどの幅《はゞ》にゆらめいてゐた。それはどうしても海《うみ》の色《いろ》が陽炎《かげろふ》に映《うつ》つてゐるらしかつた。が、その外《ほか》には砂浜《すなはま》にある船《ふね》の影《かげ》も何《なに》も見《み》えなかつた。

「あれを蜃気楼《しんきろう》と云《い》ふんですかね？」

K君《くん》は顋《あご》を砂《すな》だらけにしたなり、失望《しつばう》したやうにかう言《い》つてゐた。そこへどこからか鴉《からす》が一羽《は》、二三町《ちやうへだ》隔つた砂浜《すなはま》の上《うへ》を、——藍色《あゐいろ》にゆらめいたものの上《うへ》をかすめ、更《さら》に又向《またむか》うへ舞《ま》ひ下《さが》つた。と同時《どうじ》に鴉《からす》の影《かげ》はその陽炎《かげろふ》の帯《おび》の上《うへ》へちらりと逆《さかさ》まに映《うつ》つて行《い》つた。

「これでもけふは上等《じやうとう》の部《ぶ》だな。」

僕等《ぼくら》はO君《くん》の言葉《ことば》と一しよに砂《すな》の上《うへ》から立《た》ち上《あが》つた。するといつか僕等《ぼくら》の前《まへ》には僕等《ぼくら》の残《のこ》して来《き》た「新時代《しんじだい》」が二人《ふたり》、こちらへ向《む》いて歩《ある》いてゐた。

僕《ぼく》はちよつとびつくりし、僕等《ぼくら》の後《うし》ろをふり返《かへ》つた。しかし彼等《かれら》は不相変《あひかはらず》一町《ちやう》ほど向《むか》うの笹垣《さゝがき》を後《うし》ろに何《なに》か話《はな》してゐるらしかつた。僕等《ぼくら》は、——殊《こと》にO君《くん》は拍子抜《ひやうしぬ》けのしたやうに笑《わら》ひ出《だ》した。

「この方《はう》が反《かへ》つて蜃気楼《しんきろう》ぢやないか？」

僕等《ぼくら》の前《まへ》にゐる「新時代《しんじだい》」は勿論彼等《もちろんかれら》とは別人《べつじん》だつた。が、女《をんな》の断髪《だんぱつ》や男《をとこ》の中折帽《なかをればう》をかぶつた姿《すがた》は彼等《かれら》と殆《ほとん》ど変《かは》らなかつた。

「僕《ぼく》は何《なん》だか気味《きみ》が悪《わる》かつた。」

「僕《ぼく》もいつの間《ま》に来《き》たのかと思《おも》ひましたよ。」

僕等《ぼくら》はこんなことを話《はな》しながら、今度《こんど》は引地川《ひきぢがは》の岸《きし》に沿《そ》はずに低《ひく》い砂山《すなやま》を越《こ》えて行《い》つた。砂山《すなやま》は砂止《すなど》めの笹垣《さゝがき》の裾《すそ》にやはり低《ひく》い松《まつ》を黄《き》ばませてゐた。O君《くん》はそこを通《とほ》る時《とき》に「どつこいしよ」と云《い》ふやうに腰《こし》をかがめ、砂《すな》の上《うへ》の何《なに》かを拾《ひろ》ひ上《あ》げた。それは瀝青《チアン》らしい黒枠《くろわく》の中《なか》に横文字《よこもじ》を並《なら》べた木札《きふだ》だつた。

「何《なん》だい、それは？　Sr. H. Tsuji……Unua……Aprilo……Jaro……1906……」

「何《なに》かしら？　dua……Majesta……ですか？　1926 としてありますね。」

「これは、ほれ、水葬《すゐさう》した死骸《しがい》についてゐたんぢやないか？」

O君《くん》はかう云《い》ふ推測《すゐそく》を下《くだ》した。

「だつて死骸《しがい》を水葬《すゐさう》する時《とき》には帆布《ほぬの》か何《なに》かに包《つゝ》むだけだらう？」

「だからそれへこの札《ふだ》をつけてさ。——ほれ、ここに釘《くぎ》が打《う》つてある。これはもとは十字架《じか》の形《かたち》をしてゐたんだな。」

僕等《ぼくら》はもうその時《とき》には別荘《べつさう》らしい篠垣《しのがき》や松林《まつばやし》の間《あひだ》を歩《ある》いてゐた。木札《きふだ》はどうもO君《くん》の推測《すゐそく》に近《ちか》いものらしかつた。僕《ぼく》は又何《またなに》か日《ひ》の光《ひかり》の中《なか》に感《かん》じる筈《はず》のない無気味《ぶきみ》さを感《かん》じた。

「縁起《えんぎ》でもないものを拾《ひろ》つたな。」

「何《なに》、僕《ぼく》はマスコットにするよ。……しかし 1906 から 1926 とすると、二十位《はたちくらゐ》で死《し》んだんだな。二十位《はたちくらゐ》と——」

「男《をとこ》ですかしら？　女《をんな》ですかしら？」

「さあね。……しかし兎《と》に角《かく》この人《ひと》は混血児《あひのこ》だつたかも知《し》れないね。」

僕《ぼく》はK君《くん》に返事《へんじ》をしながら、船《ふね》の中《なか》に死《し》んで行《い》つた混血児《あひのこ》の青年《せいねん》を想像《さうざう》した。彼《かれ》は僕《ぼく》の想像《さうざう》によれば、日本人《にほんじん》の母《はゝ》のある筈《はず》だつた。

「蜃気楼《しんきろう》か。」

O君《くん》はまつ直《すぐ》に前《まへ》を見《み》たま丶、急《きふ》にかう独《ひと》り語《ごと》を言《い》つた。それは或《あるひ》は何《なに》げなしに言《い》つた言葉《ことば》かも知《し》れなかつた。が、僕《ぼく》の心《こころ》もちには何《なに》か幽《かす》かに触《ふ》れるものだつた。

「ちよつと紅茶《こうちや》でも飲《の》んで行《ゆ》くかな。」

僕等《ぼくら》はいつか家《いへ》の多《おほ》い本通《ほんどほ》りの角《かど》に佇《た丶ず》んでゐた。家《いへ》の多《おほ》い?——しかし砂《すな》の乾《かわ》いた道《みち》には殆《ほとん》ど人通《ひとどほ》りは見《み》えなかつた。

「K君《くん》はどうするの?」

「僕《ぼく》はどうでも、………」

そこへ真白《まつしろ》い犬《いぬ》が一匹《ぴき》、向《むか》うからぼんやり尾《を》を垂《た》れて来《き》た。

………

二

K君《くん》の東京《とうきやう》へ帰《かへ》つた後《のち》、僕《ぼく》は又《また》O君《くん》や妻《つま》と一しよに引地川《ひきぢがは》の橋《はし》を渡《わた》つて行《い》つた。今度《こんど》は午後《ごご》の七時頃《じごろ》、——夕飯《ゆふめし》をすませたばかりだつた。

その晩《ばん》は星《ほし》も見《み》えなかつた。僕等《ぼくら》は余《あま》り話《はなし》もせずに人《ひと》げのない砂浜《すなはま》を歩《ある》いて行《い》つた。砂浜《すなはま》には引地川《ひきぢがは》の川口《かはぐち》のあたりに火《ほ》かげが一つ動《うご》いてゐた。それは沖《おき》へ漁《れふ》に行《い》つた船《ふね》の目《め》じるしになるものらしかつた。

浪《なみ》の音《おと》は勿論《もちろん》絶《た》えなかつた。が、浪打《なみう》ち際《ぎは》へ近《ちか》づくにつれ、だんだん磯臭《いそくさ》さも強《つよ》まり出《だ》した。それは海《うみ》そのものよりも僕《ぼく》等《ら》の足《あし》もとに打《う》ち上《あ》げられた海艸《うみくさ》や汐木《しほぎ》の匂《にほひ》らしかつた。僕《ぼく》はなぜかこの匂《にほひ》を鼻《はな》の外《ほか》にも皮膚《ひふ》の上《うへ》に感《かん》じた。

僕等《ぼくら》は暫《しばら》く浪打《なみう》ち際《ぎは》に立《た》ち、浪《なみ》がしらの仄《ほの》くのを眺《なが》めてゐた。海《うみ》はどこを見《み》てもまつ暗《くら》だつた。僕《ぼく》は彼是《かれこれ》十年前《ねんぜん》、上総《かずさ》の或海岸《あるかいがん》に滞在《たいざい》してゐたことを思《おも》ひ出《だ》した。同時《どうじ》に又《また》そこに一しよにゐた或友《あるとも》だちのことを思《おも》ひ出《だ》した。彼《かれ》は彼自身《かれじしん》の勉《べん》強《きやう》の外《ほか》にも「芋粥《いもがゆ》」と云《い》ふ僕《ぼく》の短篇《たんぺん》の校正刷《かうせいずり》を読《よ》んでくれたりした。………

そのうちにいつかO君《くん》は浪打《なみう》ち際《ぎは》にしやがんだまま、一本《ぽん》のマツチをともしてゐた。

「何《なに》をしてゐるの?」

「何《なに》つてことはないけれど、………ちよつとかう火《ひ》をつけたゞけでも、いろんなものが見《み》えるでせう?」

O君《くん》は肩越《かたご》しに僕等《ぼくら》を見上《みあ》げ、半《なか》ばは妻《つま》に話《はな》しかけたりした。成程《なるほど》一本《ぽん》のマツチの火《ひ》は海松《みる》ふさや心太艸《てんぐさ》の散《ち》らかつた中《なか》にさまざまの貝殻《かひがら》を照《て》らし出《だ》してゐた。O君《くん》はその火《ひ》が消《き》えてしまふと、又新《またあら》たにマツチを摺《す》り、そろそろ浪打《なみう》ち際《ぎは》を歩《ある》いて行《い》つた。

「やあ、気味《きみ》が悪《わる》いなあ。土左衛門《どざゑもん》の足《あし》かと思《おも》つた。」

それは半《なか》ば砂《すな》に埋《うづ》まつた遊泳靴《いうゑいぐつ》の片《かた》つぽだつた。そこには又海艸《またうみくさ》の中《なか》に大《おほ》きい海綿《かいめん》もころがつてゐた。しかしその火《ひ》も消《き》えてしまふと、あたりは前《まへ》よりも暗《くら》くなつてしまつた。

「昼間《ひるま》ほどの獲物《えもの》はなかつた訣《わけ》だね。」

「獲物《えもの》? ああ、あの札《ふだ》か? あんなものはざらにありはしない。」

僕等《ぼくら》は絶《た》え間《ま》ない浪《なみ》の音《おと》を後《うし》ろに広《ひろ》い砂浜《すなはま》を引《ひ》き返《かへ》すことにした。僕等《ぼくら》の足《あし》は砂《すな》の外《ほか》にも時々海艸《ときぐうみくさ》を踏《ふ》んだりした。

「こ、いらにもいろんなものがあるんだらうなあ。」

「もう一度《ど》マッチをつけて見《み》ようか？」

「好《い》いよ。………おや、鈴《すゞ》の音《おと》がするね。」

　僕《ぼく》はちよつと耳《みゝ》を澄《す》ました。それはこの頃《ごろ》の僕《ぼく》に多《おほ》い錯覚《さくかく》かと思《おも》つた為《ため》だつた。が、実際《じつさいすゞ》鈴の音《おと》はどこかにしてゐるのに違《ちが》ひなかつた。僕《ぼく》はもう一度《ど》O君《くん》にも聞《きこ》えるかどうか尋《たづ》ねようとした。すると二三歩《ぽ》遅《おく》れてゐた妻《つま》は笑《わら》ひ声《ごゑ》に僕等《ぼくら》へ話《はな》しかけた。

「あたしの木履《ぽつくり》の鈴《すゞ》が鳴《な》るでせう。――」

　しかし妻《つま》は振《ふ》り返《かへ》らずとも、草履《ざうり》をはいてゐるのに違《ちが》ひなかつた。

「あたしは今夜《こんや》は子供《こども》になつて木履《ぽつくり》をはいて歩《ある》いてゐるんです。」

「奥《おく》さんの袂《たもと》の中《なか》で鳴《な》つてゐるんだから、――ああ、Yちやんのおもちやだよ。鈴《すゞ》のついたセルロイドのおもちやだよ。」

　O君《くん》もかう言《い》つて笑《わら》ひ出《だ》した。そのうちに妻《つま》は僕等《ぼくら》に追《お》ひつき、三人《にん》一列《れつ》になつて歩《ある》いて行《い》つた。僕等《ぼくら》は妻《つま》の常談《じやうだん》を機《き》会《くわい》に前《まへ》よりも元気《げんき》に話《はな》し出《だ》した。

　僕《ぼく》はO君《くん》にゆうべの夢《ゆめ》を話《はな》した。それは或文化住宅《あるぶんくわぢゆうたく》の前《まへ》にトラック自動車《じどうしや》の運転手《うんてんしゆ》と話《はなし》をしてゐる夢《ゆめ》だつた。僕《ぼく》はその夢《ゆめ》の中《なか》にも確《たし》かにこの運転手《うんてんしゆ》には会《あ》つたことがあると思《おも》つてゐた。が、どこで会《あ》つたものかは目《め》の醒《さ》めた後《のち》もわからなかつた。

「それがふと思《おも》ひ出《だ》して見《み》ると、三四年前《ねんまへ》にたつた一度《ど》談話《だんわ》筆記《ひつき》に来《き》た婦人記者《ふじんきしや》なんだがね。」

「ぢや女《をんな》の運転手《うんてんしゆ》だつたの？」

「いや、勿論男《もちろんをとこ》なんだよ。顔《かほ》だけは唯《たゞ》その人《ひと》になつてゐるんだ。やつぱり一度《ど》見《み》たものは頭《あたま》のどこかに残《のこ》つてゐるのかな。」

「さうだらうなあ。顔《かほ》でも印象《いんしやう》の強《つよ》いやつは、………」

「けれども僕《ぼく》はその人《ひと》の顔《かほ》に興味《きようみ》も何《なに》もなかつたんだがね。それだけに反《かへ》つて気味《きみ》が悪《わる》いんだ。何《なん》だか意識《いしき》の閾《しきえ》の外《そと》にもいろんなものがあるやうな気《き》がして、………」

「つまりマッチへ火《ひ》をつけて見《み》ると、いろんなものが見《み》えるやうなものだな。」

　僕《ぼく》はこんなことを話《はな》しながら、偶然僕等《ぐうぜんぼくら》の顔《かほ》だけははつきり見《み》えるのを発見《はつけん》した。しかし星明《ほしあか》りさへ見《み》えないことは前《まへ》と少《すこ》しも変《かは》らなかつた。僕《ぼく》は又何《またなに》か無気味《ぶきみ》になり、何度《なんど》も空《そら》を仰《あふ》いで見《み》たりした。すると妻《つま》も気《き》づいたと見《み》え、まだ何《なん》とも言《い》はないうちに、僕《ぼく》の疑問《ぎもん》に返事《へんじ》をした。

「砂《すな》のせゐですね。さうでせう？」

　妻《つま》は両袖《りやうそで》を合《あは》せるやうにし、広《ひろ》い砂浜《すなはま》をふり返《かへ》つてゐた。

「さうらしいね。」

「砂《すな》と云《い》ふやつは悪戯《いたづら》ものだな。蜃気楼《しんきろう》もこいつが拵《こしら》へるんだから。………奥《おく》さんはまだ蜃気楼《しんきろう》を見《み》ないの？」

「いいえ、この間《あひだ》一度《ど》、――何《なん》だか青《あを》いものが見《み》えたばかりですけれども。………」

「それだけですよ。けふ僕《ぼく》たちの見《み》たのも。」

　僕等《ぼくら》は引地川《ひきぢがは》の橋《はし》を渡《わた》り、東家《あづまや》の土手《どて》の外《そと》を歩《ある》いて行《い》つた。松《まつ》は皆《みな》いつか起《おこ》り出《だ》した風《かぜ》にこうこうと梢《こづゑ》を鳴《な》らしてゐた。そこへ背《せい》の低《ひく》い男《をとこ》が一人《ひとり》、足早《あしばや》にこちらへ来《く》るらしかつた。僕《ぼく》はふとこの夏見《なつみ》た或錯覚《あるさくかく》を思《おも》ひ出《だ》した。それはやはりかう云《い》ふ晩《ばん》にポプラアの枝《えだ》にかかつた紙《かみ》がヘルメツト帽《ばう》のやうに見《み》えたのだつた。が、その男《をとこ》は錯覚《さくかく》ではなかつた。のみならず互《たがひ》に近《ちか》づくのにつれ、ワイシヤツの胸《むね》なども見《み》えるやうになつた。

「何《なん》だらう、あのネクタイ・ピンは?」

僕《ぼく》は小声《こごゑ》にかう言《い》つた後《のち》、忽《たちま》ちピンだと思《おも》つたのは巻煙草《まきたばこ》の火《ひ》だつたのを発見《はつけん》した。すると妻《つま》は袂《たもと》を啣《くは》へ、誰《だれ》よりも忍《しの》び笑《わら》ひをし出《だ》した。が、その男《をとこ》はわき目《め》もふらずにさつさと僕等《ぼくら》とすれ違《ちが》つて行《い》つた。

「ぢやおやすみなさい。」

「おやすみなさいまし。」

僕等《ぼくら》は気軽《きがる》にO君《くん》に別《わか》れ、松風《まつかぜ》の音《おと》の中《なか》を歩《ある》いて行《い》つた。その又松風《またまつかぜ》の音《おと》の中《なか》には虫《むし》の声《こゑ》もかすかにまじつてゐた。

「おぢいさんの金婚式《きんこんしき》はいつになるんでせう?」

「おぢいさん」と云《い》ふのは父《ち》のことだつた。

「いつになるかな。……東京《とうきやう》からバタはとどいてゐるね?」

「バタはまだ。とどいてゐるのはソウセエヂだけ。」

そのうちに僕等《ぼくら》は門《もん》の前《まへ》へ――半開《はんびら》きになつた門《もん》の前《まへ》へ来《き》てゐた。(元《ぐわん》・二・四)

資料室

◉二度の散歩

鵠沼の別荘で過ごす〈僕〉は、友人のO君、K君と一緒に、近頃有名な蜃気楼(［資料1］)を見に海岸に出かける。が、彼らは〈青いもの〉がゆらめいているのを見ることしかできない。

日ぐれてから、〈僕〉は再びO君、妻と一緒に海岸を訪れる。昼間同様、〈僕〉は海岸でいくつかの無気味なものに出会いはするものの、何の事件も起こらず、彼らは談笑しながら別荘へ帰ってくる。

◉別荘地

湘南は、明治半ばごろから海水浴場や別荘地として発達した場所である。鵠沼の大規模旅館(貸別荘付)であった東屋(［資料2］)には、芥川のほか、里見弴・久米正雄・佐藤春夫・谷崎潤一郎・宇野浩二・大杉栄・岡本かの子といった文学者の他、芥川の友人で画家の小穴隆一などが滞在している。芥川の鵠沼滞在は、『読売新聞』記事(一一〇頁参照)などによって報道されていたことでもあり、当時の読者の多くが、「僕」=芥川としてこの小説を読んだ可能性が高いと言えよう。

ちなみに副題中の「海のほとり」(『中央公論』

1「鵠沼海岸の『しん気楼』」
(『東京朝日新聞』1926.10.28)
鵠沼の蜃気楼は、確かに有名だったらしい。「僕の家の女中」はこの記事のような景色を見たのだろうか。

一九二五・九）も、大学を出たばかりの〈僕〉が、友人Mと海岸の避暑地で過ごした時の話である。

2 東屋の離れ
芥川夫妻は一九二六年夏以降、東屋にしばしば滞在している。

3「芥川龍之介氏の追憶座談会」（『新潮』一九二七・九）**での久米正雄の発言**

僕は「蜃気楼」という作品は芥川にとつて非常に重要な作品だと思ふのですね。これは僕の見た後期の作品として、芥川の最も代表的なもので、芥川が筋のない小説といふものを一方で力説してゐるのは、「蜃気楼」なんかゞ背景になつてゐる。これはたゞ単なる海辺のスケツチみたいな「海のほとり」よりも、もつと小説的な筋は少いけれども、もつと変な実感に富んだ――鬼気にも富んでゐるし、深い暗示を含んだ作品だと思つた。

◉暗いのか、明るいのか…

「蜃気楼」発表から約半年後、芥川は自殺を遂げたが、この小説はむしろその後に評価が高まった。友人久米正雄が〈鬼気〉に富む（［資料3］）ものとして、当時の芥川の小説観や心境と結びつけたことがひとつのきっかけとなったようだ。確かに、書き手が半年後に自殺したということを意識して読めば、この小説の言葉たちは、いかにも〈鬼気〉せまる無気味な雰囲気をまとい始める。

だが、別の友人室生犀星は、〈此の作のなかにある平和、甘い静かさは、当時にあつて龍君は僕が好む作品であらうと云つてゐた。自分は此の作品の中にある甘い静かさを愛好した。〉（『明治大正文学全集45芥川龍之介・室生犀星篇』一九二九・九、春陽堂）と語っている。そう言えば、〈水葬した死骸についてゐた〉木札は〈O君〉の〈マスコツト〉になってしまうし、〈土左衛門の足〉は〈遊泳靴の片つぽ〉という、他愛のない正体を明らか

4「文芸的な、余りに文芸的な」（『改造』一九二七・四）**より**

僕は「話」らしい話のない小説を最上のものとは思つてゐない。従つて「話」らしい話のない小説ばかり書けとも言はない。第一僕の小説も大抵は「話」を持つてゐる。デツサンのない画は成り立たない。それと丁度同じやうに小説は「話」の上に立つものである。（僕の「話」と云ふ意味は単に「物語」と云ふ意味ではない。）若し厳密に云ふとすれば、全然「話」のない所には如何なる小説も成り立たないであらう。（中略）

しかし或小説の価値を定めるものは決して「話」の長短ではない。況や「話」の奇抜であるか奇抜でないかと云ふことは評価の埒外にある筈である。（谷崎潤一郎氏は人も知る通り、奇抜な話の上に立つた多数の小説の作者である。その又奇抜な話の上に立つた同氏の小説の何篇かは恐らく百代の後にも残るであらう。しかしそれは必しも「話」の奇抜であるかどうかに生命を託してゐる訣ではない。）更に進んで考へれば、「話」らしい話の有無さへもかう云ふ問題には没交渉である。僕は前にも言つたやうに「話」のない小説を、――或は「話」らしい話のない小説を最上のものとは思つてゐない。しかしかう云ふ小説も存在し得ると思ふのである。

「話」らしい話のない小説は勿論唯身辺雑事を描いただけの小説ではない。それはあらゆる小説中、最も詩に近い小説である。しかも散文詩などと呼ばれるものより遙かに小説に近いものである。僕は三度繰り返せば、この「話」のない小説を最上のものとは思つてゐない。が若し「純粋な」と云ふ点から見れば、――通俗的興味のないと云ふ点から見れば、最も純粋な小説である。

にしてしまう。そんなことを重ねるうち、〈僕〉の気持ちは徐々に穏やかな方向に向かっているようにも見える。

「蜃気楼」は暗いのか、明るいのか――それとも、どちらとも決めがたいところがこの小説の魅力なのだろうか。

5「東京の町を闊歩する女性たち」（『東京朝日新聞』附録「復興記念号」一九二四・九・一）
関東大震災からちょうど一年目の風俗がうかがえる。

◉「話」らしい話のない小説

この小説には、以前の芥川の小説にありがちだった、ドラマチックな展開は見受けられない。久米がこの小説を〈筋のない小説〉（[資料3]）の実践だと言う所以である。しかしそれは、〈日記の一部のような、筋も構想のあとも見られない、何気ない作品〉（吉田精一『芥川龍之介』一九四二・一二、三省堂）ということではなさそうだ。まるで「素顔に見えるメイク」のように、〈「話」らしい話のない小説〉（[資料4]）にどんな技が隠されているか、分析してみるのも面白いだろう。

6 今和次郎「東京銀座街風俗記録索引図」（一九二五）
服飾に関する当時の志向がわかる考現学的資料である。

◉新時代ですね

〈新時代〉と呼ばれた二組のカップルの内、女性の方は「断髪」（ショートボブ）に〈パラソルや踵の低い靴〉でおしゃれをしていたという。[資料5][資料6]に見られるように、関東大震災後、東京を中心に風俗の欧米化が進んだが、そうした最先端の身なりをした男女は、当時モボ（モダン・ボーイ）・モガ（モダン・ガール）と呼ばれた。特にモガのファッションには注目が集まり、女性向け雑誌には、皇族や華族のモガお嬢様、モガ若奥様から、町行く一般モガの写真、及び洋装の着こなし方等の記事が目白押しであった。この小説が掲載された『婦人公論』は、当時の女性雑誌の中では最も硬派のもの（それでも総ルビが付されているのは興味深い）であるが、「蜃気楼」掲載前の一九二七年一月号では、「モダン・ガール」特集が組まれている。当時の女性読者にとっては、海辺でデートをする〈新時代〉ばかりでなく、作家であるらしい夫と別荘地で〈バタ〉や〈ソウゼエヂ〉のある生活をしている〈僕〉の〈妻〉も、あこがれの対象だったのかもしれない。

ちなみにカップルの男性が身につけている〈インバネス〉とは、ケープ付きロングコートのこと。明治時代から広く用いられ、和服に合わせることも多かった。上半身部分の生地が二重になっている造りから、「二重回し」とか「トンビ」とか呼ばれることもあった。

（篠崎美生子）

9 或旧友へ送る手記

菊池寛編輯

文藝春秋

芥川龍之介追悼號

文藝春秋社發行

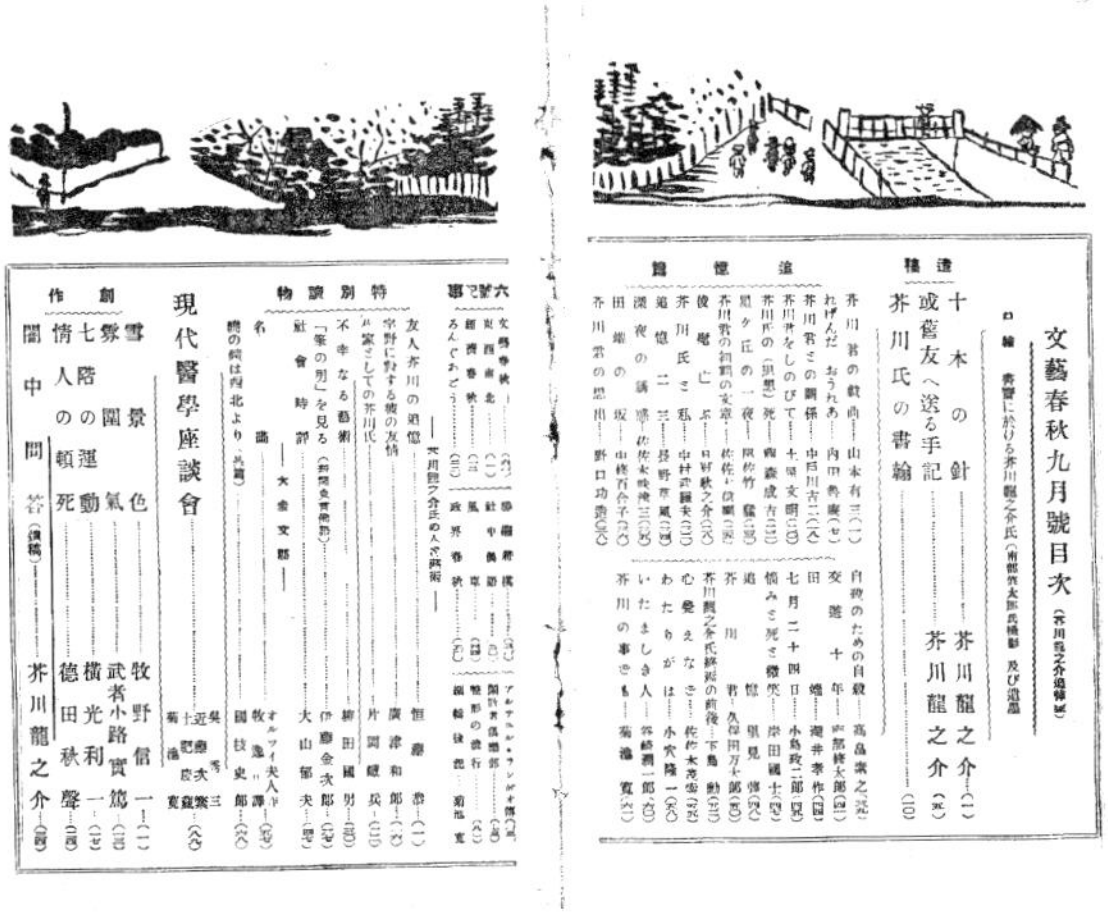

文藝春秋九月號目次（芥川龍之介追悼號）

口繪 書齋に於ける芥川龍之介氏（南部修太郎氏撮影）及び遺墨

遺稿

十本の針……芥川龍之介（一）

或舊友へ送る手記……芥川龍之介（五）

芥川氏の書翰……（一〇）

追憶篇

芥川君の戯曲……山本有三

れげんだ おうれあ……内田魯庵

芥川君との關係……中戸川吉二

芥川君をしのびて……土屋文明

芥川氏の（俳想）死……瀧井孝作

自殺のための自殺……高畠素之

交遊十年……南部修太郎

七月二十四日……小島政二郎

悼みと死と微笑……岸田國士

芥川君……久保田万太郎

芥川龍之介氏葬儀の前後……下島勲

心優えなき……佐佐木茂索

わたりがは……小穴隆一

いたましき人……谷崎潤一郎

芥川の事ども……菊池寛

特別讀物

友人芥川の追憶……恒藤恭

宇野に對する彼の友情……廣津和郎

小説家としての芥川氏……片岡鐵兵

不幸なる藝術……藤田國男

「筆の刃」を見る……伊藤金次郎

社會時評……大山郁夫

名譜

現代醫學座談會

創作

雪景色……牧野信一

七階の運動……横光利一

情人の頓死……徳田秋聲

闇中問答（遺稿）……芥川龍之介

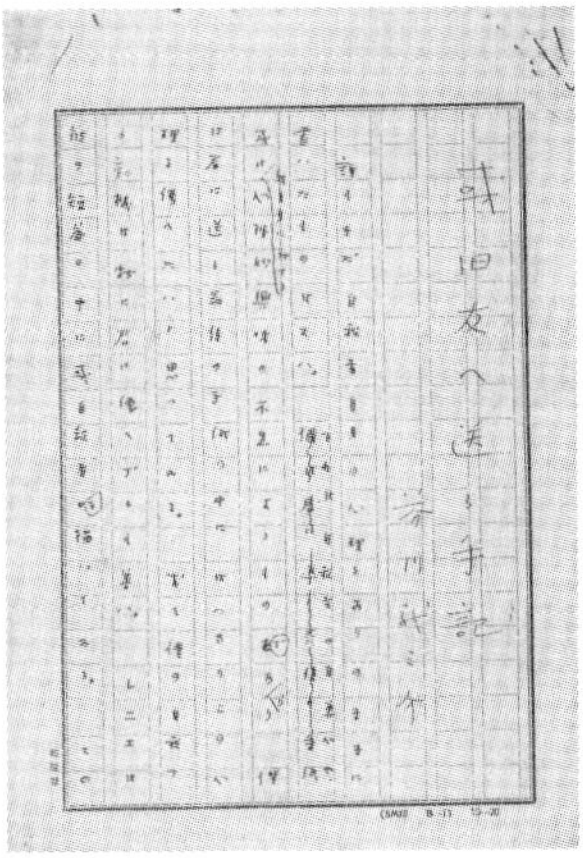

或旧友へ送る手記

芥川龍之介

初出『東京日日新聞』1927.7.25

『東京朝日新聞』1927.7.25など

再掲『文芸春秋』1927.9など

誰もまだ自殺者自身の心理をありのままに書いたものはない。それは自殺者の自尊心や或は彼自身に対する心理的興味の不足によるものであらう。僕は君に送る最後の手紙の中に、はつきりこの心理を伝へたいと思つてゐる。尤も僕の自殺する動機は特に君に伝へずとも善い。レニエは彼の短篇の中に或自殺者を描いてゐる。この短篇の主人公は何の為に自殺するかを彼自身も知つてゐない。君は新聞の三面記事などに生活難とか、病苦とか、或は又精神的苦痛とか、いろいろの自殺の動機を発見するであらう。しかし僕の経験によれば、それは動機の全部ではない。のみならず大抵は動機に至る道程《だうてい》を示してゐるだけである。自殺者は大抵レニエの描《えが》いたやうに何の為に自殺するかを知らないであらう。それは我々の行為するやうに複雑な動機を含んでゐる。が、少くとも僕の場合は唯ぼんやりした不安である。何か僕の将来に対する唯ぼんやりした不安である。君は或は僕の言葉を信用することは出来ないであらう。しかし十年間の僕の経験は僕に近い人々の僕に近い境遇にゐない限り、僕の言葉は風の中の歌のやうに消えることを教へてゐる。従つて僕は君を咎めない。……

僕はこの二年ばかりの間は死ぬことばかり考へつゞけた。僕のしみじみした心もちになつてマインレンデルを読んだのもこの間《あひだ》である。

マインレンデルは抽象的な言葉に巧みに死に向ふ道程を描いてゐるのに違ひない。が、僕はもつと具体的に同じことを描きたいと思つてゐる。家族たちに対する同情などはかう云ふ欲望の前には何でもない。これも亦君には、Inhuman の言葉を与へずには措かないであらう。けれども若し非人間的とすれば、僕は一面には非人間的である。

僕は何ごとも正直に書かなければならぬ義務を持つてゐる。（僕は僕の将来に対するぼんやりした不安も解剖した。それは僕の「阿呆の告」の中に大体は尽してゐるつもりである。唯僕に対する社会的条件、――僕の上に影を投げた封建時代のことだけは故意《こい》にその中にも書かなかつた。なぜ又故意に書かなかつたと言へば、我々人間は今日《こんにち》でも多少は封建時代の影の中にゐるからである。僕はそこにある舞台の外に背景や照明や登場人物の――大抵は僕の所作を書かうとした。のみならず社会的条件などはその社会的条件の中にゐる僕自身に判然とわかるかどうかも疑はない訳には行かないであらう。）――僕の第一に考へたことはどうすれば苦まずに死ぬかと云ふことだつた。縊死は勿論この目的に最も合する手段である。が、僕は僕自身の縊死してゐる姿を想像し、贅沢にも美的嫌悪を感じた。（僕は或女人を愛した時も彼女の文字の下手だつた為に急に愛を失つたのを覚えてゐる。）

溺死も亦水泳の出来る僕には到底目的を達する筈はない。のみならず万一成就するとしても縊死よりも苦痛は多いわけである。轢死も僕には何よりも先に美的嫌悪を与へずにはゐなかつた。ピストルやナイフを用ふる死は僕の手の震へる為に失敗する可能性を持つてゐる。ビルディングの上から飛び下りるのもやはり見苦しいのに相違ない。僕はこれ等の事情により、薬品を用ひて死ぬことにした。薬品を用ひて死ぬことは縊死することよりも苦しいであらう。しかし縊死することよりも美的嫌悪を与へない外に蘇生する危険のない利益を持つてゐる。唯この薬品を求めることは勿論僕には容易ではない。僕は内心自殺することに定め、あらゆる機会を利用してこの薬品を手に入れようとした。同時に又毒物学の知識を得ようとした。

それから僕の考へたのは僕の自殺する場所である。僕の家族たちは僕の死後には僕の遺産に手よらなければならぬ。僕の遺産は百坪の土地と僕の家と僕の著作権と僕の貯金二千円のあるだけである。僕は僕の自殺した為に僕の家の売れないことを苦にした。従つて別荘の一つもあるブルヂヨアたちに羨ましさを感じた。君はかう云ふ僕の言葉に或可笑しさを感じるであらう。僕も亦今は僕自身の言葉に或可笑しさを感じてゐる。が、このことを考へた時には事実上しみじみ不便を感じた。この不便は到底避けるわけに行かない。僕は唯家族たちの外に出来るだけ死体を見られないやうに自殺したいと思つてゐる。

しかし僕は手段を定めた後も半ばは生に執着してゐた。従つて死に飛び入る為のスプリング・ボオドを必要とした。（僕は紅毛人たちの信ずるやうに自殺することを罪悪とは思つてゐない。仏陀は現に阿含経の中に彼の弟子の自殺を肯定してゐる。曲学阿世の徒はこの肯定にも「やむを得ない」場合の外はなどと言ふであらう。しかし第三者の目から見て「やむを得ない」場合と云ふのは見す見すより悲惨に死ななければならぬ非常の変の時にあるものではない。誰でも皆自殺するのは彼自身に「やむを得ない場合」だけなのである。その前に敢然と自殺するものは寧ろ勇気に富んでゐなければならぬ。）このスプリング・ボオドの役に立つものは何と言つても女人である。クライストは彼の自殺する前に度たび彼の友だちに（男の）途づれになることを勧誘した。又ラシイヌもモリエエルやボアロオと一しよにセエヌ河に投身しようとしてゐる。しかし僕は不幸にもかう云ふ友だちを持つてゐない。唯僕の知つてゐる女人は僕と一しよに死なうとした。が、それは僕等の為には出来ない相談になつてしまつた。そのうちに僕はスプリング・ボオドなしに死に得る自信を生じた。それは誰も一しよに死ぬもののないことに絶望した為に起つた為ではない。寧ろ次第に感傷的になつた僕はたとひ死別するにもしろ、僕の妻を劬りたいと思つたからである。同時に又僕一人自殺することは二人一しよに自殺するよりも容易であることを知つたからである。そこには又僕の自殺する時を自由に選ぶことの出来ると云ふ便宜もあつたのに違ひない。

最後に僕の工夫したのは家族たちに気づかれないやうに巧みに自殺することである。これは数箇月準備した後、兎に角或自信に到達した。（それ等の細部に亘ることは僕に好意を持つてゐる人々の為に書くわけに行かない。尤もここに書いたにしろ、法律上の自殺幇助罪（このくらゐ滑稽な罪名はない。若しこの法律を適用すれば、どの位犯罪人の数を殖やすことであらう。薬局や銃砲店や剃刀屋はたとひ「知らない」と言つたにもせよ、我々人間の言葉や表情に我々の意志の現れる限り、多少の嫌疑を受けなければならぬのみならず、社会や法律はそれ等自身自殺幇助罪を構成してゐる。最後にこの犯罪人たちは大抵は如何にもの優しい心臓を持つてゐることであらう。》を構成しないことは確かである。）僕は冷やかにこの準備を終り、今は唯死と遊んでゐる。この先の僕の心もちは大抵マインレンデルの言葉に近いであらう。

　我々人間は人間獣である為に動物的に死を怖れてゐる。所謂生活力と云ふものは実は動物力の異名に過ぎない。僕も亦人間獣の一匹である。しかし食色にも倦いた所を見ると、次第に動物力を失つてゐるであらう。僕の今住んでゐるのは氷のやうに透み渡つた病的な神経の世界である。僕はゆうべ或売笑婦と一しよに彼女の賃金（！）の話をし、しみじみ「生きる為に生きてゐる」我々人間の哀れさを感じた。若しみづから甘んじて永久の眠りにはひることが出来れば、我々自身の為に幸福でないまでも平和であるには違ひない。しかし僕のいつ敢然と自殺出来るかは疑問である。唯自然はかう云ふ僕にはいつもよりも一層美しい。君は自然の美しいのを愛し、しかも自殺しようとする僕の矛盾を笑ふであらう。けれども自然の美しいのは、僕の末期の目に映るからである。僕は他人よりも見、愛し、且又理解した。それだけは苦しみを重ねた中にも多少僕には満足である。どうかこの手紙は僕の死後にも何年かは公表せずに措いてくれ給へ。僕は或は病死のやうに自殺しないとも限らないのである。

　附記。僕はエムペドクレスの伝を読み、みづから神としたい欲望の如何に古いものかを感じた。僕の手記は意識してゐる限り、みづから神としないものである。いや、みづから大凡下の一人としてゐるものである。君はあの菩提樹の下に「エトナのエムペドクレス」を論じ合つた二十年前を覚えてゐるであらう。僕はあの時代にはみづから神にしたい一人《ひとり》だつた。

1「文壇の雄、芥川龍之介氏／死を讃美して自殺す」（『東京日日新聞』1927.7.25）

●新聞に公開

芥川龍之介は、一九二七年七月二四日の早朝、自殺を遂げた。この日は日曜日で夕刊がなかったため、芥川の死を最初に伝えたメディアはラジオであったということである。

後れをとった新聞は、翌二五日の朝刊に大きな記事を組んだ。[資料1]では、芥川の自殺報道に丸一面があてられていることを確認できるが、これは、紙数の少ない当時の新聞が作家の死を扱うケースとして、破格の扱いだったと言えるだろう。「或旧友へ送る手記」は、この紙上にいちはやく掲載されたのだ。

「手記」の後半には、〈どうかこの手紙は僕の死後にも何年かは公表せずに措いてくれ給へ。〉とあるが、駆けつけた友人の久米正雄は公開を決定、二四日夜に記者を集めて全文を朗読した。聞き書きによるせいか、新聞の原稿には誤りが多い。なお「手記」は、その後、『サンデー毎日』『文芸時報』『文芸春秋』『改造』に掲載され、さらに多くの人に読まれることになった。この「手記」は、芥川が発表したものの中で、リアルタイムで最も多くの人に読まれたテクストだったと言えるかもしれない。

●精力的な活動のさなか

一九二七年の上半期、芥川は数多くの仕事をしている。「玄鶴山房」「河童」「蜃気楼」「歯車〈第一章〉」等の小説を発表すると同時に、エッセイ「文芸的な、余りに文芸的な」を『改造』に連載、谷崎潤一郎と「小説の筋」をめぐって論争を交わしたばかりでなく、五月には、里見弴と改造社『現代日本文学全集』の宣伝講演のため、二週間にわたって東北・北海道を旅行してもいる。神経衰弱と不眠症、その他の体調不良のために創作の数も減っていた前年に比べれば、かなり精力的な仕事ぶりである。だから、睡眠薬を多用する日常生活を知っていたごく身近な人々はともかく、多くの作家仲間や読者は、この計報に大きな衝撃を受けたようだ。

●「ぼんやりした不安」とは？

なぜ芥川は死んだのか——？　衝撃の中で「或旧友へ送る手記」を読んだ人々は、〈唯ぼんやりした不安〉という謎めいた言葉に行く手を遮られた。久米正雄のように、〈人生観照〉（[資料1]）上の不安と解釈する人もいれば、徳田秋声のように〈死の原因はあの遺書だけでは窺へない〉（『時事新報』一九二七・七・二七）と考える人もいた。が、一番多かったのは、「遺書」があまりにも〈冷静〉に書かれていることに驚き、〈最後の美しさ〉（武者小路実篤『読売新聞』一九二七・七・二六）にうたれたと言う人々であった。

時間がたつにつれ、プロレタリア文学系の人々からの〈芸術至上主義の破産〉（平林たい子『自由評論』一九二七・九）といった評や、〈要するに神

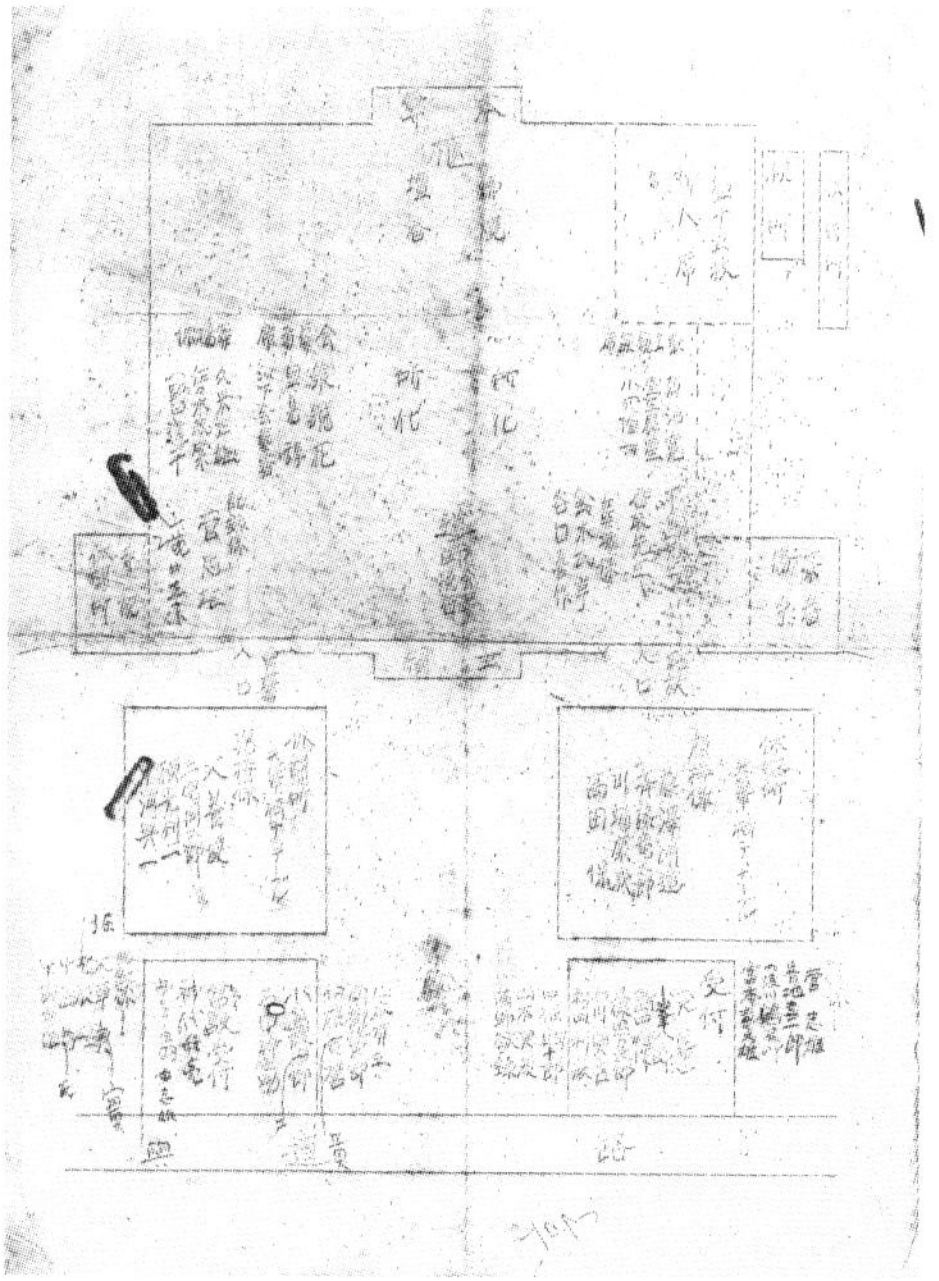

2「斎場見取り図」
谷中斎場での芥川の葬儀の係分担表。多くの文壇人の名が見える。鉛筆の書き込みは、友人で画家の小穴隆一によるものと思われる。

経衰弱だ〉といった批判（座談会「実業家の見たる芥川龍之介の死」『東京朝日新聞』一九二七・八・九）も出たが、それもまた、この「手記」がいかに広く読まれたかを証拠立てているとも言えるだろう。

●それは有島武郎のこと?

芥川の死を、有島武郎と対照させて語る声もあった。例えば近松秋江は、〈有島武郎氏のやうな現実のイキサツからと云ふよりも、本を読んで故人の厭世思想とか哲学思想とかを交感した結果、本を読んで死んだ人のやうに思はれる〉（「芥川龍之介氏の追悼座談会」『新潮』一九二七・九）などと語っている。

有島武郎は、芥川の死の四年前、一九二三年の夏に自殺している。彼が、軽井沢の別荘で、交際中の人妻と一緒に縊死を遂げた事件は、やはり衝撃的なものとして当時の新聞をにぎわせた。（［資料4］）その有島の死に比べ、芥川の死は、ブッキッシュなものとして受け取られたのである。

そもそもこの「手記」の大半は、死の理由ではなく、死の方法に費やされているが、その中には、〈縊死〉に〈美的嫌悪を感じ〉るために〈薬品〉を用いること、自宅（［資料5］）で自殺せざるを得ないゆえに〈別荘の一つもあるブルヂョアたちに羨ましさを感じ〉ること、〈スプリング・ボオド〉としての〈女人〉がいなくても死ねることなど、有島との差異化を図るようなフレーズが見える。芥川の死は形而上学的な死だ、と多くの人々が感じたことには、「手記」のこのような記述も、影響を与えたのかもしれない。

●マインレンデル

「手記」に登場するPhilipp Mainländerは、ショーペンハウエルの厭世主義を継承したドイツの哲学者であるが、さほど広く知られた人ではない。友人の宇野浩二は、回想記『芥川龍之介』（『文学界』一九五一・九～五→一九五三・五、文芸春秋新社）で、「手記」を書いた芥川に〈マインレンデルとはどういう人であらうと、かならず、頭をひねるにちがいない、頭をひねらせてやろう、（困らせてやろう、）という気持ちがあったのではないか〉とまで想像している。

なお、宇野も指摘するように、森鷗外「妄想」（『三田文学』一九一一・三、四）には、マインレ

3「歯車」（『文芸春秋』一九二七・一〇）末尾

「どうした?」

「いえ、どうもしないのです。……」

妻はやつと顔を擡げ、無理に微笑して話しつづけた。

「どうもした訣ではないのですけれどもね、唯何だかお父さんが死んでしまひさうな気がしたものですから。……」

それは僕の一生の中で最も恐しい経験だつた。――僕はもうこの先を書きつづける力を持つてゐない。かう云ふ気持ちの中に生きてゐるのは何とも言はれない苦痛である。誰か僕の眠つてゐるうちにそつと絞め殺してくれるものはないか?

（昭和二・四・七）

4「軽井沢の空別荘で有島武郎氏情死す」（『大阪毎日新聞』一九二三・七・八）

この年六月八日に東京の自宅から姿を消した有島は、一ヶ月後に、軽井沢の別荘で女性と縊死しているのを発見された。女性は『婦人公論』の記者波多野秋子であることが後日わかった。

大阪毎日　大正十二年七月八日

軽井澤の空別荘で
有島武郎氏情死す
顔面まで腐爛した縊死體
その傍に若い婦人の死體
一箇月後に端なく發見さる

心中の相手は「泉」の中の戀人
「家の事を頼む」との傳言
實弟生馬氏は語る

自殺すべき運命を初めから持つてゐた人
夫人の死から受けた打撃

私もその詩を見ました
與謝野晶子氏談

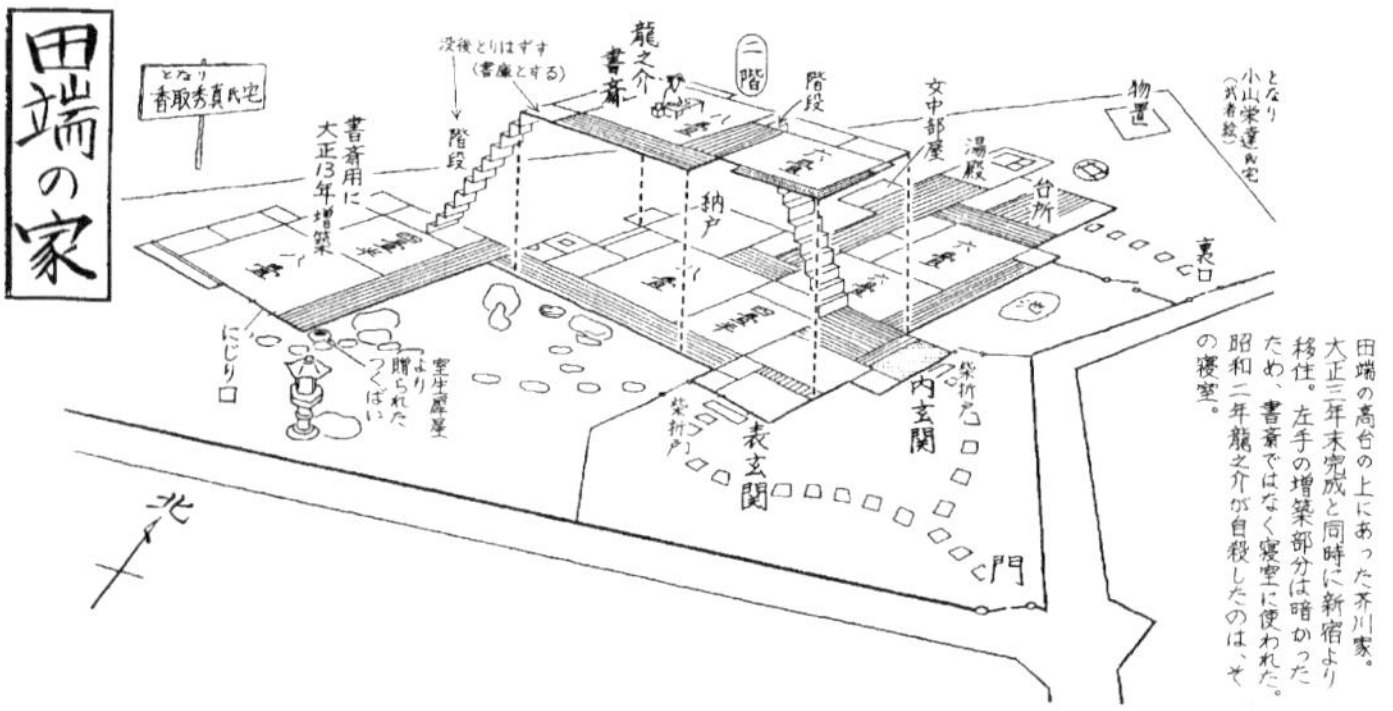

5 松本哉画「田端の家」
田端にあった芥川家は、養父芥川道章が1914（大正３）年に200坪の借地に建てた家。
書斎は、その後龍之介が1924（大正13）年に建て増しした。

ンデルの厭世主義への言及がある。死についての迷いを重ねた人は、〈とうとう疲れた腕を死の項に投げ掛けて、死と目を見合はす。そして死の目の中に平和を見出すのだ、とマインレンデルは云つてゐる。さう云つて置いて、マインレンデルは三十五歳で自殺したのである。〉と。芥川と同年齢での死は、一八七六年のことであった。

●女人

芥川と死ぬ約束をした〈女人〉は、文夫人の友人でもあった平松ます子であろうと言われている。ます子が心中の計画を、芥川の友人小穴隆一に相談し、一九二七年四月七日の計画が流れたらしいことが、夫人の回想文に書かれている。（芥川文述・中野妙子記『追想　芥川龍之介』（『樹木』一九六四・六〜六九・五→一九七五・二、筑摩書房）小説「歯車」の末尾にはこの四月七日の日付が付されているから、もしこの日の計画が実行されていたら、「或旧友へ送る手記」は書かれず、「歯車」（[資料３]）が「遺書」の役割を果たすことになったかもしれない。

●旧友とは誰か？

「手記」の公開を決めた久米正雄は、旧制第一高校から東京帝国大学にかけての同級生で、雑誌『新思潮』の同人でもあった。久米は、遺稿「或阿呆の一生」を託された人物でもあり（[資料６]）、彼を〈旧友〉と見る人は多い。

だが、一高時代に芥川が最も親しかったのは後に法学者になった恒藤恭（旧姓井川）であり、〈「エムペドクレス」を論じ合つた〉というエピソードからも、彼の方が〈旧友〉にふさわしいとの説もある。また、学生時代以来の友人で久米以上に親交の厚かった菊池寛は、この日東京を離れており、久米が芥川の死に際しいち早く駆けつけたのは、偶然の結果だとも考えられる。

だが、「手記」を敢えて公表するという久米の判断が、悲劇の芸術家としての「芥川」像を効果的に印象づけた、という点からみれば、久米は〈旧友〉の役割を適切に果たしたと言えるだろう。

（篠崎美生子）

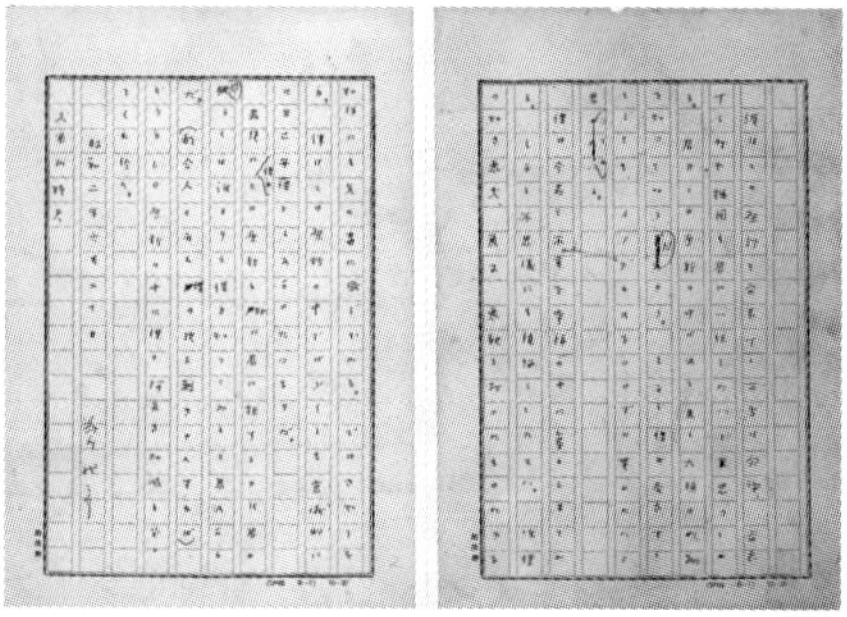

6「或阿呆の一生」（遺稿、『改造』1927.10）に付された久米正雄宛の手紙

メディアの中の「芥川」

当時の雑誌・新聞は、どんな「芥川」像を発信していたのだろう？　ゴシップ記事やポンチ画、写真をいくつか拾ってみた。

①**無署名「新刊紹介」（『読売新聞』一九一六・三・二）**　新思潮（創刊号）旧「新思潮」の二三の人其他に依つて生れし文芸雑誌にして、夏目漱石氏が激賞せしてふ芥川龍之介氏作小説「鼻」は材を平安朝にとりしもの。本号の白眉なるべく。

②**無署名「よみうり抄」（『読売新聞』一九一六・四・二五）**　芥川龍之介氏　は卒業論文「ウヰリアム、モリスの研究」を執筆中

③**無署名「文芸消息」（『時事新報』一九一六・八・一六）**　芥川龍之介氏　小説「芋粥」を「新小説」九月号に寄せた尚ほ久米正雄氏と共に千葉県一の宮に避暑月末まで同地に逗留

④**田山花袋「一枚板の机上――十月の創作其他」（『文章世界』一九一六・一〇）**　中央公論では、芥川龍之介氏の『手巾』を読んだ。かういふ作の面白味は私にはわからない。何処が面白いのかといふ気がする。この前の『芋粥』でも何に意味を感じて作者が書いてゐるのか少しもわからなかつた。対照から生ずる面白味、気のきいたといふ点から生ずる面白味、さういふもの以外に、何があるであらうか。

⑤**「（新思潮）の同人」（『新潮』1917.1 口絵）**
向かって右より、久米正雄・松岡譲・芥川・成瀬正一

⑥**無署名「人生の春（二）」（『東京朝日新聞』一九一七・一・五）**　彼は横須賀海軍機関学校の嘱託講師になつた、然し六十円の月給は随分かれをひどい目に逢せた、好な東京にも住なくなつて　今は鎌倉の洗濯屋の二階に／寂しい独身生活を続けて居る／第一朝寝が出来なくなつた、用がなくとも朝の九時から午後四時迄は学校に居らねばならぬ、（中略）かれは本官になるのを恐れて居る、本官になると始終被なければならぬ絹帽が、生附た自分の長い顔を一層長く見せるだらうと云ふ心配から、も一つ、彼は紋附羽織が嫌だ、それを着ると愈円右そつくりの顔に見えるから

（注＝円右は落語家の三遊亭円右のこと）

⑦**無署名「文芸消息」（『時事新報』一九一七・三・二九）**　芥川龍之介氏　此程上京せる同氏は流行感冒にて発熱目下田端にて臥床中

⑧**『羅生門』広告（『東京日日新聞』一九一七・六・六）**　燦然たる文壇の新生!!　第一傑作小説集出づ!!　羅生門は新進作家の雄にして、且つ先蹤の諸大家を圧倒するの概ある芥川氏の第一小説集也。その観察の鋭雋にしてその文品の清洒なる殆ど現文壇その比儔を見ず。

⑨**「「羅生門」の会」（『文章世界』1917.8 口絵）**
芥川の第一短編集『羅生門』の出版記念会の写真。

⑩宮島新三郎「小説界（三）」（『早稲田文学』一九一九・一）　氏は主として材料を歴史上の事実に求め、或はそれに或人物の新しい内面的心理的解釈を付与し、或は歴史的事実の新解釈を試みるといふやうな点に多くの興味を有してゐる。而かも氏には軽妙な端麗なリファインされた技巧の味があるえ《ママ》。故に氏の作品には必ず話の面白味がある。優れた技巧のうまさがある。延いては機智がある。屡々『鷗外氏と漱石氏との私生児』と言はれる所以である。

⑪無署名「漫画新進六家　芥川龍之介氏」（『文章倶楽部』一九一九・五）　龍之介氏は水泳の達人である。曾て久米正雄氏と一緒に鎌倉で泳いでゐた時、久米氏が何か悪口を云つたとかで、すぐ久米氏を深みへ連れ出してアプ〳〵させ、それから後も何かといふと、潜らせるぞと相手を威嚇する事の可能な程、水泳の達人である。奇才縦横現下文壇を瞠目せしめてゐる氏は、その文品の颯爽清新なる如く、水にあつても妙手奇手連発して飽くまで異色ある水泳の達人たるの名を恣にしてゐる。

在田稠画「芥川氏の水泳」

⑫田中純「芥川君に物足りない点」（『中央文学』一九二〇・六）　頭で苦しむのでなくて心で苦しむ。心で苦しむのでなくて肉体で苦しむ。肉体で苦しむのでなくて生活全体で苦しむ。――さうして出来上つた作品だと云ふ感じが非常に希薄であると云ふことが吾々に物足りない点だと思ひます。

⑬『新文学』1921.4　口絵

⑭古田昂生「文芸講演会の夜」（『新愛知』1922.1.31）より

⑮無署名「文芸消息」（『時事新報』一九二二・一二・二九）　芥川龍之介氏は新年号の執筆を全部断り神経衰弱療養の為旅行に出る、来年三月迄執筆しない予定

⑯岡本一平画「我鬼窟主人」（『新潮』一九二三・一一「最近の芥川龍之介氏」より）

⑰「田山花袋氏の長編出版記念会」（『文章倶楽部』1925.2　口絵）

⑱無署名「よみうり抄」（『読売新聞』一九二六・九・八）　芥川龍之介氏　上京中のところ一昨日鵠沼に赴き今月一杯同地に滞在すると

⑲ **広津和郎「文芸雑観」（『報知新聞』一九二六・一〇・一八～二〇）** 芥川君の『点鬼簿』は徳田秋声氏の月評によると、さん〴〵なものだつた。（中略）けれどもあの小品の底に流れてゐる陰うつさは、芥川氏のものとして珍らしいものだつた。自分はその陰うつさに、ある感動を受けずにはゐなかつた。それは芥川君の最近の健康の衰へから来る、神経衰弱的なものかも知れない。が、たとひそれがさうした健康の衰へによる暗さであつたとしても、芥川君の最近のある心境――わびしい心境に心をひかれずにはゐない

⑳ **荻原あきら画「新春文壇画譜」（『文芸時報』1927. 1. 10）より**
芥川の枕元にいるのは、佐々木味津三。

㉑ **葛西善蔵「冗語」（『不同調』一九二七・三）**「新潮」二月号の合評会にも、「藪の中」を極力推賞してゐるやうだが、それは、僕なんかにも異存はない。だが、あの賢こさのうちに、もうちつと温かさがあつたら、どんなものだらう？ 斯ういふ野暮なことを言ふ田舎者だと言ふんで、恐らくは、芥川氏は、僕のことなどを軽蔑するんだらうが、割合にユーモアとか、温かさとかいふものの分からない人のやうな気がする。

㉒ **無署名「よみうり抄」（『読売新聞』一九二七・五・九）** 芥川龍之介氏　里見弴氏とともに、改造社の講演のため十四五日頃北海道に赴き月末帰京する

㉓ **「ユーモア・ノート」（『北海タイムス』1927. 5. 20）**
芥川と里見は「現代日本文学全集」と書かれた提灯を持っている。

㉔ **改造社『現代日本文学全集』（円本全集）宣伝映画のフィルム。** 自宅の庭で、長男比呂志・次男多加志とともに撮影された。

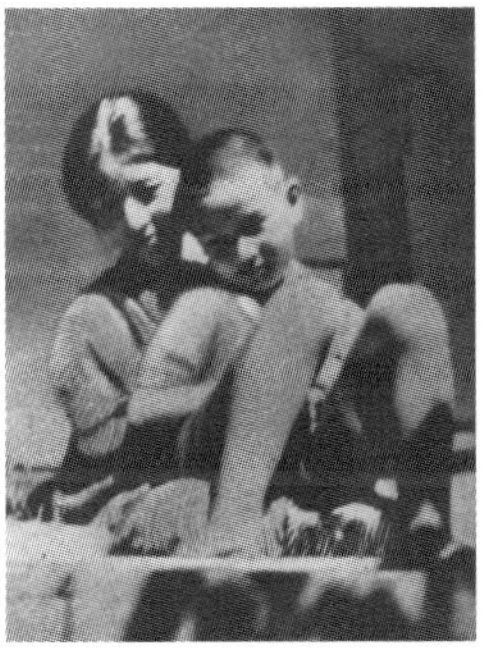

㉕ **「文子夫人と三男也寸志」（『婦人世界』一九三二・九　口絵「文豪の遺族を訪ねて」）**
長男比呂志撮影。

芥川龍之介「『明治』関連ノート」（同上）
3．文明開化略年表
4．三代広重画「東京明細図絵　銀座通り煉瓦石」（1873）、個人蔵
5．春暁画「川上の新作　当世穴さがし　おっぺけぺー歌」（1891）、東京都立中央図書館蔵

◉少　年
扉：『中央公論』（1924．4、同5）「表紙」、「目次」
「少年続編」原稿、国立国会図書館蔵
1．「銀座の出店」（1923．10．25撮影）、震災復興記念室蔵
2．震災後の両国橋の絵葉書、個人蔵
3．震災消失地図の絵葉書、個人蔵
4．「東京市本所区全図」（1897．9、東京郵便電信局）、個人蔵
5．「海に突き出た涼み台」、大田区教育委員会郷土博物館提供
6．年英画「旅順口進撃」（1895）、個人蔵
7．山本松谷（昇雲）画「回向院」（『大日本名所図会第60号「新撰東京名所第59編　本所区之部其一」』1908．10、東陽堂）
8．芥川龍之介「大導寺信輔の半生」（『中央公論』1925．1）
9．主な「保吉物」

◉点鬼簿
扉：『改造』（1926．10）「表紙」、「目次」
1．実母ふくに抱かれる龍之介、日本近代文学館蔵
2．芥川龍之介「自伝の第一頁（どんな家庭から文士が生れたか）－文学好きの家庭から」（『文章俱楽部』1918．1）
3．J.M.GARDINER 画 “TOKYO, THE FOREIGN CONCESSION, AND THE CHURCH'S MISSION PARTY”（邦題「東京外国人居留地と我々ミッションの財産／東京の中の外国」（『米国聖公会雑誌スピリット・オブ・ミッション』1894．3）、立教大学図書館蔵
4．「大日本東京牛乳搾取業一覧」（1888）、江戸東京博物館蔵
5．芥川龍之介「紫山」原稿、山梨県立文学館蔵
芥川龍之介「紫山」（『芥川龍之介全集』第21巻、1997．11、岩波書店）

◉蜃気楼
扉：『婦人公論』（1927．3）「表紙」、「目次」
「蜃気楼」草稿、山梨県立文学館蔵
1．「鵠沼海岸の『しん気楼』」（『東京朝日新聞』1926．10．28）
2．「東屋貸別荘イの四号」、日本近代文学館蔵
3．「芥川龍之介氏の追憶座談会」（『新潮』1927．9）
4．芥川龍之介「文芸的な、余りに文芸的な」（『改造』1927．4）
5．「東京の町を闊歩する女性たち」（『東京朝日新聞』附録「復興記念号」1924．9．1）より
6．今和次郎「東京銀座街風俗記録　索引図」（1925）、工学院大学図書館蔵

◉或旧友へ送る手記
扉：『文芸春秋』（1927．9）「表紙」、「目次」
「或旧友へ送る手記」原稿、日本近代文学館蔵
1．「文壇の雄、芥川龍之介氏／死を讃美して自殺す」（『東京日日新聞』1927．7．25）
2．小穴隆一氏旧蔵「斎場見取り図」（1927）、個人蔵
3．芥川龍之介「歯車」（『文芸春秋』1927．10）
4．「軽井沢の空別荘で有島武郎氏情死す」（『大阪毎日新聞』1923．7．8）
5．松本哉画「田端の家」（『年表作家読本　芥川龍之介』1992．6、河出書房新社）
6．芥川龍之介「或阿呆の一生」（遺稿）に付された「久米正雄宛手紙」（1927）、山梨県立文学館蔵

「資 料 室」掲 載 資 料 一 覧

◉羅生門

扉：『帝国文学』（1915．11）「表紙」、「目次」
　　「『羅生門』関連ノート」、山梨県立文学館蔵
1．芥川龍之介「『羅生門』関連ノート」、山梨県立文学館蔵
2．芥川龍之介「『羅生門』関連ノート」、山梨県立文学館蔵
3．芥川龍之介「『羅生門』草稿」、山梨県立文学館蔵
4．芥川龍之介 “Defence for Rasho-mon”、山梨県立文学館蔵
5．「羅城門登上層見死人盗人語第十八」（『校註国文叢書第十七冊　今昔物語下巻・古今著聞集』1915．8、博文館）
6．京都略地図／『改正新案最新京都地図』（1925改正、風月庄左右衛門刊、個人蔵）より

◉奉教人の死

扉：『三田文学』（1918．9）「表紙」、「目次」
　　「奉教人の死」原稿、国立国会図書館蔵
1．「聖マリナ」（斯定筌『聖人伝』1903．2、武市誠太郎刊）
2．狩野内膳画「南蛮屏風」、神戸市立博物館蔵
3．斯定筌『聖人伝』扉（1903．2　武市誠太郎刊／芥川龍之介旧蔵書）、日本近代文学館蔵
4．薄田泣菫「茶話　芥川氏の悪戯」（『大阪毎日新聞』1918．10．4）
5．芥川龍之介「風変りな作品二点に就て」（『文章往来』1926．1）
6．主な「切支丹物」

◉蜜　柑

扉：『新潮』（1919．5）「表紙」、「目次」、早稲田大学中央図書館蔵
1．芥川龍之介「沼地」（『新潮』1919．5）
2．「横須賀市街全図」（1917．8、一二三堂書店）、個人蔵
3．「三浦半島地図」（「横須賀市街全図」同上）、個人蔵
4．「新生徒入校式」（『海軍機関学校生活』1908．4、一二三堂）
5．横須賀駅の絵葉書、個人蔵
6．「横須賀駅構内概略図」（桑名靖治「教材として見た『蜜柑』」《田中実・他編『〈新しい作品論〉へ、〈新しい教材論〉へ2』1999．2　右文書院》）、原図は交通博物館蔵
7．二等客車「ホロフ11200」内部（『日本鉄道史　下』1921．8　鉄道省）
8．「横須賀線」「東海道本線」時刻表（『汽車汽船ポケット旅行案内』1918．10　東京旅行社）

◉藪の中

扉：『新潮』（1922．1）「表紙」、「目次」、早稲田大学中央図書館蔵
1．「具妻行丹波国男於大江山被縛語第廿三」（『校註国文叢書第十七冊　今昔物語下巻・古今著聞集』1915．8、博文館）
2．畿内及び周辺地図
3．映画「羅生門」スチル（黒澤明監督1950）、角川映画株式会社
4．宮島新三郎「芥川氏の『藪の中』その他」（『新潮』1922．2）
　　横光利一「新感覚論」（『文芸時代』1925．2）
　　「新潮合評会」（『新潮』1927．2）
5．主な「王朝物」

コラム：「安田は刀で俺は女の筆で」（『東京日日新聞』1921．10．24）

◉雛

扉：『中央公論』（1923．3）「表紙」、「目次」
　　「雛」原稿、国立国会図書館蔵
1．芥川龍之介「明治（小品）①」（『芥川龍之介全集』第21巻、1997．11、岩波書店）
2．芥川龍之介の大学生時代の講義ノート「大塚教授『欧州最近文芸史　vol. i』」の表紙、個人蔵

関係地図［東京］

①誕生の地／新原家：京橋区入船町８－１（現、中央区明石町11－２、同15）
〈1892．3～10〉

②生育の地／芥川家：本所区小泉町15（現、墨田区両国３-22-11）
〈1892．10～1911．2〉

③芥川家（新原家牧場）：府下内藤新宿２-71（現、新宿区新宿２丁目）
〈1911．2～1914．10〉

④芥川家：府下田端435（現、北区田端１-20-７）
〈1914．10～〉

⑤新原家：芝区新銭座町16（現、港区浜松町１丁目）
〈1893～〉

A 東京府立第三中学校
1905年４月入学。現在の東京都立両国高校。

B 第一高等学校
1910年９月に大学予科第一部乙類に無試験で入学。現在の東京大学教養学部の一前進である。

C 東京帝国大学
1913年９月、文科大学英吉利文学科に入学、1916年７月に卒業。現在の東京大学文学部英文学科である。

D 慈眼寺（芥川家菩提寺）

E 谷中墓地（新原家墓地）
甲７号左22側にある。

	西方の人（「改造」８月） 『澄江堂句集』（自家版９月） 『芥川龍之介全集』８巻（岩波書店11～'29年２月） 『侏儒の言葉』（文芸春秋社出版部12月）	
1934（昭和９）	『芥川龍之介全集』10巻（岩波書店10～翌年８月）	
1945（昭和20）		日中戦争・太平洋戦争が敗戦によって終結（８月）
1958（昭和33）	『芥川龍之介全集』８巻別１（筑摩書房２～12月）	
1967（昭和42）	『芥川龍之介全集』10巻別１（角川書店12～69年１月）	
1977（昭和52）	『芥川龍之介全集』12巻（岩波書店７～翌年７月）	
1995（平成７）	『芥川龍之介全集』24巻（岩波書店11～99年３月）	

若い頃の養父芥川道章（左）と実父新原敏三（右）

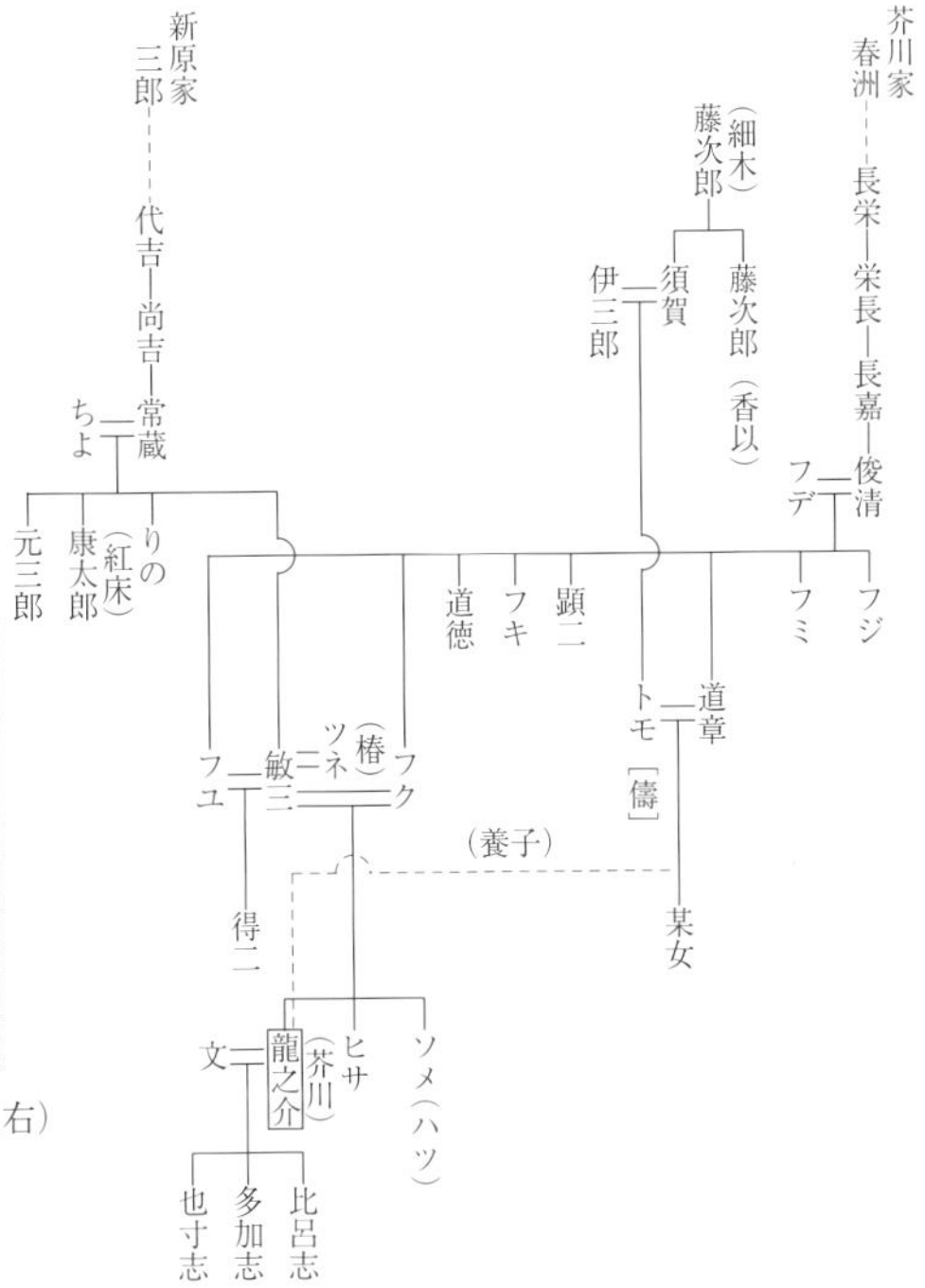

	長崎再遊（4～5月）	森鷗外死去（7月）
	『随筆感想叢書　點心』（金星堂5月）	有島武郎が農場を解放する（7月）
	『沙羅の花』（改造社8月）	
	六の宮の姫君（「表現」8月）	
	『金星堂名作叢書第八編　奇怪な再会』（金星堂10月）	
	次男多加志誕生（11月）	
	『邪宗門』（春陽堂11月）	
1923（大正12）32歳	侏儒の言葉（「文芸春秋」1月～'25年11月）	菊池寛が雑誌「文芸春秋」を創刊（1月）
	雛（「中央公論」3月）	
	保吉の手帳から（「改造」5月）	第一次共産党事件（6月）
	『春服』（春陽堂5月）	関東大震災（9月）
	芭蕉雑記（「新潮」11～翌年7月）	
1924（大正13）33歳	一塊の土（「新潮」1月）	小山内薫、築地小劇場を創立（6月）
	少年（「中央公論」4・5月）	
	金沢、大阪、京都に旅行（5月）	横光利一、川端康成ら、雑誌「文芸時代」を創刊（10月）
	『The Modern Series of English Literature』（興文社7～翌年3月）	
	軽井沢に避暑に出かける（7～8月）	
	『黄雀風』（新潮社7月）	
	『感想小品叢書Ⅷ　百艸』（新潮社9月）	
	『歴史物語傑作選集2　報恩記』（而立社10月）	
1925（大正14）34歳	大導寺信輔の半生（「中央公論」1月）	
	『現代小説全集第一巻　芥川龍之介集』（新潮社4月）	治安維持法が公布される（4月）
	三男也寸志誕生（7月）	東京放送局が本放送を開始（7月）
	軽井沢に避暑に出かける（8～9月）	日本プロレタリア文芸連盟結成（12月）
	『支那游記』（改造社11月）	
	『近代日本文芸読本』（興文社11月）	
1926（大正15）（昭和元）35歳	追憶（「文芸春秋」4～翌年2月）	文芸家協会創立（1月）
	妻文、三男也寸志と共に鵠沼の東屋に滞在（4～12月）	改造社が『現代日本文学全集』を刊行（12月）
	点鬼簿（「改造」10月）	
	『梅・馬・鶯』（新潮社12月）	大正天皇没（12月）
1927（昭和2）36歳	義兄西川豊が鉄道自殺（1月）	金融恐慌が起こる（3月）
	玄鶴山房（「中央公論」1・2月）	新潮社が『世界文学全集』を刊行（3月）
	蜃気楼（「婦人公論」3月）	
	河童（「改造」3月）	第一次山東出兵（5月）
	平松ます子との心中未遂（4月）	
	文芸的な、余りに文芸的な（「改造」4～8月）	
	改造社の『現代日本文学全集』（円本全集）宣伝のため東北、北海道に向う（5月）	岩波文庫創刊（7月）
	歯車（「大調和」6月・「文芸春秋」10月）	
	『湖南の扇』（文芸春秋社出版部6月）	
	自宅で、自らの命を絶つ（7月）	
	或旧友へ送る手記（「東京日日新聞」他7月）	

	羅生門（「帝国文学」11月） 夏目漱石の木曜会に初めて出席（11月）	ヶ条の要求を出す（１月）
1916（大正５） 25歳	鼻（第四次「新思潮」創刊号　２月） 卒業論文「ウィリアム・モリス研究」合格（５月） 芋粥（「新小説」９月） 手巾（「中央公論」10月） 鎌倉町和田塚に間借りをする（11月） 海軍機関学校英語学教授嘱託に就任（12月）	夏目漱石死去（12月） この年、トルストイブームが起きる。
1917（大正６） 26歳	偸盗（「中央公論」４、７月） 『羅生門』（阿蘭陀書房５月） 或日の大石内蔵助（「中央公論」９月） 横須賀市汐入に下宿を移す（９月） 戯作三昧（「大阪毎日新聞」10～11月） 『新進作家叢書８　煙草と悪魔』（新潮社11月）	ロシアで二月革命が起きる（３月） ソヴィエト政権樹立（11月）
1918（大正７） 27歳	塚本文と結婚（２月） 大阪毎日新聞社社友となる（２月） 鎌倉町大町に転居（３月） 地獄変（「大阪毎日新聞」５月） 蜘蛛の糸（「赤い鳥」７月） 『新興文芸叢書８　鼻』（春陽堂７月） **奉教人の死**（「三田文学」９月） 枯野抄（「新小説」10月） 邪宗門（「大阪毎日新聞」10～12月）	米騒動が全国に拡大（８月） 宮崎県に新しき村が建設される（11月） この年、民衆詩派が詩壇に登場した
1919（大正８） 28歳	あの頃の自分の事（「中央公論」１月） 『傀儡師』（新潮社１月） 大阪毎日新聞社社員となり、機関学校を退職（３月） 実父の敏三が68歳で死去（３月） **蜜柑**（私の出遇つた事「新潮」５月） 長崎を初めて訪れる（５月） 十日会に出席し、秀しげ子と出会う（６月）	普選運動が全国に広がる（２月） 雑誌「改造」創刊（４月） ベルサイユ講話条約が調印される（６月） 大日本労働総同盟友愛会が創立（８月）
1920（大正９） 29歳	『影燈籠』（春陽堂１月） 舞踏会（「新潮」１月） 秋（「中央公論」４月） 長男比呂志誕生（４月） 南京の基督（「中央公論」７月） 杜子春（「赤い鳥」７月）	国際連盟が発足する（１月） 日本社会主義同盟が創立（12月）
1921（大正10） 30歳	『夜来の花』（新潮社３月） 大阪毎日新聞海外視察員として中国旅行（３～７月） 『ヴェストポケット傑作叢書第三篇　戯作三昧他六篇』（春陽堂９月） 『ヴェストポケット傑作叢書第四篇　地獄変他六篇』（同９月） 『ヴェストポケット傑作叢書第九篇　或る日の大石内蔵之助他五篇（同11月）	原敬が刺殺される（11月）
1922（大正11） 31歳	**藪の中**（「新潮」１月） 『代表的名作選集第三十七編　将軍』（新潮社３月）	

年　譜

・本年譜は、芥川龍之介の伝記事項と作品の発表を中心に作成し、社会的な事件や文学史に関わることがらについても右に掲げた。
・雑誌は「　」、単行書は『　』で示した。
・芥川の年齢は数え歳で示した。

年	伝記事項	社会と文学関連事項
1849（嘉永２）	養父芥川道章が誕生（１月）	
1850（嘉永３）	実父新原敏三が誕生（９月）	
1856（安政３）	伯母フキが誕生（８月）	
1857（安政４）	養母儔が誕生（４月）	
1860（万延元）	実母フクが誕生（９月）	
1862（文久２）	叔母（継母）フユが誕生（10月）	
1867（慶応３）		王政復古の大号令（12月）
1868（明治元）		年号を「明治」と改める（９月）
1885（明治18）	新原敏三と芥川フクが結婚（３月）	
1890（明治23）		第一回帝国議会が開かれる（11月）
1892（明治25） １歳	新原敏三、フク夫婦の第三子（長男）として、東京市京橋区入船町（現、中央区明石町）に生まれる（３月） 母の病いにより本所区小泉町（現、墨田区両国）の芥川家に預けられる。芥川家には道章、儔の他に伯母フキもいた（10月）	
1894（明治27） ３歳		日清戦争（８～翌年４月）
1902（明治35） 11歳	回覧雑誌「日の出界」を始める（３月） 実母フクが死去（11月）	
1904（明治37） 13歳	新原家より除籍、道章と養子縁組（８月） 叔母フユが敏三の後妻として入籍（11月）	日露戦争（２～翌年９月）
1905（明治38） 14歳	東京府立第三中学校入学（４月）	この頃、自然主義文学が盛んになる
1910（明治43） 19歳	義仲論（「府立第三中学校学友会雑誌」２月） 第一高等学校一部乙類（文科）入学（９月） この頃、豊多摩郡内藤新宿にある実父敏三の持ち家に転居	雑誌『白樺』創刊（４月） 大逆事件（５月）
1911（明治44） 20歳		辛亥革命起る（10月）
1912（明治45） （大正元）21歳	吉江喬松のアイルランド文学研究会に初めて出席（９月）	明治天皇没（７月）
1913（大正２） 22歳	東京帝国大学文科大学英吉利文学科に入学（９月）	
1914（大正３） 23歳	バルタザアル（翻訳・第三次「新思潮」創刊号　２月） 大川の水（「心の花」４月） 老年（「新思潮」５月） 北豊島郡滝野川町字田端に転居（10月）	第一次世界大戦（７～’18年11月）
1915（大正４） 24歳	この頃、吉田弥生との恋が破恋となる 松江印象記（「松陽新報」８月）	中華民国に対して対華二十一

【編者略歴】
庄司　達也（しょうじ　たつや）

1961年生まれ。東海大学大学院文学研究科博士課程後期単位取得退学。東京成徳大学教授。

主要な業績：『芥川龍之介全作品事典』（共編著、2000.6、勉誠出版）、「「玄鶴山房」論―「新時代」についての一考察―」（『日本文学』1986.3）、「芥川龍之介の講演旅行」（『湘南文学』1987.3）、「菊池寛「久米正雄宛書簡」翻刻・注釈」（『東京成徳大学研究紀要』2000.3）、「久米正雄　温かな記憶」（『国文学解釈と鑑賞別冊芥川龍之介その知的空間』2004.1）など。

篠崎美生子（しのざき　みおこ）

1966年生まれ。早稲田大学大学院文学研究科博士後期課程単位取得退学。恵泉女学園大学准教授。

主要な業績：『芥川龍之介　第11巻』（注解、1996.9、岩波書店）、『芥川龍之介を学ぶ人のために』（共著、2000.3、世界思想社）、「「六の宮の姫君」―〈内面〉の「物語」の躓き―」（『文学』1996.1）、「『こころ』―闘争する「書物」たち―」（『日本近代文学』1999.5）、「「芥川研究」の文法」（『日本文学』2000.11）など。

日本文学コレクション
芥川龍之介

発行日	2004年5月20日　初版第一刷 2013年5月20日　初版第四刷
編　者	庄司達也　篠崎美生子
発行人	今井　肇
発行所	翰林書房
	〒101-0051　東京都千代田区神田神保町2-2
	電 話　03-6380-9601
	FAX　03-6380-9602
	http://www.kanrin.co.jp/
	Eメール●kanrin@nifty.com
印刷・製本	メデューム

落丁・乱丁本はお取替えいたします

ISBN978-4-87737-189-3

芥川龍之介研究の決定版

関口安義［編］

芥川龍之介新辞典

芥川龍之介という作家から時代と社会が展望できる『新辞典』

〈主な項目〉
Ⅰ 時代と社会
Ⅱ 軌跡
Ⅲ ひと
Ⅳ 外国の作家・思想家
Ⅴ 作品・著書
Ⅵ 雑誌・新聞
Ⅶ 知的空間
Ⅷ ことば
Ⅸ 土地
エピソード
付録

〈本書の特色〉
◉引く辞典・読める辞典
◉最新の情報を提供
◉横組み・右開き
◉見開き主体
◉脚注・文献を添える
◉エピソード項目を置く

【体裁】Ａ５判・上製・カバー装・横組み・833頁
【定価】本体12000円＋税

宮坂覺［監修］

芥川龍之介作品論集成 全６巻 別巻１

【全巻の構成】
❶ 羅生門 今昔物語の世界　浅野　洋編
❷ 地獄変 歴史・王朝物の世界　海老井英次編
❸ 西方の人 キリスト教・切支丹物の世界　石割　透編
❹ 舞踏会 開化期・現代物の世界　清水康次編
❺ 蜘蛛の糸 児童文学の世界　関口安義編
❻ 河童・歯車 晩年の作品世界　宮坂　覺編
別 芥川文学の周辺 資料編　宮坂　覺編

芥川文学研究史を踏まえ、その時々に影響をもった、また、新たな地平を拓くと思われる論考を採録し、今後の芥川文学研究に寄与するべく編輯。

【体裁】Ａ５判・上製・カバー装・２段横組み・平均300頁
【定価】1～6巻：4000円＋税 別巻：6000円＋税［全巻揃定価：30000円］